SCHUTZ FÜR SUMMER

SEALs of Protection, Buch Fünf

SUSAN STOKER

Copyright © 2020 Susan Stoker
Englischer Originaltitel: »Protecting Summer (SEAL of Protection Book 4)«
Deutsche Übersetzung: Catharina Preuss für Daniela Mansfield Translations 2020
Alle Rechte vorbehalten. Dies ist ein Werk der Fiktion. Namen, Darsteller, Orte und Handlung entspringen entweder der Fantasie der Autorin oder werden fiktiv eingesetzt. Jegliche Ähnlichkeit mit tatsächlichen Vorkommnissen, Schauplätzen oder Personen, lebend oder verstorben, ist rein zufällig.
Dieses Buch darf ohne die ausdrückliche schriftliche Genehmigung der Autorin weder in seiner Gesamtheit noch in Auszügen auf keinerlei Art mithilfe elektronischer oder mechanischer Mittel vervielfältigt oder weitergegeben werden.
Titelbild entworfen von: Chris Mackey, AURA Design Group
eBook: ISBN: 978-1-64499-060-5
Taschenbuch: ISBN: 978-1-64499-059-9
Besuchen Sie Susan im Netz!
www.stokeraces.com
facebook.com/authorsusanstoker
twitter.com/Susan_Stoker
bookbub.com/authors/susan-stoker
instagram.com/authorsusanstoker
Email: Susan@StokerAces.com

EBENFALLS VON SUSAN STOKER

SEALs of Protection
Schutz für Caroline
Schutz für Alabama
Schutz für Fiona
Die Hochzeit von Caroline
Schutz für Summer
Schutz für Cheyenne (Buch Sechs) **(erhältlich ab Mitte Juni 2020)**

Die Delta Force Heroes:
Die Rettung von Rayne
Die Rettung von Emily
Die Rettung von Harley
Die Hochzeit von Emily
Die Rettung von Kassie
Die Rettung von Bryn

SUSAN STOKER

Die Rettung von Casey
Die Rettung von Wendy (Buch Acht) **(erhältlich ab Ende Juni 2020)**

Ace Security Reihe:

Anspruch auf Grace (Buch Eins) **(erhältlich ab Ende Mai 2020)**

KAPITEL EINS

Sam »Mozart« Reed strich sich mit einem Finger über die Narbe auf seiner Wange, während er mit dem alten, ramponierten Pritschenwagen in Richtung Big Bear Lake fuhr. Nur seinen Freund und Navy SEAL-Teamkollegen Cookie hatte er in sein Vorhaben eingeweiht. Es war nicht so, als müsste er es vor dem Rest seines Teams geheim halten, aber zu viele dieser »Hinweise« hatten sich in der Vergangenheit als gegenstandslos herausgestellt. Also hatte er beschlossen, es diesmal für sich zu behalten.

Das Gute an solch einer engen Zusammenarbeit war, dass Mozart sich darauf verlassen konnte, dass alle fünf seiner Freunde sofort alles stehen und liegen lassen würden, um ihm zu helfen, wenn er sie brauchte. Verdammt, wahrscheinlich hatten sie ohnehin eine ziemlich gute Vorstellung davon, wo er war.

Dieser Hinweis könnte sich erneut als sinnloses Unterfangen herausstellen, genau wie der, den Mozart kürzlich verfolgt hatte, aber jetzt war es zu spät, um es abzublasen. Er würde jede freie Minute darin investieren, jeden auch noch so kleinen Hinweis zu verfolgen, wenn es nur die geringste Chance gab, dass dieser ihn zu Ben Hurst führte.

Mozart war fünfzehn Jahre alt gewesen, als seine kleine Schwester Avery entführt wurde. Die gesamte Nachbarschaft in der kleinen Stadt in Kalifornien hatte sofort Suchtrupps gebildet. Es waren unerträglich lange siebzehn Tage gewesen. Jeden Tag hatte es neue Untersuchungen und Fernsehauftritte gegeben. Seine Eltern hatten gebettelt und gebetet, dass Avery gesund zurückkehren würde – wer auch immer sie entführt hatte.

Schließlich hatte ein Ehepaar Averys Leiche etwa dreihundert Kilometer entfernt beim Wandern in den Bergen gefunden. Die beiden hatten an einer Schnitzeljagd teilgenommen und wären fast über ihre Überreste gestolpert. Sie war nackt im Unterholz abgeladen worden, als wäre sie Müll.

Mozart würde nie im Leben den Tag vergessen, an dem seine Eltern von der Nachricht erfahren hatten. Er hatte seinen Vater noch nie zuvor weinen gesehen, aber an diesem Tag hatte er sich die Seele aus dem

Körper geheult. Sein kleines Mädchen war misshandelt und ermordet worden. Das war etwas, das ein fünfzehnjähriger Junge niemals vergessen würde. Seine Eltern waren danach nicht mehr dieselben gewesen und hatten sich schließlich scheiden lassen, wie es bei vielen Paaren mit vermissten und ermordeten Kindern aufgrund der Belastung passierte. Einige Jahre später war Mozarts Vater gestorben und seine Mutter hatte einen anderen Mann mit viel Geld geheiratet. Er hatte kaum noch Kontakt zu ihr. Sie war zu sehr damit beschäftigt, um die Welt zu reisen und zu vergessen, dass sie jemals eine Tochter gehabt hatte, als sich darum kümmern zu können, dass ihr einziger Sohn noch lebte.

Die Beamten der Polizei hatten den Mörder seiner Schwester niemals gefunden. Sie waren sich ziemlich sicher, dass ein Herumtreiber namens Ben Hurst darin verwickelt war, der sich zur gleichen Zeit in der Gegend aufgehalten hatte, als Avery verschleppt und getötet worden war. Hurst war ein Überlebenskünstler, der sich in der Wildnis genauso wohlfühlte wie inmitten einer Großstadt. Er war etwa einen Meter dreiundachtzig groß und wog ungefähr einhundertzehn Kilo. Es wäre für ihn ein Einfaches gewesen, Avery zu überwältigen. Hurst war ein gefährlicher Mann, der bereits mehrere Male wegen Belästigung von Kindern und Körperverletzung im Gefängnis gesessen hatte. Jedes Mal wurde er ohne erkennbare

Zeichen der Besserung wieder entlassen. Da war es leicht vorstellbar, dass er Avery auf dem Heimweg von der Schule direkt auf offener Straße entführt hatte. Das Problem war, dass die Polizei es nicht beweisen konnte.

Natürlich hatte Hurst bei den Ermittlungen nicht kooperiert und im Laufe der Jahre hatten andere Fälle bei der Polizei Vorrang bekommen. Mozart würde jedoch nie aufhören, nach ihm zu suchen. Er hatte nur einen Blick auf das Foto in der Polizeiakte werfen müssen, und schon hatte er sich sein Gesicht für immer eingeprägt. Mozart hatte geschworen, Avery auf die eine oder andere Weise zu rächen, und sein oberstes Ziel war es, Ben Hurst zu fassen und büßen zu lassen.

Gleich nach Abschluss der Highschool war Mozart der Marine beigetreten mit dem Ziel, ein Navy SEAL zu werden. Sein ganzes Leben lang hatte er Filme und Fernsehsendungen über die SEALs gesehen. Sie waren die Besten der Besten und die härtesten Männer, die er je gesehen hatte. Mozart wusste, dass er genauso werden musste, wenn er Hurst fangen und ihn für das bezahlen lassen wollte, was er seiner kleinen Schwester angetan hatte.

Sein Vater wäre nicht mehr am Leben, um zu sehen, dass seiner Tochter Gerechtigkeit widerfahren würde, und Mozart hatte keine Ahnung, ob es seine Mutter überhaupt noch interessierte, aber er konnte nicht davon ablassen. Mozart hatte neben dem winzigen Sarg seiner Schwester gestanden und ihr geschworen, dass er nicht ruhen würde, bis ihr Mörder hinter Gittern saß oder tot war. Nicht mal als Teenager hatte sich Mozart von der Vorstellung losgesagt, dass er derjenige sein würde, der Averys Mörder zur Strecke bringen wird. Während der letzten neunzehn Jahre hatte er versucht, dieses Versprechen einzulösen. Es war ein fester Bestandteil von ihm geworden. Nichts und niemand würde ihn daran hindern.

Mozart dachte an das letzte Weihnachtsfest zusammen mit seiner kleinen Schwester zurück. Avery war so aufgeregt gewesen. Sie hatte ihn viel zu früh geweckt und sie waren die Treppe hinuntergegangen und hatten sich vor den Weihnachtsbaum mit den Geschenken gesetzt. Sie hatte darauf bestanden, die Geschenke zu sortieren, obwohl Mozart sie gewarnt hatte, dass ihre Mutter sauer werden würde.

Ihr Mutter *war* sauer geworden, aber Mozart hatte sie beruhigt und dann mit Vergnügen zugesehen, wie Avery sich über ihre Geschenke gefreut hatte. Sie war die Art von Kind gewesen, die jedes einzelne Präsent zu schätzen wusste. Der kitschige Kuschelbär, den Mozart ihr besorgt hatte, hatte das gleiche Lob erhalten wie das billige Armband von der Nachbarin. Mozart hatte Avery mit jeder Faser seines Wesens geliebt. Sie war unschuldig und kostbar gewesen. Sie zu verlieren hatte ihn fast umgebracht. Er hatte es gerade noch geschafft, die Highschool zu beenden; seine Noten waren nach ihrem Tod drastisch eingebrochen. Das Leben hatte für ihn keinen Sinn mehr gehabt, bis er die Grundausbildung auf der Militärakademie abgeschlossen und es sich zur Lebensaufgabe gemacht hatte, Ben Hurst zu finden.

Mozart hatte seine Privilegien als SEAL genutzt, um jedem Hinweis zu folgen, der ihm dabei half, Hurst aufzuspüren. Tex, ihr Computerhacker-Freund aus Virginia, hatte das Internet und alle möglichen internen Netzwerke auf Hinweise über den Mann überwacht. Es war ein Zufall gewesen, dass Hurst möglicherweise am kalifornischen Big Bear Lake gesichtet worden war. Big Bear war nicht sehr weit von seinem Heimatort Riverton entfernt, in der Nähe von San Diego. Zudem hatte Mozart eine Woche Urlaub vor sich. In letzter Zeit hatten sie an einigen sehr intensiven Missionen teilnehmen müssen. Ganz zu schweigen davon, dass Caroline und Wolf gerade geheiratet hatten und auf Hochzeitsreise waren. Kommandant Hurt hatte dem gesamten Team eine Woche freigegeben und alle waren begeistert darüber. Es war somit ausgeschlossen, dass sie kurzfristig zu einer Mission abgezogen werden könnten. Mozart wusste jedoch, dass es dem Kommandanten höchstwahrscheinlich nicht gefallen würde, wenn er wüsste, was Cookie in seiner Freizeit trieb. Also behielt Mozart die Details seines Rachefeldzugs lieber für sich.

Während er weiter nach Big Bear fuhr, dachte Mozart an seine SEAL-Teamkollegen. Er musste lächeln, als er über Wolf und Ice nachdachte. Ice, alias Caroline, war Chemikerin. Sie hatte fast im Alleingang einen Terroranschlag in einem Flugzeug vereitelt, in dem auch Wolf und Abe mitgeflogen waren. Wenn sie nicht gewesen wäre, wären sie jetzt alle tot. Das allein machte sie für Mozart wertvoll und einzigartig.

Mozart freute sich, dass Wolf sich endlich dazu durchgerungen hatte, Caroline zu bitten, ihn zu heiraten. Die Hochzeit war so schiefgegangen, wie eine Hochzeit nur schiefgehen konnte. Die Limousine, in der die Männer auf dem Weg zur Kirche saßen, war von einem anderen Wagen gerammt worden, der eine rote Ampel überfahren hatte. Caroline hatte keinen Moment gezögert. Nachdem sie gehört hatte, dass Cookie verletzt worden war, war sie sofort mit Fiona und Alabama in ihrem Hochzeitskleid ins Krankenhaus gefahren. Nachdem sich herausgestellt hatte, dass es Cookie und dem Rest des Teams gut ging, gab Caroline gegenüber Wolf zu, dass sie der Pastorin eine beträchtliche Spende versprochen hatte, wenn sie ins Krankenhaus kommen und sie und Wolf vor Ort trauen würde.

Und genau das hatten sie dann auch getan. Wolf und Ice hatten, umgeben von ihren Freunden, neben Cookies Krankenbett gestanden und sich das Eheversprechen gegeben. Mozart würde es selbst unter Folter niemals zugeben, aber es war einer der schönsten Momente, die er jemals erlebt hatte. Ice war eine tolle Frau und er war begeistert, dass Wolf jemanden gefunden hatte, der ihn vervollständigte.

Mozart hätte nie gedacht, dass er sich jemals auf eine feste Beziehung mit einer Frau einlassen könnte. Er war der Frauenheld des Teams gewesen. Mozart konnte sich nicht einmal mehr an die Namen der vielen Frauen erinnern, mit denen er im Laufe der Jahre ausgegangen war. Immer wieder war er mit einer Frau aus der Kneipe nach Hause gegangen, nur um sich sofort nach dem Sex aus dem Staub zu machen. Das war alles, was es für ihn war. Sex. Mozart hatte sich nie die Mühe gemacht, mit Frauen »auszugehen«. Das war nicht nötig.

Leider hatten die Terroristen, die Caroline in Virginia entführt hatten, sein Gesicht ziemlich verunstaltet. Auch wenn es ihn wie ein Arschloch klingen ließ – was ihn nicht sonderlich kümmerte –, dachte Mozart, dass ihn eine Frau nicht interessieren würde, wenn sie wegen seines Gesichts keinen Sex mit ihm haben wollte. Er hätte mindestens fünf andere zur Auswahl, die gern eine Nacht mit ihm verbringen würden. SEAL zu sein zahlte sich für sein Sexleben aus, den schlimmen Narben im Gesicht zum Trotz. Seine Narben störten Mozart nicht. Er hatte in seinem Leben viel Schlimmeres durchgemacht. Narben im Gesicht waren da seine geringste Sorge. Es war schlimm, seine Schwester an einen Psychopathen verloren zu haben. Narben im Gesicht? Das war ihm egal.

Mozart war bewusst, dass viele Frauen ihn gut aussehend fanden. Als er jünger war, hatte er das ausgenutzt, aber jetzt war es nur noch ein Teil von ihm. Er war muskulös, genau wie die anderen in seinem Team. Er hatte dunkles Haar, das für Militärverhältnisse unangemessen lang war. Eine Frau hatte ihm einmal erzählt, dass er hohe Wangenknochen und dunkle Augen hätte, die direkt in die Seele einer Frau blicken konnten und ihre tiefsten Sehnsüchte zum Vorschein brachten. Für Mozart war das alles Blödsinn, aber da sein Aussehen ihm dabei geholfen hatte, sich auszuleben, hatte er es gepflegt.

Jetzt, wo sein einst glattes Gesicht von drei tiefen Narben auf der rechten Seite durchzogen war, musste er sich mehr auf seine Persönlichkeit verlassen, um eine Frau ins Bett zu bekommen. Mozart wusste, dass Ice sich in gewisser Weise schuldig fühlte für das, was mit seinem Gesicht passiert war. Er hatte ihr jedes Mal versichert, dass es nicht ihre Schuld wäre, und sie hatte schließlich aufgehört, sich bei ihm zu entschuldigen. Mozart war ehrlich gewesen, wenn er Ice sagte, dass ihm sein Gesicht egal wäre. Mit vierunddreißig war er alt genug, um zu wissen, dass er zu oft dem Tod entkommen war, um das Leben für selbstverständlich zu halten.

Er war etwa einen Meter und dreiundneunzig groß und überragte somit im Allgemeinen die meisten Menschen. Gepaart mit seinen dunklen Augen und seinem intensiven Blick genügte das, um böse Männer einzuschüchtern und Frauen das Gefühl zu geben, klein und geschätzt zu sein, auch wenn es nur für eine Nacht war. Und es war *immer* nur für eine Nacht.

Mozart dachte zurück an sein Team und erinnerte sich daran, dass Abe der Nächste gewesen war, der eine Frau gefunden hatte, nachdem Wolf Ice für sich beansprucht hatte. Abe und Alabama waren jetzt schon eine Weile zusammen. Abe hatte es allerdings beinahe vermasselt. Alabama hatte versucht, besonders abgehärtet zu wirken, aber Mozart und Abe hatten sie bald durchschaut. Zurzeit belegte sie ein paar Kurse an der örtlichen Volkshochschule, um herauszufinden, was sie mit ihrem Leben anfangen wollte. Bisher waren sie und Abe aber unverschämt glücklich.

Cookie und Fiona waren ebenfalls verdammt glücklich, aber für Fiona war es ein langer, harter Weg gewesen. Das SEAL-Team hatte Fiona in Mexiko aus den Fängen eines Sexsklavenrings gerettet. Sie war vergewaltigt und geschlagen worden, und die Entführer hatten sie unter Drogen gesetzt, um sie ruhigzustellen. Alle drei Frauen im Leben von Mozarts Teamkollegen hatten ohne Zweifel einen starken Willen. Sie alle hatten schreckliche Dinge durchgemacht. Aber mit ihren SEAL-Männern und professioneller Hilfe hatten sie es irgendwie geschafft.

Mozart lächelte und dachte darüber nach, wie nahe sich die Frauen standen. Wenn das Team auf eine Mission musste, verbrachten sie die meiste Zeit miteinander, um sich gegenseitig zu unterstützen. Nichts war beruhigender für die Männer, als zu wissen, dass ihre Frauen sich gegenseitig zur Seite standen, während sie für ihr Land kämpften. Ab und zu tat Mozart vielleicht so, als würde er sich darüber ärgern, dass seine Kollegen so an ihren Frauen hingen, wenn er ehrlich war, war er aber etwas neidisch.

Mozart hatte immer auf die anderen aufgepasst. Er war immer derjenige gewesen, der gerufen wurde, wenn jemand Hilfe brauchte. Er war der Macho, der Kerl, der nur Spaß haben wollte. Der Typ für einen One-Night-Stand, der immer auf der Suche nach der nächsten Herausforderung war. Mozart wusste nicht, wie es sich anfühlte, für das geliebt zu werden, was er war, und nicht für das, was er für jemanden tun könnte – oder für seinen Job.

Er schüttelte angewidert den Kopf. Wie auch immer. Am Ende war es auch egal. Im Moment musste er zu diesem See fahren und herausfinden, ob es sich bei der Person um Hurst handelte oder nicht. Sobald er ihn gefunden und entweder getötet oder den Behörden übergeben hatte, hätte er noch genügend Zeit, sich darum zu kümmern, möglicherweise eine langfristige Freundin zu finden. Die Gegenwart von Alabama und Fiona hatte Mozart zum ersten Mal die Augen geöffnet, dass es vielleicht gar nicht so schrecklich war, jemanden zu haben, den man liebte. Natürlich müsste er erst mal eine Frau finden, die so perfekt war wie die Partnerinnen seiner Teamkollegen, und das wäre eine ziemlich schwierige Aufgabe.

Mozart bog auf den Parkplatz von *Big Bear Lake Blockhütten* ein und schaltete den Motor aus. Er konnte nur den Kopf schütteln, nachdem er sich umgesehen hatte. Er hatte die Reservierung online vorgenommen. Es war billig und hatte auf den wenigen Bildern auf der Webseite einigermaßen sauber ausgesehen. In Wirklichkeit war es ziemlich heruntergekommen und die Blockhütten sahen aus, als würden sie beim nächsten Sturm einstürzen.

Es gab zwölf einzelne kleine Hütten, die jeweils etwa zwei Meter voneinander entfernt standen. Einige hatten eine kleine Veranda und andere nur ein Vordach über der Tür. Die Farbe der meisten Gebäude blätterte ab und Mozart konnte sehen, dass die Dächer der Gebäude reparaturbedürftig waren.

Mozart sah den Reinigungswagen eines Zimmermädchens vor einer der Hütten auf der anderen Seite. Ihm kam der gemeine Gedanke, dass das Zimmermädchen wahrscheinlich genauso heruntergekommen war wie die Hütten selbst, weigerte sich aber, weiter auch nur an die Person zu denken, die diese verwahrlosten

Hütten für ihren Lebensunterhalt sauber machen musste. An einem kleinen Gebäude zu seiner Rechten hing ein Schild mit der Aufschrift »Büro«. Das kleine Haus daneben sah aus wie ein Nebengebäude. Mozart wusste, dass es keine Toilette war, weil auf dem Schild an der Tür stand, dass es sich um einen Lagerraum handelte.

Geistesabwesend tastete er wieder nach der Narbe auf seiner rechten Wange. Er war tief in Gedanken versunken, als er es bemerkte, und lenkte seine Konzentration auf die nächsten Schritte, die er tun musste, um Hurst aufzuspüren. Es war ihm im Endeffekt egal, wo er schlief. Auf den meisten Missionen hatte Mozart unter schlechteren Bedingungen schlafen müssen. Er hätte weiterfahren und sich nach einer anderen Unterkunft umsehen können, rechtfertigte es aber zu bleiben, weil er nur einen Ort brauchte, um seine Sachen aufzubewahren und um sich aufs Ohr zu legen. Sauberkeit wäre nur ein Bonus.

Mozart stieg aus seinem Pritschenwagen und ging in Richtung Büro. Es war höchste Zeit, sich auf die Jagd nach einem Kindermörder zu machen.

KAPITEL ZWEI

Summer kniete vor dem Putzwagen, stand langsam auf und hörte, wie ihre Knie protestierend knackten. Sie ignorierte das Geräusch, schnappte sich einen Stapel Handtücher und ging in die kleine Hütte, die sie gerade sauber machte. Ihre Arbeit war eintönig und verdammt langweilig, aber es war nur ein Job und sie hatte die Freiheit … einfach sie selbst zu sein. Nach dem höllischen Jahr, das sie durchgemacht hatte, war es genau das gewesen, was sie gebraucht hatte. Das Reinigen von Blockhütten war nicht das, was sie sich für ihr Leben vorgestellt hatte, aber im Moment wollte sie nirgendwo anders sein. Es war einfach und bequem und sie konnte anonym bleiben. Im Moment konnte sie mit nichts anderem fertigwerden.

Summer dachte an ihr Leben zurück. Sie war mal *jemand* gewesen. Sie hatte einen Masterabschluss in

Personalwesen und hatte in einem Fortune 500 Unternehmen in Phoenix, Arizona gearbeitet. Sie war verheiratet gewesen, hatte ein gutes Gehalt gehabt und in einem schönen Haus ein perfektes Leben geführt. Dieses Leben war wie ein Kartenhaus zusammengebrochen und Summer war sich immer noch nicht sicher, was genau passiert war. Eines Tages war sie von der Arbeit nach Hause gekommen und ihr Ehemann war weg. Einfach weg. Alle seine Sachen im Haus waren verschwunden. Auf der Küchentheke lag ein Zettel, auf dem stand, dass er mit ihr nicht glücklich war und eine andere Frau getroffen hatte. Er wollte Summer nicht verletzen, aber er liebte sie nicht mehr und meinte, ihr Leben wäre eine Farce. Summer musste blind gewesen sein. Sicher, sie wusste, dass ihre Beziehung nicht sehr leidenschaftlich gewesen war, aber sie hatten sich wohl miteinander gefühlt. Vielleicht war das das Problem. Sie hatten sich *zu* wohlgefühlt. Summer unterschrieb ohne Einwände die Scheidungspapiere, als diese einige Monate später mit der Post kamen. Es hätte keinen Sinn gehabt zu protestieren.

Kurz nach ihrer offiziellen Scheidung verkündete ihr Arbeitgeber Sparmaßnahmen und sie verlor ihren Job. Erfolglos hatte sie versucht, eine andere Position zu finden. Es schien aber, als wollte niemand eine sechsunddreißig Jahre alte Frau einstellen, die nur Erfahrung im Personalwesen hatte. Die Unternehmen wollten junge Absolventen ohne Masterabschluss, damit sie weniger bezahlen mussten, als es ihre Erfahrung und ihre Ausbildung rechtfertigte. Bald konnte Summer ihre Hypothek nicht mehr bezahlen und verlor das Haus.

Sie wusste, dass sie introvertiert war. Sicher, sie konnte ohne Probleme mit anderen Menschen Kontakte knüpfen, aber es fiel ihr schwer, lebenslange Freunde zu finden. Ihr ganzes Leben über hatte sie immer wieder Menschen kennengelernt, aber keiner hatte sich die Mühe gemacht, mit ihr in Kontakt zu bleiben. Keine Schulfreunde, keine Kommilitonen, keine Arbeitskollegen. Summer war sich nicht sicher, woran es lag, dass die Leute keine engere Bindung mit ihr eingehen wollten, die auch eine Fernbeziehung überleben würde. Der Verlust ihres Jobs war nicht anders verlaufen. Ihre Kollegen waren sehr nett gewesen und hatten angekündigt, sich zum Mittag- oder Abendessen zu verabreden, aber keiner hatte sich jemals wieder bei ihr gemeldet. Summer hatte sich mittlerweile daran gewöhnt.

Sie konnte sich leicht anfreunden, aber es war nicht die Art von Freundschaft, die man im Fernsehen sah oder über die man in Büchern las. Es handelte sich nicht um die Art von Freundinnen, die sie zu einem Mädchenabend einladen würden oder bei denen sie Zuflucht finden könnte.

Eines Tages hatte sie schließlich genug. Sie hatte in

einer beschissenen Wohnung gelebt, in der sie sich nicht sicher fühlte, und berufliche Perspektiven waren ebenfalls nicht in Sicht. Summer hatte ihre Sachen gepackt und war einfach gegangen. Sie war mit ihrer Schrottkarre so weit gefahren, bis sie liegen geblieben war. Von ihrem letzten Geld hatte sie sich ein Busticket in die kleine Stadt Big Bear in den Bergen Kaliforniens gekauft.

Summer hatte das kleine Motel namens *Big Bear Lake Blockhütten* entdeckt und wie auf wundersame Weise befand sich im Fenster des Büros ein Schild mit der Aufschrift »Aushilfe gesucht«. Der Besitzer war nicht sehr freundlich, aber anscheinend war er verzweifelt genug gewesen, um ihr den Job zu geben.

Hier war sie also. Kein Auto. Kein Geld. Alle ihre Habseligkeiten passten in einen einzigen Koffer. Es war erbärmlich, aber sie war frei. Keine Hypothek, keine Erwartungen. Sie hatte nichts und sie war niemand. Und im Moment war das für sie der Himmel.

Als sie mit ihrem Koffer in der Hand angekommen war, hatte Henry, der Besitzer des Motels, nüchtern gesagt: »Ich habe keine leer stehenden Zimmer, in denen Sie wohnen könnten, aber wenn Sie wirklich eine Unterkunft brauchen, können Sie in dem Gebäude neben dem Büro schlafen.«

»Im Lagerraum?«, hatte Summer ungläubig gefragt und schaute schief auf das winzige Gebäude, das aussah, als würde geradeso der Putzwagen hineinpassen.

»Jupp. Es gibt weder Küche noch Bad, aber im hinteren Bereich des Büros befindet sich eine kleine Toilette mit Dusche, die Sie benutzen können.«

Summer hatte tief durchgeatmet und hätte Henry beinahe gesagt, wo er sich sein erbärmliches Motel und sein »großzügiges« Wohnangebot hinschieben könnte, aber sie hatte sich auf die Lippe gebissen und leicht genickt. Sie hatte keine andere Wahl.

Als Summer die Tür zum Lagerraum öffnete, bemerkte sie, dass es eine kleine Spüle gab. Sie war sehr erleichtert zu sehen, dass es in ihrem neuen »Zuhause« zumindest fließendes Wasser gab. Die Spüle wurde hauptsächlich zum Befüllen des Putzeimers verwendet, aber das spielte keine Rolle. Wasser war Wasser. Das Gebäude hatte weder Heizung noch Klimaanlage, was in den Sommermonaten kein großes Problem wäre, da es in den Bergen selten heiß wurde. Der Winter würde etwas schwieriger werden, aber Summer dachte, dass sie sich darüber Sorgen machen würde, wenn es so weit war. Vielleicht hätte sie bis dahin genügend Geld gespart, um in eine richtige Wohnung zu ziehen, und das Thema hätte sich erübrigt. Die kleine Lagerhütte war nicht sehr robust, aber Summer wusste, dass sie als Tagelöhner nicht wählerisch sein konnte.

Ihr Bett war ein Feldbett, das an der Wand stand.

Henry hatte das Ding irgendwo hervorgekramt, als sie gefragt hatte, wo sie schlafen sollte. Ein Fuß fehlte, sodass es schief stand und gefährlich schwankte, wenn sie sich daraufsetzte oder sich hinlegte. Zum Glück war es einer der hinteren Füße, der fehlte, sodass ihr Kopf nicht die ganze Nacht tiefer lag als ihre Beine.

Der Raum war vollgestellt mit Wischmopps, Besen und Regalen mit verschiedenen Reinigungsutensilien. Es roch nach Ammoniak und anderen ätzenden Reinigungsmitteln, aber sie war trotzdem dankbar. Sie nahm an, dass einige Leute vielleicht die Nase rümpfen oder sie bemitleiden würden, aber nachdem sie ein sogenanntes »perfektes« Leben geführt und sich trotzdem elend gefühlt hatte, musste Summer sich jetzt wenigstens nur noch auf sich selbst verlassen. Dieses Gefühl war befreiend.

Das einzige Problem, das sie mit ihrem neuen Leben hatte, war die Tatsache, dass sie immer hungrig war. Sie verdiente nicht genügend Geld, um sich große Mahlzeiten leisten zu können. Außerdem hatte sie keine Lagermöglichkeiten, um Lebensmittel zu verstauen. Sie hatte keinen Kühlschrank und auch keinen Herd, um etwas zu kochen. Henry sorgte nur widerwillig für ihr Frühstück und zog die Kosten dafür von ihrem ohnehin schon mageren Gehalt ab. Um Mittag- und Abendessen musste Summer sich allein kümmern.

Henry hatte ihr erklärt, warum er im Motel ein

Frühstücksbuffet anbot. »Glauben Sie mir, eigentlich will ich das gar nicht. Aus meiner Sicht ist es reine Geldverschwendung, aber da all diese schicken Hotels neuerdings Frühstück anbieten, erwarten die Leute das jetzt auch hier. Das sind alles Geizhälse, die immer mehr für immer weniger Geld erwarten«, hatte er sich bei ihr beschwert.

Summer hatte nur den Kopf geschüttelt. Sie hatte es nicht gewagt, ihre Gedanken laut auszusprechen, nämlich dass Henry der Geizhals war.

»Jetzt muss ich jede verdammte Woche einkaufen gehen und Obst und diesen ganzen Scheiß besorgen. Das ist teuer und ich hasse es. Ich muss sogar Müsliriegel und Müsli anbieten. Viele Gäste bleiben nicht einmal und unterhalten sich, sondern nehmen das kostenlose Frühstück einfach mit für unterwegs.« Endlich kam Henry auf den Punkt zu sprechen, der für Summer wichtig war. »Sie können sich morgens etwas zu essen vom Buffet nehmen, solange Sie es nicht übertreiben. Wenn ich mitbekomme, dass Sie mehr nehmen, als Sie zum Frühstück essen können, und mich ausnutzen, werde ich es mir anders überlegen.«

»Danke, Henry. Das ist sehr großzügig von Ihnen. Ich werde immer nur eine Kleinigkeit nehmen und es nicht ausnutzen.«

Henry hatte gegrunzt und mit leiser Stimme gesagt: »Ich hoffe, das bleibt auch so.«

Obwohl Summer versprochen hatte, nur eine Kleinigkeit zu nehmen, schaffte sie es meistens, sich vom Buffet ein zusätzliches Stück Obst oder Brot mitzunehmen, das sie tagsüber als Snack zu sich nehmen konnte. Das Abendessen fiel normalerweise aus. Summer konnte es sich nicht leisten, in einem der nahe gelegenen Restaurants essen zu gehen, und sie hatte weder ein Transportmittel noch das Geld, um zu einem der Fastfood-Restaurants in der Stadt zu fahren. Nachdem Summer alle Zimmer gereinigt hatte, machte sie meistens einen Spaziergang um den nahe gelegenen See oder sie ging zu ihrem kleinen Abstellraum zurück und versuchte, so gut es ging, ihren knurrenden Magen zu ignorieren.

Zum Glück war es noch nicht zu kalt, aber das warme Wetter neigte sich langsam dem Ende zu. Es wurde kälter in den Bergen. Henry hatte Summer versprochen, dass sie ihren Job den Winter über behalten könnte, aber er hatte sie gleichzeitig gewarnt, dass sie noch weniger Geld verdienen würde als jetzt. Im Winter kamen nicht so viele Gäste und er könnte es sich nicht leisten, ihr das volle Gehalt zu zahlen. Summer wusste, dass das absurd war. Er bezahlte ohnehin nicht sehr viel, aber sie hatte trotzdem zugestimmt. Sie dachte, somit hätte sie wenigstens einen sicheren Platz, an dem sie im Winter bleiben könnte, wenn sie es müsste, und wenn sich etwas anderes ergeben würde, dann würde sie einfach gehen. Es war nicht so, als würde sie hier etwas halten.

Größtenteils war Summer zufrieden. Sie war nur müde. Sie war es leid, nur zu existieren, wusste aber auch nicht, was sie sonst tun sollte. Das war im Moment ihr Leben. Ja, sie hatte einen Masterabschluss, aber der hatte ihr weder in der Ehe geholfen noch ihren Job gerettet. Sei es drum.

Summer drehte sich mit dem Arm voller sauberer Handtücher von ihrem Putzwagen zur Tür der Blockhütte um, ohne hinzusehen. Sie prallte mit voller Wucht gegen die harte Brust eines Mannes und wäre fast hingefallen, wenn er sie nicht am Ellbogen gepackt und festgehalten hätte. Summer sah auf und schluckte schwer. Vor ihr stand der am besten aussehende Mann, den sie jemals in ihrem Leben gesehen hatte. Schön *und* angsteinflößend zugleich. Der Mann war riesig. Mindestens einen Kopf größer als sie mit ihren eins dreiundsiebzig. Seine Arme waren groß. Seine Hände waren groß. Aber am gruseligsten war sein Gesicht. Der Nachmittagsschatten verbarg die Narben auf der rechten Seite seines Gesichts. Die Narben zogen sich hinunter bis zum Mundwinkel und sorgten für einen finsteren Gesichtsausdruck. Sein Haar war dunkel und die Frisur etwas wild. Er war von Kopf bis Fuß in Schwarz gekleidet. Jedes dieser Details für sich genommen hätte sie nicht wirklich beunruhigt, aber alles zusammen war einschüchternd und erschreckte Summer tatsächlich. Als der Mann aber nichts tat oder sagte, sondern nur dastand und sie mit einem unverständlichen Gesichtsausdruck anstarrte, wurde sie ein wenig sauer. Als er sie nach ein paar Sekunden *immer noch* am Ellbogen festhielt und anstarrte, ohne etwas zu sagen, wusste Summer, dass sie etwas tun musste.

»Äh, entschuldigen Sie bitte«, stammelte sie. Summer wollte einen Schritt zurückmachen, aber er hielt sie immer noch am Arm fest.

Summer erwartete, dass er sich entschuldigen oder zumindest anderweitig auf ihre Worte reagieren würde, aber er hielt sie nur noch einen weiteren Moment fest, bevor er sie losließ und einen Schritt zurücktrat. Er nickte ihr zu, machte einen Schritt um sie herum und ging zu einer der anderen Hütten in der Nähe.

Summer sah ihm nach. Sie wünschte, sie hätte seine Stimme gehört. Sie wettete, dass sie ruhig und tief war. Sein Hintern war so knackig und ... scheiße. Was waren das für Gedanken? Summer drehte sich um und ging in die Hütte, die sie putzen sollte. Er war nichts für sie. Niemand war mehr etwas für sie. Es war nicht einfach, aber sie schlug sich den großen starken Mann aus dem Kopf und machte sich wieder an die monotone Arbeit, das Zimmer aufzuräumen. Sie nahm an, dass es ihr niemand vorwerfen würde, wenn ihre Gedanken hin und wieder zu dem Mann und seinem appetitlichen Hintern schweifen würden. Er war ohne Frage ein schönes Exemplar der männlichen Spezies.

Mozart ging in seine Hütte und lachte leise über das Dienstmädchen. Sie hatte ihn etwas erschreckt, als sie direkt in ihn hineingelaufen war, aber zum Glück hatte er sie nicht umgeworfen. Er dachte nicht, dass er besonders leise gewesen war, als er an ihr vorbeiging, und dass sie ihn hätte hören müssen, aber offensichtlich hatte er sich geirrt.

Mozart war überrascht gewesen, wie gut diese Frau in seine Arme gepasst hatte. Wenn er sie an sich gezogen hätte, hätte ihr Kopf genau an seiner Schulter gelegen. Er konnte nicht genau sagen, was für Haar sie hatte, da sie es zu einem strengen Knoten am Hinterkopf gebunden hatte. Es schien eine Mischung aus helleren Farben zu sein. Er hatte auch bemerkt, dass sie nicht mehr blutjung war. Mozart war überrascht zu sehen, dass sie kein Mädchen vom College war, das sich etwas Geld dazuverdiente. Sie war aber auch noch nicht so alt, dass sie aus Langeweile hier arbeiten würde. Wenn er hätte raten müssen, hätte Mozart gesagt, dass sie wahrscheinlich in seinem Alter war. Höchstwahrscheinlich Mitte dreißig. An einem Ort wie den *Big Bear Lake Blockhütten* hätte er jemanden wie sie als Letztes erwartet.

Auch wenn er es nicht wollte, musste Mozart zugeben, dass sie attraktiv war. Er hatte keine Zeit für so etwas. Aber sie roch so sauber und sie hatte Lachfalten um die Augen, die sie selbst wahrscheinlich Krähenfüße nennen würde. Das Gesamtpaket sah wirklich gut aus.

Mozart lachte über sich selbst. Seine Gedanken waren lächerlich. Er hatte das Interesse in ihrem Blick gesehen, kurz bevor es sich in Bestürzung verwandelt hatte. Er hatte das immer und immer wieder erlebt. Zuerst dachten Frauen, dass er gut aussehend war, sobald sie aber seine Narben bemerkten, wandten sie sich ab. Aber jetzt, wo Mozart etwas mehr darüber nachdachte, hatte sich das Mädchen eigentlich nicht abgewandt, sondern wirkte nur leicht erschrocken. Sobald sie ihr Gleichgewicht zurückhatte, hatte sie ihm direkt in die Augen geschaut, und es sah sogar so aus, als wäre sie sauer auf ihn gewesen. Es war schon lange her, dass sich eine Frau die Mühe gemacht hatte, ihm *echte* Emotionen zu zeigen. Mozart war es gewohnt, dass Frauen falsch waren und alles taten, um ihn ins Bett zu bekommen. Dieser verärgerte Ausdruck auf ihrem Gesicht war irgendwie süß.

Mozart schüttelte den Kopf und versuchte, das Dienstmädchen aus seinen Gedanken zu vertreiben. Er musste sich auf Hurst konzentrieren und darauf, wie er ihn finden könnte. So gut sie auch aussah, er hatte keine Zeit für einen Flirt. Er dachte über die Informationen nach, die Tex ihm vor seiner Abreise aus Riverton geschickt hatte. Der Mann, von dem sie annahmen, er wäre Hurst, zeltete offenbar irgendwo im Wald am See. Es gab Berichte über kleinere Diebstähle in der Gegend und Mozart hätte sein Leben darauf gewettet, dass Hurst dahintersteckte. Er holte die Karte von Big Bear heraus und versuchte einzugrenzen, wo der Hurensohn sein könnte. Der Wald war riesig, aber Mozart würde ihn finden, wenn er sich dort versteckt hielt. Mozart war von den Besten ausgebildet worden. Hurst würde nicht einmal ahnen, dass er verfolgt wurde, bis es zu spät war.

KAPITEL DREI

Summer versuchte, nicht mehr über den großen, starken Mann in Hütte Nummer drei nachzudenken, aber es fiel ihr verdammt schwer. Jedes Mal wenn sie sein Zimmer sauber machte, stellte sie fest, wie gut er roch. Sie ließ sich sogar ein Mal dazu hinreißen, an einem seiner Handtücher zu riechen, und schämte sich sofort danach. Wie zu erwarten wusste er nicht einmal, dass sie existierte. Erstens war sie nur ein einfaches Dienstmädchen und zweitens war er wunderschön, trotz seiner Narben. Sie war es nicht. Es war nicht so, dass sie sich selbst schlechtmachte, aber sie wusste, was sie war und was sie nicht war. In ihrem alten Leben hatte sie immer etwas abnehmen wollen, was mit einem Schreibtischjob schwer gewesen war. Aber jetzt, mit nur einer Mahlzeit am Tag, hatte sie bereits viel zu viel an Gewicht verloren. Sie nahm an, dass das nicht besonders förderlich für ihr Aussehen war.

Der Mann war sehr ordentlich. Alle seine Kleider hatte er in Schubladen verstaut. Seine Schuhe standen akkurat vor der Wand. Seine benutzten Handtücher hängte er immer über die Duschstange und jeden Morgen war sein Bett bereits gemacht. Es gab in seinem Zimmer nicht wirklich viel zu putzen, aber Summer saugte jedes Mal den Boden und tauschte die Handtücher aus. Zweimal hatte sie ihn im Bürogebäude gesehen. Das erste Mal hatte er gerade gefrühstückt und war für eine Wanderung gekleidet. Sein Rucksack hatte an der Wand gestanden und er trug Stiefel, dazu ein Flanellhemd und eine Cargohose. Beim zweiten Mal hatte sie an seine Tür geklopft, um sein Zimmer sauber zu machen. Er hatte die Tür geöffnet, ihr zugenickt und war gegangen. Sie fragte sich, was er hier machte und wie lange er bleiben würde.

Die meisten Gäste kamen für ein verlängertes Wochenende hier rauf und waren fast immer in Begleitung einer anderen Person. Es war ungewöhnlich, dass jemand allein kam und so lange blieb wie dieser Mann. Summer hatte bemerkt, dass er meistens wandern ging, also brauchte er vielleicht nur eine Auszeit und wollte allein sein. Sie zuckte geistig mit den Schultern. Sie hatte noch einen langen Tag vor sich. Sie ignorierte ihren knurrenden Magen und zwang sich, die Tür abzuschließen und zur nächsten Hütte zu gehen.

Mozart atmete aus. Es war ein langer, aber produktiver Tag gewesen. Er hatte Spuren gefunden, die darauf hinwiesen, dass sich eine Person in den Bergen in der Nähe aufhielt. Mozart war der festen Überzeugung, dass es sich um Hurst handelte. Er hatte darauf geachtet, nichts in seinem Lager zu berühren, damit Hurst keinen Verdacht schöpfte, dass jemand hinter ihm her war. Es war das erste Mal, dass Mozart so nahe dran war, ihn zu fangen. Er überlegte, ob er Cookie um Unterstützung bitten sollte, entschied sich aber dagegen. Cookie und Fiona arbeiteten immer noch an Fionas Problemen und er wollte sie jetzt nicht stören, wo sie eine Woche freihatten.

Mozart ließ sich in den Stuhl auf der Veranda vor dem kleinen Bürogebäude fallen. Er hatte bemerkt, dass sich die anderen Gäste jeden Abend im Bürogebäude trafen, um sich zu unterhalten. Er war eigentlich nicht in der Stimmung für Gesellschaft, aber er wollte auch noch nicht in seine Hütte zurückgehen. Es war ein schöner Abend.

Mozart hielt gerade ein Bier in der Hand, als ein Geländewagen auf den Parkplatz fuhr. Drei Frauen stiegen aus. Sie waren von der Art Schönheit, die von zahllosen Besuchen im Schönheitssalon und stundenlanger Vorbereitung im Badezimmer herrührte, bevor sie einen Fuß nach draußen setzen konnten. Sie trugen hautenge Kleider und hohe Absätze. Sie sahen aus, als hätten sie den ganzen Abend gefeiert. Die Blockhütten waren nicht gerade das Hilton, also fragte er sich, was sie hierher verschlagen hatte. Als Mann konnte er nicht umhin zu bewundern, wie die engen Kleider die Rundungen ihrer Körper zur Geltung brachten. Es war schon eine Weile her, seit er das letzte Mal mit einer Frau zusammen gewesen war, und hierbei handelte es sich um ein paar gut aussehende Exemplare.

»Ach du Scheiße, Cindy«, sagte die Frau im blauen Kleid etwas zu laut, »vom Auto aus sah er heiß aus, aber du kannst ihn für dich allein haben, ich könnte ihn nicht ansehen, während ich ihn ficke.« Die drei Frauen lachten. Sie waren offensichtlich betrunken.

»Aber er könnte dich von hinten nehmen, dann müsstest du ihm nicht ins Gesicht schauen«, sagte die Frau, bei der es sich anscheinend um Cindy handelte. »Ich würde ihn nehmen, schaut euch nur seine Muskeln an!«

Leider hatte sich Mozart seit seiner Verletzung an solche Kommentare von Frauen gewöhnen müssen. Er kippte den Rest seines Bieres hinunter und wollte aufstehen, um zu gehen. Es war ihm egal, was sie dachten, aber er würde nicht sitzen bleiben und es sich anhören. Die oberflächlichen Kommentare dieser Frauen verdienten seine Beachtung nicht.

Er spürte, wie ihm von hinten zärtlich jemand mit der Hand über die Brust fuhr, und sah, wie sich eine Frau über ihn beugte.

Bevor Mozart etwas sagen oder tun konnte, hörte er, wie die Frau hinter ihm mit heiserer Stimme etwas sagte, laut genug, sodass die drei Schlampen sie hören konnten. »Komm schon, Schatz, die drei Orgasmen, die du mir vor dem Abendessen beschert hast, waren noch nicht genug. Ich kann nicht glauben, dass du so lange hart bleiben kannst. Lass uns noch eine Nummer unter der Dusche schieben, bevor du den Jet rufst.« Die mysteriöse Frau liebkoste die Narben auf seinem Gesicht, während sie spielerisch mit beiden Händen über seinen Oberkörper fuhr.

Mozarts gesamter Körper spannte sich an. Er biss die Zähne zusammen und spürte, wie sich sein Kiefer zusammenzog. Auch wenn er nicht genau wusste, was die Frau vorhatte, bekam er bei dem Ton ihrer Stimme und ihren Worten einen Ständer. Er hob eine Hand und griff nach ihrem Unterarm, während sie ihn mit ihrer anderen Hand weiter streichelte. Mozart wusste nicht, ob er sie von seinem Körper wegstoßen oder auf seinen Schoß ziehen wollte. Er tat weder das eine noch das andere, sondern hielt sie nur fest, während sie mit ihrer anderen Hand an seiner Brust auf- und abfuhr, und beobachtete dabei, wie den Schlampen die Kinnlade herunterklappte und sie ihn und die Frau anstarrten, als sie an dem Bürogebäude vorbeigingen.

Die Frau, die ihre Hände überall auf seinem Körper hatte, war aber anscheinend noch nicht ganz fertig. Als die drei Frauen vorbeigingen, drehte sie den Kopf zu ihnen um und bewies, dass sie genau wusste, dass sie sie die ganze Zeit hatten hören können. »Er ist ein *ganzer* Mann und er gehört mir *allein*. Wenn ihr zu dumm seid, hinter die Fassade eines Gesichts zu schauen, dann habt ihr auch keinen Mann verdient, der euch die ganze Nacht zum Höhepunkt bringt. Und glaubt mir, er weiß genau, wie er jeden Zentimeter seines Körpers zu *meiner* Befriedigung einsetzen kann.«

Die Frau stand auf, griff nach Mozarts Hand und zog ihn von der Veranda zu seiner kleinen Hütte. Mozart schaute nicht einmal mehr zurück, um zu sehen, was die anderen Frauen machten, er hatte nur Augen für die Frau, die ihn zu seinem Zimmer schleppte.

Summers Herz schlug mit einer Geschwindigkeit von mindestens einer Million Schlägen pro Sekunde. Was musste dieser Mann von ihr denken! Aber sie hatte nicht einfach nur dastehen und dabei zusehen können, wie diese Schlampen so über ihn redeten. Obwohl Summer ihn nicht wirklich kannte, hatte sie das Gefühl, eine Verbindung zu ihm zu haben. Immerhin hatte sie sein Zimmer geputzt und seine

Bettwäsche gewechselt ... Bettwäsche, die seinen Körper berührt hatte. Davon abgesehen hatte es niemand verdient, so behandelt zu werden.

Summer hatte keine Ahnung, was mit ihm passiert war und woher er die Narben auf seinem Gesicht hatte, aber sie hatte das Gefühl, dass er wahrscheinlich zu einer Art Militäreinheit gehörte. Er sah einfach so aus und vielleicht waren die langen Wanderungen im Wald Teil seiner Ausbildung. Dass diese Frauen ihm gegenüber so ausfallend gewesen waren, fühlte sich in vielerlei Hinsicht falsch an. Er war immer höflich zu den Angestellten im Motel gewesen. Er war ordentlich. Er war ruhig. Aber wenn Summer vorher einen Moment länger darüber nachgedacht hätte, was sie gerade getan hatte, hätte sie es wahrscheinlich nicht gewagt. Es war ihr verdammt peinlich, aber sie musste weitermachen, bis die Frauen weg waren.

Als sie vor der Tür seiner Hütte ankamen, blieb Summer stehen, holte tief Luft und drehte sich zu dem großen Mann um, der immer noch ihre Hand hielt.

Mozart sah, wie die Frau tief Luft holte, bevor sie sich umdrehte. Er grinste. Jetzt, wo er ihr Gesicht sah, wusste er genau, wer sie war. Sie war das Dienstmädchen, das die Hütten sauber machte. Er wartete darauf, dass sie etwas sagte.

Summer zog an ihrer Hand, aber der Mann ließ sie nicht los. Sie sah ihn etwas nervös an und bemerkte, wie sich ein Lächeln über sein Gesicht zog, das alle Worte in ihrem Gehirn auslöschte.

»Meinst du, ich könnte den Namen der Frau erfahren, der ich drei Orgasmen geschenkt habe und die ich anscheinend die ganze Nacht befriedigen kann?«

Summer blieb fast die Luft weg. Gott, das war ihr ja so peinlich. »Es tut mir so leid, was da gerade passiert ist«, sagte sie schnell. »Diese Frauen waren solche Schlampen. Ich wollte nur, dass sie eifersüchtig werden und erkennen, was ihnen wirklich fehlt. Ich wollte dich nicht in Verlegenheit bringen oder so. Es tut mir wirklich leid.« Sie verstummte, als sie sah, dass er sie immer noch anlächelte.

»Dein Name?«, forderte Mozart leise.

»Was?«

»Wie heißt du?«, wiederholte er sanft und schien nicht im Geringsten verärgert zu sein.

»Summer«, antwortete sie, ohne lange nachzudenken. Verdammt, vielleicht sollte sie mit solchen Dingen nicht einfach herausplatzen, ohne vorher darüber nachzudenken. Das hatte sie auch in der Vergangenheit immer in peinliche Situationen gebracht. Scheinbar hatte sie ihre Lektion nach all den Jahren immer noch nicht gelernt.

»Summer«, sagte Mozart, »es ist mir nicht peinlich. Ich glaube, das war das Netteste, das seit Langem jemand für mich getan hat. Es braucht dir nicht leidzutun, verdammt, kein bisschen. Ich werde niemals die

Blicke auf ihren Gesichtern vergessen, als du ›Jet‹ gesagt hast. Ich wünschte, jemand hätte das aufgenommen, damit ich es meinen Freunden zeigen kann.«

Summer kicherte, war aber immer noch verlegen und sie war sich außerdem bewusst, dass er immer noch ihre Hand hielt. Es war ihr einerseits unangenehm, fühlte sich aber gut an. »Ich weiß nicht, was da über mich gekommen ist. Normalerweise bin ich nicht so. Wie auch immer, ich werde dann mal gehen.« Sie verstummte und versuchte erneut, ihre Hand aus seinem Griff zu lösen, aber er ließ immer noch nicht los. Sie sah den Mann wieder fragend an.

»Iss zu Abend mit mir.« Das war nicht wirklich eine Frage. Er hatte es eher als Aufforderung formuliert.

»Was?« Summer musste sich verhört haben. Sie wusste, dass sie albern klang, aber sie musste ihn darum bitten, es zu wiederholen. Sie war verwirrt.

»Iss mit mir zu Abend, Summer«, sagte der Mann erneut.

»Aber du kennst mich doch gar nicht«, entgegnete Summer verwirrt.

Mozart lachte leicht. »Aber Summer, ich habe dir vor dem Abendessen drei Orgasmen beschert.«

Summer wurde rot und sah nach unten. »Jesus, das wird mir wohl jetzt mein ganzes Leben lang nachhängen, oder?«

Als Mozart Summers Verlegenheit bemerkte, wurde er ernst. Er legte ihr seinen Finger unters Kinn und neigte ihren Kopf nach oben, damit sie ihn ansah. Er bemerkte, dass sie nicht gegen ihn ankämpfte. »Du bist zu leicht in Verlegenheit zu bringen, aber bitte, lass mich dich zum Abendessen einladen, um mich bei dir zu bedanken. Du hättest nicht für mich eintreten müssen. Es stört mich ehrlich gesagt nicht, was die Leute über mich sagen, aber das wusstest du nicht. Du hast dich für mich eingesetzt. Bitte gestatte mir, dir im Gegenzug ein Abendessen zu spendieren.«

Summer sah den Mann wieder an. Er meinte es tatsächlich ernst und sie war *so* hungrig. Es war ihr egal, wohin er sie bringen würde, sie hatte schon seit einer Ewigkeit keine richtige Mahlzeit mehr gehabt. Sie versuchte noch einmal, ihn davon abzubringen.

»Aber ich kenne nicht einmal deinen Namen.«

Schließlich ließ er ihre Hand los, nur um ihr seine sofort wieder hinzuhalten. »Ich bin Mozart. Ich freue mich, dich kennenzulernen, Summer.«

»Mozart? Bist du ein Klavierspieler?«

Mozart lachte und blieb mit ausgestreckter Hand stehen. Er würde die ganze Nacht so stehen bleiben, wenn er müsste. Er hatte fast vergessen, wie viel Spaß es machte, eine Frau zu umwerben. Es kam nicht sehr oft vor und er fühlte sich gleich einen halben Meter größer. Wenn Summer wüsste, wie süß sie aussah und dass ihr Verhalten ihn nur noch entschlossener machte, wäre sie vermutlich beschämt. »Begleite mich zum Abendessen und ich werde dir erzählen, wie ich zu meinem Spitznamen gekommen bin.«

Summer lächelte und schüttelte den Kopf. Er war doch verrückt, aber sie musste zugeben, dass sie seine Art von Verrücktheit mochte. Schließlich schüttelte sie seine Hand. »Ich glaube zwar, man nennt das Erpressung, aber ich stimme zu.«

Anscheinend hatte sie eine Verabredung zum Abendessen.

Mozart fuhr mit Summer schließlich in eines der Steakrestaurants in der Nähe. Es war nichts Außergewöhnliches, aber das Essen war gut. Er hatte schon ein paarmal dort gegessen und es war gut gewesen. Vielleicht noch wichtiger schien zu sein, dass das Restaurant ruhig war und Mozart die Gelegenheit nutzen wollte, um Summer etwas besser kennenzulernen. Die Kellnerin hatte sie an einen Tisch im hinteren Teil des Restaurants gesetzt und gefragt, was sie trinken wollten.

»Bestell dir, was du magst«, sagte Mozart, als er sah, wie sie zögerte.

»Ich denke, ich nehme nur ein Wasser.« Bei Mozarts hochgezogenen Augenbrauen verteidigte Summer ihre Wahl rasch. »Das ist in Ordnung. Ich habe Hunger und möchte meinen Magen nicht mit Limonade oder Alkohol füllen.«

Mozart nickte und bestellte sich ein Bier. Nachdem die Kellnerin weg war, um ihre Getränke zu holen, drehte er sich wieder zu Summer um und beobachtete, wie sie die Speisekarte durchging.

»Willst du nicht mal selbst in die Karte schauen?«, fragte sie Mozart nervös.

»Nein, ich war schon ein paarmal hier und weiß, was ich will.«

Die Art und Weise, wie er gesagt hatte, er wüsste, was er will, machte Summer aus irgendeinem Grund nervös, aber sie ging nicht darauf ein. Vielleicht lag es daran, dass er ihr in die Augen gesehen hatte, als er es sagte. Summer sah auf die Speisekarte hinunter, als stände darin das Rezept für Weltfrieden, und versuchte, Mozarts Anwesenheit und seinen stählernen Blick zu ignorieren.

Als die Kellnerin mit ihren Getränken zurückkam, bestellte Mozart als Vorspeise Pommes mit Kaktus-Dip und ein Rib-Eye-Steak mit Kartoffeln und Spinat. Summer bestellte ein medium gebratenes Lendenstück mit einer Ofenkartoffel und gerösteten grünen Bohnen.

Nachdem die Kellnerin weg war, stützte Mozart seine Ellbogen auf den Tisch und fragte: »Also, wie lange arbeitest du schon in diesem Motel?« Es war eine ziemlich harmlose Kennenlernfrage, aber Summer war es trotzdem peinlich. Sie war sehr geschickt darin geworden, vage Antworten zu geben, die sich so anhörten, als hätte sie die Frage beantwortet, aber in Wirklichkeit nicht viel von ihr preisgaben.

»Ich bin jetzt schon eine Weile dort. Es ist okay, aber nicht das, was ich für den Rest meines Lebens tun möchte. Du bist auch schon eine Weile dort zu Gast. Was machst du hier oben in Big Bear?«

»Ach, du weißt schon, ich nehme eine Auszeit und wandere durch den Wald.«

Summer nickte, es war das, was sie bereits vermutet hatte. Allerdings stimmte irgendetwas nicht mit seiner Antwort. Da sie selbst keine tieferen Fragen über sich beantworten wollte, konnte sie ihm aber kaum einen Vorwurf machen.

»Hast du schon irgendwelche Tiere gesehen, als du da draußen unterwegs warst?«

»Ja, ziemlich viele Hirsche, aber keine Bären.«

Summer lachte. »Na, dann ist ja alles gut.«

Mozart nickte nur und beobachtete die Frau, die ihm gegenübersaß. Sie saß niemals still. Sie spielte mit ihrem Wasserglas und legte dann die Serviette auf ihren Schoß. Mozart konnte sehen, dass sie nervös mit dem Bein wackelte. Äußerlich wirkte Summer gelassen und ruhig, aber er merkte, wie nervös sie war, mit ihm zusammen zu sein. Er mochte es. Nicht dass sie nervös *war*, aber dass seine Gegenwart sie anscheinend nervös *machte*.

»Erzähl mir etwas über dich, Summer.«

»Oh, ähm ...«, sie zuckte die Schultern, »da gibt es nicht viel zu erzählen.«

»Ach Quatsch, komm schon, irgendetwas muss es doch geben.« Mozart wollte diese Frau unbedingt kennenlernen. Nicht diesen oberflächlichen Mist, sondern irgendetwas, das er nicht herausfinden würde, wenn er sie nicht etwas drängte.

»Mein zweiter Vorname ist James.« Bei seinem ungläubigen Blick legte Summer verlegen die Hand vor die Augen.

»James?« Als sie nicht sofort antwortete, lehnte Mozart sich über den Tisch und strich ihr eine Haarsträhne hinters Ohr. »Summer James. Das gefällt mir.«

Summer hob den Kopf und sah den wunderschönen Mann ihr gegenüber an. Sie hatte ehrlich gesagt keine Ahnung, was in sie gefahren war, ihn im Motel vor den anderen Frauen zu verteidigen. Er war offensichtlich ein Mann, der gut auf sich selbst aufpassen konnte. Er brauchte sie nicht, um diese Frauen eifersüchtig zu machen. Mozart war mit Abstand der heißeste Mann, den sie jemals gesehen hatte. Er hätte die anderen Frauen wahrscheinlich mit nur einem Blick plattmachen können. Aber sie musste ja die Heldin spielen. Sie seufzte und wusste, dass sie ihren peinlichen zweiten Vornamen jetzt erklären musste, nachdem sie damit herausgeplatzt war.

»Meine Eltern wollten einen Jungen. Sie waren

sich ganz sicher, dass ich ein Junge werden würde. Sie wollten nicht, dass der Arzt ihnen das Geschlecht ihres Babys verriet, überzeugt davon, dass sie es bereits aufgrund anderer Anzeichen wussten. Also hatten sie sich schon auf einen Namen festgelegt, James. Es war eine Enttäuschung, als sich herausstellte, dass ich ein Mädchen war. Sie hatten keine Zeit, sich wirklich einen guten Namen zu überlegen, also entschieden sie sich für Summer, da ich im Juli geboren wurde. James haben sie als zweiten Vornamen beibehalten, weil sie so daran hingen.«

»Summer ist ein schöner Name.«

Summer richtete den Blick auf Mozart und sah ihn verwirrt an. Das hatte sie nicht von ihm erwartet.

Mozart ergänzte: »Du hast gesagt, deine Eltern hatten keine Zeit, sich einen guten Namen zu überlegen. Da muss ich dir widersprechen. Summer ist ein schöner Name. Er passt zu dir. Du hast blonde Haare und die blauesten Augen, die ich jemals gesehen habe, so blau wie der Himmel an einem schönen Sommertag. Deine Haut ist braun ... Ich glaube nicht, dass ich jemals eine Frau getroffen habe, deren Name besser zu ihr gepasst hätte als Summer zu dir.«

Oh. Mein. Gott. Summer dachte, sie würde an Ort und Stelle im Erdboden versinken. Mozart sah sie schon wieder so intensiv an. Summer spürte, wie sich Gänsehaut über ihre Arme ausbreitete. Sie war nicht mehr an Komplimente gewöhnt und er schien gar nicht mehr aufhören zu wollen. »Äh, danke«, war alles, was sie krächzend hervorbrachte. Summer wurde davon erlöst, noch etwas anderes sagen zu müssen, weil die Kellnerin mit ihren Speisen kam.

Summer aß so langsam sie konnte, aber ihr Steak war unverschämt gut. Es war eine Ewigkeit her, seit sie so etwas Gutes gegessen hatte. Es war fast so, als könnte sie spüren, wie ihr Körper beim Essen die Nährstoffe der Mahlzeit absorbierte.

Mozart sah Summer beim Essen zu. Es war offensichtlich, dass sie die Mahlzeit genoss, aber bei genauerem Hinsehen genoss sie sie fast ein wenig zu sehr. Sie redeten nicht viel, was in Ordnung war, aber Mozart bemerkte, dass Summer absichtlich langsamer aß. Sie nahm einen kleinen Bissen in den Mund und legte dann die Gabel auf ihren Teller und ihre Hände in den Schoß, während sie kaute. Es war methodisch und bewusst. Mozart presste erschrocken die Lippen zusammen. Ein- oder zweimal in seinem Leben war es ihm genauso gegangen. Fast sein gesamtes Team war während einer Mission in Gefangenschaft geraten und sie waren halb verhungert. Nach ihrer Rettung hatte er sich fast einen Monat lang zwingen müssen, nicht bei jeder Mahlzeit das Essen herunterzuschlingen.

Sein Körper hatte ihm signalisiert, so schnell wie möglich zu essen, aber sein Verstand hatte dagegen angekämpft und versucht, ihm klarzumachen, dass er die Nahrung nicht auf Vorrat herunterschlingen musste. Mozart hasste es zu sehen, dass es Summer genauso zu gehen schien. Er wusste, dass er nichts dazu sagen könnte, ohne sie in Verlegenheit zu bringen, und das war das Letzte, was er jetzt wollte.

»Also, Summer James, wie lautet dein Nachname?« Mozart wollte jede Information über diese faszinierende Frau in sich aufsaugen.

»Pack.«

»Summer James Pack. Das gefällt mir.«

Summer zuckte nur die Schultern. Es war nicht so, als müsste ihm ihr Name gefallen, obwohl sie zugeben musste, sie war froh darüber, dass er ihn nicht hasste. »Also, du hast mir versprochen, mir die Geschichte über deinen Spitznamen zu erzählen, wenn ich dich zum Abendessen begleite.«

Mozart legte seine Gabel hin und schob den Teller zur Seite. Er beugte sich zu Summer hinüber und verschränkte die Arme auf dem Tisch. Erfreut bemerkte er, dass sie weiteraß, als er mit seiner Erklärung begann. »Ich bin ein Navy SEAL«, sagte er zufrieden, während sie nur nickte, anstatt sofort loszukreischen, wie es viele Frauen taten, nachdem sie gehört hatten, was er beruflich machte. »Beim Militär ist es üblich, einen Spitznamen zu bekommen. In der Regel handelt es sich dabei um Wortspiele oder witzige Abänderungen des echten Namens einer Person oder um eine Erinnerung an etwas Dummes, was diese Person getan hat.«

»Und zu welcher Kategorie gehört Mozart?«, fragte Summer mit einem Lächeln im Gesicht.

Lachend sagte Mozart: »Leider zur letzten.« Er fuhr mit seiner Geschichte fort und es gefiel ihm, Summer so fröhlich zu sehen. »Eines nachts, nachdem wir die Grundausbildung absolviert hatten, bin ich mit ein paar anderen Seeleuten auf die Piste gegangen und habe mir total die Kante gegeben. Wir hatten uns wochenlang den Hintern aufgerissen und wir waren alle keine Kinder mehr. Wir sind in einer Karaokebar gelandet.« Mozart machte eine Pause und genoss den Anblick des breiten Lächelns auf Summers Lippen. Es ließ ihr ganzes Gesicht strahlen.

»Ja, wir bildeten uns ein, richtig gut zu sein, und anscheinend habe ich mich geweigert, die Bühne zu verlassen, nachdem ich bereits drei Lieder gesungen hatte. Die Gäste wurden merklich sauer und einer schrie: ›Hey, Mozart, verschwinde von der Bühne und lass für eine Weile jemand anderen ein Lied verstümmeln.‹ Das war es. Das war alles, was es gebraucht hatte. Der Name ist bis heute geblieben. Mein einziger Ausflug ins Land der Musiker wird mir mein Leben lang nachhängen.«

»Ich bin mir sicher, irgendwo in Big Bear wird es auch eine Karaokebar geben. Wir könnten ihr nach dem Abendessen einen Besuch abstatten.«

»Oh nein, lieber nicht, Sonnenschein. Ich bin mir

ziemlich sicher, dass dir die Ohren bluten werden, wenn du mich singen hörst.«

Summer legte ihre Gabel hin und seufzte. Sie könnte wahrscheinlich noch mehr essen, aber sie wusste, dass sie es später bereuen würde, wenn sie sich noch weiter vollstopfte. Mozart war lustig. Sie hätte nie erwartet, dass er einen so tollen Sinn für Humor hätte, als sie ihn zum ersten Mal gesehen hatte. Es erinnerte sie einmal mehr daran, dass man Menschen nicht nach ihrem Äußeren beurteilen sollte. »Also, wie lautet dein richtiger Name?«

»Ich werde es dir nur sagen, wenn du schwörst, dass du ihn nicht benutzt.«

Summer sah ihn verblüfft an. »Was? Warum?«

Mozart lächelte, um seinen Worten die Ernsthaftigkeit zu nehmen. Er meinte es ernst, aber er wollte nicht, dass sie sich eingeschüchtert fühlte. »Ich habe fünf Freunde in meinem SEAL-Team. Wir haben alle diese Spitznamen. Drei von ihnen befinden sich in einer festen Beziehung und zum größten Teil weigern sich die Mädchen, unsere Spitznamen zu verwenden. Wolf, Abe und Cookie ist es egal, aber es ist so lange her, dass mich jemand anders als Mozart genannt hat. Ich habe manchmal das Gefühl, dass ihre Frauen über jemand anderen sprechen, wenn sie meinen Vornamen verwenden.«

Summer beschloss, ihn etwas aufzuziehen. Es war ihr egal, wie sie ihn nannte, aber sie wollte ihn ein bisschen ärgern. »Also, wie ist dein Name? Fred? Winston? Oh nein, jetzt habe ich es. Sherman?«

Mozart lehnt sich über den Tisch, griff nach ihrer Hand und tat spielerisch so, als würde er ihren Zeigefinger zur Vergeltung nach hinten biegen. Summer kicherte und versuchte erfolglos, ihre Hand aus Mozarts Griff zu ziehen.

»Nein, du Schlaumeier, ich heiße Sam. Sam Reed.«

»Sam.« Summer liebte das Gefühl ihrer Hand in seiner. Er gab ihr das Gefühl ... sicher zu sein. »Das ist so normal.«

Mozart ließ widerwillig ihre Hand los, lehnte sich zurück und verschränkte die Arme vor der Brust.

»Normal?«

»Ja. Du siehst für mich nicht aus wie ein ›Sam‹. Du siehst aus, als müsstest du einen bösen Namen haben.«

»Wie zum Beispiel?« Mozart begann, dieses Gespräch wirklich zu genießen.

»Ähm ... vielleicht Jameson ... oder Chase oder Blake.« Summer fuhr fort: »Ich weiß, was ist mit Tucker oder Trace?«

»Jesus, Summer, ernsthaft? Ich sehe aus wie ein Jameson?«, fragte Mozart lachend.

»Okay, vielleicht nicht, aber ich bin mir nicht sicher, ob ich dich Sam nennen kann, es ist einfach so ... einfach.«

»Na, dann ist es ja gut, dass du mich nicht Sam nennen *darfst*. Du hast es versprochen.«

»Eigentlich habe ich das nicht. Du hast es einfach angenommen.« Als Mozart den Mund öffnete, um etwas zu erwidern, beruhigte ihn Summer. »Nur ein Scherz! Ich werde dich Mozart nennen. Keine Bange.«

»Danke, Sonnenschein, ich weiß das zu schätzen.«

Summer lächelte den großen Mann an, der ihr gegenübersaß. Sonnenschein. Ihr Ex hatte ihr niemals Spitznamen gegeben. Er hatte sie immer nur Summer genannt. Sie hatte nicht gewusst, wie sehr es ihr gefallen würde, mit einem Kosenamen angesprochen zu werden, bis Mozart es getan hatte ... zweimal.

»Also, bist du bereit zu gehen?«, fragte Mozart sie und legte seine Serviette auf den Tisch.

»Ja, vielen Dank für das Abendessen. Ich weiß es sehr zu schätzen, obwohl es nicht nötig gewesen wäre.«

»Natürlich war es das. Du hast dich für mich eingesetzt. Das kommt nicht oft vor. Normalerweise geben sich die Leute alle Mühe, mir aus dem Weg zu gehen. Du bist vorgetreten und hast dich zwischen mich und diese Frauen gestellt. Ich muss allerdings ergänzen, dass du das nicht zur Gewohnheit werden lassen solltest. Du hast ja keine Ahnung, wozu manche Leute fähig sind. Sie hätten auch auf dich losgehen können oder ich hätte ein Arschloch sein und dich in mein Zimmer zerren können, um deinen Worten Taten folgen zu lassen.«

»Ich kann Leute ziemlich gut einschätzen. Ich wusste, dass das nicht passieren würde.«

»Möchtest du die übrig gebliebenen Brötchen mitnehmen?« Mozart wechselte abrupt das Thema. Er wusste, dass sie jedes ihrer Worte über ihn ernst meinte und dass sie das Gleiche wahrscheinlich noch einmal tun würde. Er glaubte nicht, dass sie darum bitten würde, die Reste mit nach Hause nehmen zu dürfen, aber irgendwie wusste er, dass sie es tun wollte und dass es wichtig für sie war.

»Sicher, wenn es dir nichts ausmacht.« Summer versuchte, lässig mit den Schultern zu zucken, und wusste, dass das Brot ihr Mittag- und wahrscheinlich Abendessen für den nächsten Tag sein würde.

Als die Kellnerin die Rechnung auf den Tisch legte, bemühte Summer sich, danach zu greifen, um für ihre eigene Mahlzeit zu bezahlen. Nicht dass sie wirklich das Geld dafür hatte, aber sie hatte das Gefühl, sie sollte Mozart zumindest zeigen, dass sie nicht erwartete, von ihm eingeladen zu werden.

»Ernsthaft?«, fragte Mozart mit hochgezogener Augenbraue, streckte die Hand aus und schnappte sich die Rechnung, bevor Summer sie nehmen konnte.

Summer sah Mozart nur an und sagte: »Ja, du kennst mich doch gar nicht, es gibt keinen Grund, für mich zu bezahlen.«

Mozart zog seine Kreditkarte heraus und legte sie zusammen mit der Rechnung ans andere Ende des Tisches. »Ich habe dich zum Abendessen eingeladen, ich werde bezahlen. Glaub mir, ich schätze es, dass du es angeboten hast. Ich kann mich gar nicht mehr erinnern, wann eine Frau zum letzten Mal überhaupt daran gedacht hätte, aber es irritiert mich trotzdem, dass du auch nur für eine Sekunde gedacht hast, ich würde dich bezahlen *lassen*.«

Summer sah Mozart nur einen Moment lang an und flüsterte dann: »Danke.« Sie wusste nicht, was sie sonst sagen sollte.

»Gern geschehen. Es sollte doch selbstverständlich sein, dass der Mann bezahlt, wenn er dich einlädt, Sonnenschein.«

»So läuft das heutzutage nicht mehr, Mozart.«

»Nun, bei *mir* läuft es so.«

Summer glaubte ihm. Mozart war intensiv auf eine Art, die zeigte, dass er als Alphamann gern die Kontrolle übernahm. Sie sollte es vermutlich hassen, konnte es aber nicht. Noch nie zuvor hatte jemand sie so behandelt und es war fast beängstigend, wie sehr sie es genoss. Summer sagte nichts, als die Kellnerin mit dem Kreditkartenbeleg zurückkam und Mozart ihn unterschrieb. Er stand auf und streckte die Hand nach ihr aus, um ihr aufzuhelfen.

Summer griff nach Mozarts Hand und ließ sie nicht mehr los, während er sie aus dem Restaurant und zurück zu seinem Pritschenwagen führte. Er wartete, bis sie sich auf den Beifahrersitz gesetzt hatte, bevor er die Tür hinter ihr schloss und zur Fahrerseite ging.

In angenehmer Stille fuhren sie zurück zum Motel.

Sie hielten vor seiner Hütte. Mozart beobachtete, wie Summer aus dem Auto stieg und sich selbstbewusst die Haare hinter das rechte Ohr strich.

»Danke für das Abendessen, Mozart, es hat mir sehr gefallen.«

»Nochmals, gern geschehen. Wie kommst du nach Hause?«

»Oh, ich wohne hier auf dem Gelände.«

»Ach tatsächlich?« Mozart sah sich verwirrt um. Er hatte keine Ahnung, wo sie hier wohnen könnte, es sei denn, sie lebte in einer der Hütten. Oder es gab noch ein Zimmer im Bürobereich, das er nicht gesehen hatte, als er dort gefrühstückt hatte.

»Ja. Nochmals vielen Dank für heute Abend ... ich wünsche dir noch einen schönen Urlaub. Sei vorsichtig beim Wandern. Ärgere keine Bären, okay?« Summer lächelte Mozart nervös an und hoffte, er würde nicht weiter nachhaken, wo sie lebte.

»Den werde ich haben, Sonnenschein. Danke, dass *du* dich heute Abend vor diesen Schlampen für mich eingesetzt hast.«

»Wie ich es jetzt sehe, wäre das nicht nötig gewesen. Aber im Ernst, ich hoffe, du weißt selbst, dass du keine Makel hast. Glaub mir, du bist in jeder Hinsicht makellos.«

»Flirtest du mit mir, Summer?«, neckte Mozart sie, begeistert von der Röte, die ihr ins Gesicht stieg.

»Äh, nein, ich ...«

»Ich ziehe dich nur auf, Sonnenschein. Ich denke nicht wirklich viel darüber nach und es stört mich ehrlich gesagt nicht, wenn die Leute mich komisch ansehen. Nichtdestotrotz habe ich nichts dagegen, wenn du ein paar Schlampen eine Lektion erteilen willst, wenn sie mich dumm anmachen.«

Summer schüttelte nur den Kopf und lächelte. »Gute Nacht, Mozart.«

»Gute Nacht, Sonnenschein.« Mozart sah Summer hinterher, wie sie in Richtung des Bürogebäudes ging und links davon verschwand. War sie mit dem Besitzer verwandt? Wo genau wohnte sie? Was brachte eine Frau, die so hübsch und intelligent war wie Summer, dazu, in einem so heruntergekommenen Motel zu arbeiten? Mozart hatte eine Menge Fragen und keine Antworten.

Er ging in seine Hütte. Im Moment gab es genügend andere Dinge, um die er sich kümmern musste, und er hatte nicht wirklich die Zeit dazu, sich über Summers Geheimnisse den Kopf zu zerbrechen, aber er konnte nichts dagegen tun. Sie hatte sich heute Abend für ihn eingesetzt. Er war ehrlich zu ihr gewesen, als er gesagt hatte, dass er sich nicht erinnern konnte, wann jemand das letzte Mal so etwas für ihn getan hatte, ohne dafür eine Gegenleistung zu erwarten, außer seine Teamkollegen natürlich.

Er legte sich auf sein Bett und dachte über den

Abend nach. Es gab ein paar Dinge an Summer, die ihn beunruhigten. Sie trug keine Jacke, obwohl es schon etwas kühler war. Sie trug kein Make-up. Nicht dass es ihm etwas ausmachte, aber die meisten Frauen, die er kannte, legten wenigstens etwas Schminke auf. Summers Kleidung schien ein bisschen zu weit für sie zu sein, als wäre es die falsche Größe. Auch wenn sie versucht hatte, es nicht zu zeigen, sie hatte heute Abend eindeutig Hunger gehabt.

Mozart hatte sie zuvor auch niemals abends gesehen. Wo war sie heute Abend hergekommen? Und obwohl er sie bis heute nicht wirklich wahrgenommen hatte, hatte sie durch ihre Handlungen an diesem Tag seine Aufmerksamkeit auf sich gezogen. Da war etwas an ihr, etwas, das ihn dazu brachte, der Mann sein zu wollen, der ihr drei Orgasmen bescheren und sie die ganze Nacht lang befriedigen würde. Mozart wusste, dass es verrückt war. Er war normalerweise nicht der Typ Mann, der Frauen hinterherlief. Zumindest war er das vor seinem Unfall nicht gewesen. Er hatte es nicht nötig gehabt. Frauen waren immer hinter ihm hergelaufen. Aber *diese* Frau hatte ihn neugierig gemacht und er wollte dieses Rätsel lösen. Er *würde* es lösen, bevor er von hier wieder verschwand.

Wenn Summer wüsste, worüber Mozart nachdachte, hätte sie sich wahrscheinlich noch in diesem Moment aus dem Staub gemacht. Aber sie glaubte, sie hätte ihn vielleicht zum letzten Mal gesehen. Höchstwahrscheinlich würde er bald abreisen und sie vergessen. Summer war jemand, den man leicht vergessen konnte. Das war ihr in ihrem Leben immer wieder bewiesen worden. Mit ihm wäre es nicht anders. Das *wusste* sie.

Sie kuschelte sich in den Schlafsack, den sie im Gebrauchtwarenladen gekauft hatte. Er roch leicht muffig, als hätte er bereits eine Weile im Laden gelegen, aber er war warm und im Moment war das alles, was ihr wichtig war. Sie schlief ein, dachte an Mozart und träumte schließlich sogar von ihm.

KAPITEL VIER

Am nächsten Tag stand Mozart wie üblich früh auf und machte sich auf den Weg, bevor die Sonne aufging. Er wusste, dass er Hurst überraschen musste, wenn er ihn überwältigen wollte. Der Mann war tödlich und Mozart durfte ihn nicht unterschätzen.

Während er geräuschlos durch den Wald schlich, musste Mozart wieder an Summer denken. Morgen würde er nach Riverton zurückkehren. Sein Urlaub war vorbei, und genauso wie er es hasste, seine Suche nach Hurst abzubrechen, so ungern wollte er gehen, bevor er Summer näher kennengelernt hatte. Es war verrückt. Die letzten neunzehn Jahre seines Lebens hatte nichts seinem Streben nach Rache für Avery im Weg gestanden. Aber eine einzige Begegnung mit Summer war alles, was nötig gewesen war, um sein

Interesse an ihr zu wecken und sein intensives Rachebestreben ein wenig zu bremsen.

Sie war voller Rätsel. Sie konnte sich gut ausdrücken und war klug, arbeitete aber als Dienstmädchen in einem heruntergekommenen Motel. Mozart schüttelte den Kopf. Er verstand es nicht, aber er würde noch dahinterkommen. Er wollte noch einmal mit ihr sprechen, bevor er ging. Er wollte ihr versichern, dass er zurückkehren würde. Mozart wusste, dass er zurückkommen musste, um Hurst weiter zu jagen. Wenn er ehrlich zu sich selbst war, musste er aber zugeben, dass es auch an Summer lag.

Mozart würde Summer gern seinen Freunden vorstellen, was ungewöhnlich für ihn war. Normalerweise trennte er sein Sexualleben strikt von seinem echten Leben. Die Frauen, mit denen er schlief, wussten, worauf sie sich einließen, sie wussten, dass es nur für eine Nacht war. Manchmal blieben Frauen länger bei ihm, aber er stellte immer im Voraus klar, dass er kein Beziehungsmensch war. Wenn sie eine Weile bei ihm bleiben wollten, um mit ihm zu schlafen, hatte er keine Einwände, aber sie würden niemals mehr als das von ihm bekommen.

Überraschenderweise waren viele Frauen mit diesem Arrangement einverstanden, auch wenn er sich dadurch wie ein Arschloch fühlen sollte.

Mozart schüttelte den Kopf und zwang sich, wieder in die Gegenwart zurückzukehren. Es beschlich ihn das Gefühl, dass seine Tage der One-Night-Stands vorbei waren, alles wegen einer etwas zu schlanken mysteriösen Frau, die keine Ahnung zu haben schien, wie schön sie war. Er würde sie aufsuchen, wenn er ins Motel zurückkam, und sie über seine Pläne informieren. Seine Pläne, zurückzukommen, um sie besser kennenzulernen.

Mozart stieg aus seinem Pritschenwagen auf dem unbefestigten Parkplatz des Motels. Er seufzte und fuhr sich mit der Hand durch die Haare. Als er Hursts Rastplatz zum zweiten Mal erreicht hatte, war der Mann bereits verschwunden. Mozart war so nahe dran gewesen, aber wieder einmal war er zu spät gekommen. Er hatte bereits Tex angerufen und ihn über seinen Fund informiert. Tex hatte ihm versichert, dass sie auf der richtigen Spur waren und ihn bald schnappen würden, aber Mozart schüttelte nur den Kopf und konnte nicht zustimmen.

Das hatte er schon zu oft gehört und im Endeffekt waren sie heute nicht näher dran als die Polizei vor all den Jahren. Zum ersten Mal in seinem Leben fragte sich Mozart, ob er den Mistkerl jemals fassen würde. Er dachte noch einmal an seine Teamkollegen und ihre Frauen. Könnte er eines Tages so glücklich werden wie sie? Würde das Finden der richtigen Frau es wettmachen, Avery nicht zu rächen? Mozart wusste es nicht und er würde es auch heute nicht mehr herausfinden, aber er würde darüber nachdenken. Seit Langem erlaubte er es sich zuzugeben, dass er müde war. Mozarts Leben zog an ihm vorbei, ohne dass er wusste, wie er es aufhalten sollte.

Er schaute sich auf dem Gelände um, um zu sehen, ob er Summer ausfindig machen konnte. Er sah ihren Putzwagen vor der letzten Hütte stehen. Er ging dorthin in der Hoffnung, sie dort zu finden. Seit seiner Ankunft hatte Mozart niemand anderes gesehen, der die Zimmer geputzt hätte. Der Putzwagen vor der Tür musste bedeuten, dass er Summer dort antreffen würde.

Er wünschte nur, dass er nicht so ... übel ... riechen würde, aber er war den ganzen Tag gewandert und konnte es jetzt nicht ändern. Da er bereits am Morgen ausgecheckt hatte, konnte er nicht noch einmal duschen, bevor er nach Riverton zurückfuhr.

Mozart lugte durch die Tür in die Kabine und lächelte, als er sah, wie Summer das Bett machte und leise dabei fluchte.

»Dumme Bettlaken. Warum müssen diese Matratzen so verdammt schwer sein? Jesus, kein normaler Mensch würde verlangen, jeden Tag die gesamte Bettwäsche zu wechseln, aber *dieser* Typ? *Natürlich* verlangt er danach. Zum Teufel noch mal!«

»Etwas Hilfe gefällig?«, fragte Mozart lachend.

Summer wirbelte kreischend herum. Als sie Mozart sah, schlug sie ihm mit der flachen Hand auf die Brust. »Gott, du hast mich erschreckt! Mach das nicht noch mal!«

Mozart lächelte. Wann hatte das letzte Mal eine Frau in diesem Tonfall mit ihm gesprochen? Er konnte sich nicht erinnern. Die meisten Frauen und Männer hatten Angst vor ihm. Frauen lachten normalerweise affektiert und machten, was er wollte, während Männer ihm in der Regel einfach aus dem Weg gingen.

»Entschuldige, Sonnenschein. Ich wollte dich nicht erschrecken«, sagte Mozart leise zu Summer und lehnte sich lässig gegen den Türpfosten. »Ich wollte dich nur wissen lassen, dass ich heute Morgen ausgecheckt habe und für eine Weile wegmuss.«

Als Summer ihn nur ansah, fuhr er fort: »Ich wollte nicht verschwinden, ohne es dich wissen zu lassen.«

Mozart war überrascht, als sie antwortete: »Ich weiß, dass du ausgecheckt hast. Als ich dein Zimmer sauber gemacht habe, habe ich gesehen, dass deine Sachen weg waren. Warum kommst du zurück, um es mir zu sagen?«

Summer war ehrlich verwirrt. Wenn Leute auscheckten, sah sie sie normalerweise nicht wieder. Hin und wieder kam jemand zurück, weil er etwas in seinem Zimmer vergessen hatte, um sie zu fragen, ob sie es gefunden hatte. Aber Leute kamen nicht zurück, um ihr zu sagen, dass sie abreisen würden. »Du hast deine Schlüsselkarte im Zimmer liegen lassen, aber das ist kein großes Ding. Du musst sie nicht abgeben.« Als Mozart nicht antwortete, fuhr Summer zögernd fort: »Bist du deshalb zurückgekommen? Um mir deine Schlüsselkarte zu geben?«

Mozart machte einen Schritt in den Raum hinein und ging auf Summer zu. Er bemerkte, wie sie etwas zurückwich, sich dann aber fing und sich behauptete.

»Ich bin zurückgekommen, weil ich dich mag. Weil ich dich wiedersehen möchte. Weil ich glaube, dass ich derjenige sein will, der dir vor dem Abendessen drei echte Orgasmen beschert. Deshalb.« Ohne auf Summers Antwort zu warten, machte Mozart zwei Schritte nach vorn, bis er direkt vor ihr stand. Er streckte eine Hand aus, legte sie in ihren Nacken und zog Summer so fest an sich, dass sich ihre Lippen fast berührten.

»Ich konnte nicht abreisen, ohne dich mindestens ein Mal zu kosten.« Mozarts Lippen berührten Summers, bevor sie etwas erwidern konnte. Summer stöhnte leicht, sodass es ihm leichtfiel, mit seiner Zunge über ihre Lippen zu fahren und sie dann in ihren Mund zu schieben.

Summer stöhnte. Alles um sie herum schien zu verschwimmen. Sie konnte an nichts anderes mehr denken als daran, wie gut Mozart sich anfühlte. Sie hob zögernd die Arme und drückte ihre Hände flach auf seine Brust, bevor sie sie um seinen Nacken legte.

Mozart wollte sich gerade zurückziehen, als er spürte, wie Summer seinen Kuss mit ihrer Zunge erwiderte und schüchtern damit über seine strich. Auf keinen Fall konnte er jetzt aufhören. Er stöhnte und zog sie näher an sich heran. Mozart legte seine Hand fester um ihren Hals und drückte seine andere Hand an ihren Rücken, um ihren Körper so nahe an sich heranzuziehen, dass sie sich vom Kopf bis zu den Hüften berührten. Er vertiefte den Kuss und spürte, wie Summer sich unruhig in seinem Griff rekelte.

Mozart spürte, wie ihn ein Schauer der Zufriedenheit durchzog. Summer wollte ihn anscheinend so sehr, wie er sie wollte. Er konnte seine Erektion nicht länger vor ihr verbergen, aber ihre Bewegungen verrieten ihm, dass sie genauso heiß war wie er. Mozart fuhr noch einmal mit seiner Zunge über ihre, bevor er sich langsam zurückzog, ohne sie loszulassen.

»Ich werde wiederkommen, Summer. Ich will dich. Ich möchte sehen, wohin uns das führen kann, und zum ersten Mal in meinem Leben spreche ich nicht von einem One-Night-Stand.«

Summer öffnete langsam die Augen und sah zu dem Mann auf, der sie fest in seinen Armen hielt. Sie nahm eine ihrer Hände hinter seinem Nacken hervor und legte sie auf sein vernarbtes Gesicht. Mit dem Daumen strich sie über die schlimmste Narbe. Sie war über alle Maße geschmeichelt, nein, sie war begeistert, dass dieser wunderschöne, maskuline Mann *sie* wollte.

»Okay«, flüsterte sie mit einem schüchternen Lächeln auf dem Gesicht.

Mozart nahm schließlich seine Hand von ihrem Rücken, nahm ihr Gesicht zwischen beide Hände und lehnte seine Stirn gegen ihre. »Bleib hier in Sicherheit, bis ich zu zurückkommen kann.«

Summer nickte nur.

Mozart beugte sich vor und berührte ihre Lippen mit einem letzten Kuss, bevor er sie losließ und sich zurückzog. Sie behielten Augenkontakt, bis er durch die Zimmertür verschwand und zum Parkplatz ging.

Summer ließ sich aufs Bett fallen. »Heilige Scheiße«, sagte sie leise in den leeren Raum, »dieser Mann ist tödlich.«

KAPITEL FÜNF

Summer wartete. Mozart hatte gesagt, er würde zurückkommen. Es wurde kälter, aber er kam nicht zurück. Sie wusste nicht, was passiert war, aber sie war nicht überrascht. Ein Teil von ihr hatte Mozart glauben wollen. Er schien so aufrichtig zu sein, aber Summer hätte es besser wissen müssen. Ihr ganzes Leben lang hatte sie gedacht, dass die Menschen aufrichtig zu ihr gewesen waren, wenn sie Dinge wie »Ich rufe dich an« oder »Wir treffen uns zum Mittagessen« sagten, aber nur sehr selten hielten sie ihr Wort. Summer war also nicht überrascht, wenn auch enttäuscht über Mozarts Fernbleiben.

Sie wusste, dass es sowieso Zeit für sie wurde weiterzuziehen. Oben auf dem Berg war es selbst für südkalifornische Verhältnisse zu kalt. Viele Leute dachten, dass es in Kalifornien das ganze Jahr über warm wäre, aber in Wirklichkeit war dieses Gebiet in den Wintermonaten ein beliebtes Ziel für Skiurlauber. Im November hatte Henry ihr Gehalt halbiert, was lächerlich war, da sie ohnehin nur einen Hungerlohn bekam. Aber Summer steckte hier bis zum Frühjahr fest, weil sie keine Transportmöglichkeit hatte, und die kalte Witterung machte es noch schwerer, von hier zu verschwinden. Trotzdem hatte sie entschieden, dass sie nicht länger hierbleiben würde.

Aber im Moment fühlte Summer sich beschissen. Sie wusste, dass sie krank war. Wer würde nicht krank werden, wenn er in solchen Verhältnissen leben musste? Sie hatte nicht genug zu essen und im Lagerhaus war es eiskalt. Summer hatte Papiertücher in die Ritzen gestopft, um die kalte Luft draußen zu halten, aber es half nicht viel. Henry hatte ihr einen alten Heizlüfter gegeben und ihr erlaubt, ein Verlängerungskabel vom Büro ins Lagerhaus zu verlegen, aber sie benutzte ihn nicht oft. Das Gerät schien nicht besonders sicher zu sein. In manchen Nächten war es aber so kalt, dass sie keine andere Wahl hatte.

Summer hatte keine Gelegenheit, Freunde in der kleinen Stadt zu finden, weil sie mit dem Putzen beschäftigt war, und selbst wenn sie gerade nicht arbeitete, hatte sie kein Transportmittel, um irgendwohin zu gelangen, um Leute treffen zu können. Sie steckte fest und es war definitiv Zeit, von hier zu verschwinden. Sobald es wärmer würde und sie genügend Geld für ein Busticket gespart hätte, würde sie ihre Sachen packen und abhauen. Was vor ein paar Monaten noch eine großartige Idee gewesen war, erschien ihr jetzt nur noch dumm. Summer war eine intelligente Frau und wenn sie jemanden in ihrer Situation gekannt hätte, hätte sie den Kopf geschüttelt und denjenigen einen Idioten genannt.

Sie legte sich auf ihr Bett und kuschelte sich tiefer in ihren Schlafsack. Sie schloss die Augen und erinnerte sich zum tausendsten Mal an den Kuss, den Mozart ihr gegeben hatte. Sie hatte sich noch nie in ihrem Leben so von jemandem angezogen gefühlt. Bei ihrem Ex-Mann hatte sie sich in all den Jahren, in denen sie verheiratet gewesen waren, niemals so gefühlt.

Summer hatte gutes Geld verdient und sie hatten eine gleichberechtigte Beziehung geführt, fast zu gleichberechtigt. Summer seufzte und erinnerte sich an das Gefühl, als Mozart sie an sich gezogen und ihr keine Wahl gegeben hatte, ob er sie küssen sollte oder nicht. Sie war keine Idiotin, sie hatte viele Bücher gelesen, in denen die Frau dem Mann unterwürfig war ... und sie hatte sich immer darüber lustig gemacht. Aber jetzt, wenn sie sich daran erinnerte, wie sie sich in Mozarts starken Armen gefühlt hatte, zweifelte sie an ihren Überzeugungen. Allein der Gedanke an seine Worte, sie sollte »in Sicherheit bleiben«, als er sie in der Hütte zurückgelassen hatte, genügte, um ihren

Körper zum Zittern zu bringen. Niemand hatte sich jemals darum gekümmert, ob sie in Sicherheit war, und es fühlte sich gut an. Schade, dass er es nicht ernst gemeint hatte.

Summer schlief wieder ein und dachte an den Mann, der ihr einfaches Leben so auf den Kopf gestellt hatte und dann gegangen war, ohne sich noch einmal nach ihr umzusehen.

Mozart saß mit seinen Freunden in *Aces Bar and Grill* und seufzte. Er war nicht wirklich in der Stimmung, mit seinen Teamkollegen abzuhängen, aber er hatte es versprochen, also war er hier. Caroline und Wolf waren entspannt und glücklich aus den Flitterwochen zurückgekehrt und Fiona und Cookie hatten sich ebenfalls an ihr Eheleben gewöhnt. Fiona wirkte auch in der Öffentlichkeit viel entspannter, was darauf schließen ließ, dass ihre Therapiestunden offensichtlich Wirkung zeigten.

Mozart musste wieder über Caroline nachdenken. Er erinnerte sich, wie sie ihm vertraut hatte, ihre Wunde zu nähen, nachdem sie in dem Flugzeug von den Terroristen verletzt worden war. Diese Art von Vertrauen hatte Mozart seitdem nicht mehr erlebt ... bis er Summer getroffen hatte. Es war nicht so, als hätte er eine Schnittwunde oder dergleichen nähen müssen, aber sie hatte seine Hand genommen und sich von ihm zum Abendessen einladen lassen. Sie hatte seinen Kuss leidenschaftlich erwidert und war in seinen Armen dahingeschmolzen. Summer hatte keine Angst vor ihm gehabt und war für ihn eingetreten, noch bevor sie gewusst hatte, wer er war.

Mozart biss die Zähne zusammen. Verdammte Scheiße. Er hatte Summer versprochen, er würde nach Big Bear zurückkehren, um sie wiederzusehen, und er war nicht zurückgekehrt. Er hatte täglich mit sich selbst diskutiert, aber er hatte keine Zeit gehabt. Nein, das war eine Lüge, er hatte sich nicht die Zeit *genommen*. Ja, er und das Team waren auf ein paar Missionen geschickt worden, seit er aus dem Urlaub zurück war, aber das war ehrlich gesagt keine Entschuldigung. Es war nicht sehr weit bis nach Big Bear und Mozart hätte die paar Stunden Ausfallzeit leicht wiedergutmachen können.

Er hatte sich selbst eingeredet, was auch immer zwischen ihnen passiert war, hatte sich nur in seinem Kopf abgespielt. Nachdem er Summer kennengelernt hatte, war Mozart nur mit einer einzigen anderen Frau ausgegangen, und es war eine Katastrophe gewesen. Er konnte die ganze Zeit nur daran denken, wie Summer für ihn vor diesen Schlampen eingestanden war. Als er mit dieser anderen Frau ins Bett gehen wollte und bemerkte, wie sie angewidert seine Narben ansah, verlor Mozart sofort seine Erektion und jegliches Interesse, sich mit dieser Frau einzulassen. Er hatte ihr gesagt, sie sollte verschwinden. Danach lag er auf seinem Bett und dachte darüber nach, wie sein Sexleben so durcheinandergeraten konnte, seit er Summer getroffen hatte.

»Worüber zum Teufel denkst du so intensiv nach, Mozart?«, fragte Benny und setzte sich mit zwei Biergläsern neben ihn. Er schob Mozart das eine Glas rüber, nahm einen Schluck aus dem, das er noch in seiner Hand hielt, und wartete darauf, dass sein Freund ihm antwortete.

»Das würdest du mir doch nicht glauben, selbst wenn ich es dir erzähle, Benny.«

»Vielleicht solltest du es versuchen.«

»Ich habe eine Frau getroffen ...«

Benny lachte laut und unterbrach Mozart. »Wann triffst du denn keine Frauen?« Als Mozart nichts sagte, sah Benny ihn ungläubig an. »Scheiße, im Ernst? Hat es dich auch erwischt? Ich werde wohl der Letzte von uns sein, der so bleibt, wie er war, wenn ihr euch alle verknallt.«

»Ich habe nicht gesagt, dass ich sie gleich heiraten werde, du Idiot«, murmelte Mozart, setzte das Bierglas an und trank es fast in einem Zug aus.

»Ja, aber du bist doch Mozart, der Aufreißer. Du bist der Frauenheld, wenn wir auf einer Mission sind. Wenn du nur noch eine Frau im Kopf hast, dann sind wir aufgeschmissen. Und in deinem Kopf hast du sie offenbar schon für dich markiert und gebrandmarkt. Jetzt musst du nur noch dahinterkommen, wie du es in die Tat umsetzt.«

Mozart stellte das fast leere Bierglas auf den Tisch und starrte Benny nachdenklich an. Hatte er recht?

»Lass es mich so ausdrücken«, fuhr Benny fort und ging über den fragenden Gesichtsausdruck seines Freundes hinweg, »wann hast du sie zuletzt gesehen?«

»Vor ungefähr zwei Monaten.«

»Und wann wurdest du das letzte Mal flachgelegt?«

Mozart antwortete nicht und dachte nach. Jesus! Ja, er hatte diese eine Frau abgeschleppt, aber sie hatten nicht miteinander geschlafen. Es war ungefähr zweieinhalb Monate her, seit er das letzte Mal Sex hatte.

»Ungefähr zwei Monate, richtig?«, nahm Benny seine Antwort vorweg.

»Du machst mir Angst, Benny«, kommentierte Mozart, schob seinen Stuhl zurück und verschränkte die Arme vor der Brust.

»Nur weil ich diesen lächerlichen Spitznamen habe, heißt das nicht, dass ich blind bin. Mozart, du bist mein Freund. So sehr ich mich über die anderen Jungs lustig mache, weil sie so an ihren Frauen hängen, ich finde es großartig. Ich würde alles dafür geben, so eine Beziehung zu haben. Ich sehe, wie zufrieden und glücklich sie sind, und dasselbe wünsche ich mir für mich selbst. Hör auf, dagegen anzukämpfen. Wenn du eine Person gefunden hast, die dich dazu bringt, deinen Schwanz aus einer anderen Frau herauszuziehen, dann musst du ihr nachgehen.«

»Das war sicherlich eine sehr unangebrachte Art und Weise, es auszudrücken, aber ich verstehe, was du meinst.« Mozart spürte, wie sich ein unangenehmes Gefühl in seiner Magengegend ausbreitete. Er senkte die Stimme und fingerte an seiner vernarbten Wange herum. »Ich habe ihr versprochen, dass ich zurückkommen würde, doch ich habe mein Versprechen nicht gehalten. Ich habe sie verletzt. Ich weiß, dass es so ist.«

»Dann bring es wieder in Ordnung, Mozart«, erklärte Benny sachlich. »Schau dir Alabama und Abe an. Sie hat selbst diesem Arschloch vergeben, nach dem, was der Kerl ihr angetan hat. Wenn es sich bei dieser Frau um deine Frau handelt, wird sie dir auch vergeben. Aber du musst zu ihr fahren, wenn du es herausfinden willst, sonst wirst du es nie erfahren.«

»Jesus, Benny, bist du Dr. Sommer, oder was?«

Benny lachte nur und schlug Mozart auf den Rücken. »Ja, nun, ich verzichte auf die schmalzigen Details. Fahr einfach hin und rede mit ihr. Finde heraus, ob sie genauso empfindet wie du. Wenn es so ist, dann könnt ihr sehen, wie es funktioniert. Wenn nicht, wird es dir nicht schlechter gehen als jetzt. Aber zumindest kannst du mit deinem Leben weitermachen wie bisher, wenn du es weißt.«

Mozart nickte. »Ich werde den Kommandanten bitten, mir das Wochenende freizugeben. Dann fahre ich nach Big Bear und rede mit ihr.«

»Big Bear? Warst du nicht dort oben, um nach Hurst zu suchen?« Das gesamte Team wusste von Mozarts privater Mission, Hurst für das bezahlen zu lassen, was er seiner Schwester angetan hatte. Mozart hatte ihnen erzählt, wo er während seiner freien Woche gewesen war, nachdem sie alle zurückgekommen waren. Es gab keine Geheimnisse im Team. »Glaubst du, er ist immer noch da oben?«

»Ja, ich habe Hinweise auf ein Lager gefunden, aber er war gerade weg, als ich hierher zurückkehren musste. Tex hat daran gearbeitet herauszufinden, ob er die Gegend verlassen hat, aber er ist sich noch nicht sicher. Er könnte bereits Tausende von Kilometern weit weg sein oder sich immer noch dort oben am See aufhalten.«

Bennys Miene wurde ernst, als er sein Bier neben Mozarts auf den Tisch stellte. »Wenn du uns dort oben brauchst, um ihn aufzuspüren, musst du nur etwas sagen.«

»Ich weiß, und ich weiß das zu schätzen. Ich denke, diesmal werde ich nur nachsehen, ob Summer noch da ist. Ich würde ihr keinen Vorwurf machen, wenn sie das heruntergekommene Motel längst verlassen und sich in eine wärmere Gegend abgesetzt hätte.«

»Ich meine nur, wenn du uns brauchst, du weißt, dass wir für dich da sind.«

»Ich weiß es zu schätzen, Benny, im Ernst.«

Sie nickten einander zu und Mozart stand auf, um sich von Wolf und Ice zu verabschieden. Er gratulierte beiden noch einmal und als Caroline aufstand, um ihn zum Abschied zu umarmen, legte Mozart sie rückwärts über seinen Arm, nur um Wolf zu ärgern. Als Wolf ihm Caroline aus den Armen riss, lachte Mozart und sagte ihnen, dass er sich auf den Weg machte.

»Ich habe mit dem Kommandanten gesprochen und er glaubt, dass wir nächste Woche zu einer neuen Mission aufbrechen müssen«, warnte Wolf.

»Verstanden, ich fahre nur übers Wochenende hoch. Ich bin nicht auf Verfolgungsjagd … dieses Mal nicht. Ich werde dich auf dem Laufenden halten und am Montag wieder zurück sein.«

»Ist alles in Ordnung?«, fragte Caroline mit besorgter Stimme.

Mozart nahm ihre Hand und küsste sie auf den Handrücken. »Alles ist gut, Ice. Und weil ich weiß, dass du so neugierig bist, ich fahre nach Big Bear, um mich mit einer Frau zu treffen.«

Caroline verdrehte die Augen. »Es tut mir leid, dass ich gefragt habe. Bist du nicht mehr zufrieden mit all den Schlampen, die sich hier unten auf dich stürzen? Musst du jetzt extra in die Berge fahren?«

Mozart lächelte nur. Es gefiel ihm, dass Caroline

kein Blatt vor den Mund nahm und ihm und dem Rest der SEALs offen die Meinung sagte. »Wo bleibt denn da der Spaß?« Er wollte ihr nicht verraten, worum es genau ging.

Wie erwartet verdrehte Ice erneut die Augen. Mozart nickte Wolf zu und verabschiedete sich vom Rest des Teams sowie von Alabama und Fiona. Als er zur Tür hinausging, fragte er sich, wie Summer wohl auf ihn reagieren würde. Gott wusste, er hatte es nicht verdient, dass sie sich über ein Wiedersehen freute. Mozart hoffte nur, dass sie es trotzdem tun würde.

KAPITEL SECHS

Es war spät am Freitagabend, als Mozart in Big Bear ankam. Er bog auf den vertrauten Parkplatz ein und bemerkte, dass nur ein paar der kleinen Blockhütten beleuchtet waren. Aus dem Bürogebäude drang ebenfalls ein schwaches Licht durch ein schmutziges Fenster.

Mozart warf sich eine Jacke über und zog den Reißverschluss hoch, als er aus seinem Pritschenwagen stieg. Es war kalt und durch den Wind fühlte es sich noch mindestens zehn Grad kälter an, als es eigentlich war. Es lag noch kein Schnee, aber das war wahrscheinlich nur noch eine Frage der Zeit. Sobald der erste Schnee fiel, würden die Blockhütten höchstwahrscheinlich durch die Skisaison besser ausgelastet sein, aber im Allgemeinen würden Skiurlauber in diesem

Gebiet ein namhaftes Hotel wohl diesem heruntergekommenen Motel vorziehen.

Mozart ging zum Büro und öffnete die Tür. Eine Glocke kündigte sein Eintreten an. Der Raum war leer, aber es dauerte nicht lange, bis jemand aus dem Hinterzimmer des kleinen Gebäudes kam. Mozart erkannte den Besitzer des Motels wieder. Er hatte bei seinem letzten Besuch hier oben kurz mit ihm gesprochen.

»Hey, ich erinnere mich noch an Sie. Benötigen Sie ein Zimmer?«

Mozart verzichtete darauf, bei dem Anblick des verzweifelt klingenden Mannes die Augen zu verdrehen. Natürlich erinnerte er sich an ihn. Er war groß und sah böse aus und hatte auffällige Narben im Gesicht. Mozart war nicht die Art von Mann, die jemand leicht vergaß. »Vielleicht. Ich bin auf der Suche nach Summer. Sie war das Dienstmädchen, als ich das letzte Mal hier war. Arbeitet sie noch hier?«

Henry sah verärgert aus. »Warum? Was hat sie getan? Hat sie etwas gestohlen?«

»Jesus, nein. Warum gehen Sie automatisch davon aus?« Mozart war sauer. Er kannte Summer nicht wirklich, aber er konnte sich beim besten Willen nicht vorstellen, dass sie eine Diebin war, und er war wütend, dass es das Erste war, woran dieser Kerl dachte. Nach dem, was Alabama widerfahren war, war er überempfindlich gegenüber Menschen geworden, die anderen ohne triftigen Grund Diebstahl vorwarfen.

»Entschuldigung, Mann, ich wusste nur nicht, warum Sie sonst wissen wollten, ob sie noch hier arbeitet.«

»*Ist* sie noch hier?«, knurrte Mozart ungeduldig und wollte am liebsten über die dreckige Theke greifen und den Mann schütteln.

»Ja, sie ist immer noch hier. Möchten Sie, dass ich sie hole?« Henry beschwichtigte ihn, als wüsste er, dass Mozart kurz davor war, die Beherrschung zu verlieren.

»Nein. Sagen Sie mir einfach, wo sie ist.«

Ohne auch nur darüber nachzudenken, dass es keine gute Idee sein könnte, einem großen, böse aussehenden Fremden zu erzählen, wo die Frau lebte, deutete Henry mit dem Daumen auf das Gebäude nebenan. »Sie wohnt in dem kleinen Lagerhaus.«

Mozart trat einen Schritt zurück, als hätte der Mann ihn geschlagen. »Was? Was für ein Haus?«

»Sie wissen schon, das kleine Lagergebäude. Für ein Teil ihres Gehalts habe ich ihr erlaubt, dort unterzukommen. Ohne Zusatzkosten. Unterkunft und Verpflegung, nur ohne Verpflegung, wenn Sie verstehen, was ich meine.«

»Machen Sie Witze?«

»Äh, nein.«

Mozart schüttelte nur den Kopf, drehte sich auf dem Absatz um und ging zur Tür.

»Brauchen Sie für heute Nacht ein Zimmer?«, rief Henry Mozart hinterher.

Mozart blieb stehen. Er wollte diesem Mann so wenig sein Geld geben, wie er sich ein Loch im Kopf wünschte, aber er wollte auch in Summers Nähe sein. Wenn Summer auf dem Gelände blieb, wollte er das auch. Er ging zu dem kleinen Mann zurück, der hinter der Theke stand. »Ja, eine Nacht. Wenn ich eine weitere Nacht bleibe, werde ich es Sie wissen lassen.«

Henry drehte sich zu dem alten Computer um und drückte ein paar Tasten. »Kreditkarte?«

Mozart zog einige Zwanzigdollarscheine aus seiner Brieftasche und warf sie auf die Theke. »Ich zahle bar.«

»Oh, okay. Äh, ich werde Ihnen Nummer sieben geben. Die angrenzenden Hütten sind nicht belegt, es sollte also sehr ruhig sein.« Als Mozart nichts sagte, sah Henry nach unten und programmierte hastig die Schlüsselkarte. Er hielt Mozart die Rechnung zum Unterschreiben hin und seufzte erleichtert, als er die Schlüsselkarte einsteckte und sich umdrehte, um das Büro zu verlassen. »Frühstück ist von sieben bis neun. Wintersaison«, rief Henry, als der große Mann die Tür hinter sich schloss.

Mozart biss die Zähne zusammen und sah nach rechts, als er das kleine Büro verließ. Er warf einen genaueren Blick auf das kleine Lagergebäude, das etwas nach hinten versetzt zum Bürogebäude stand. Er hatte es sich bei seinem letzten Besuch hier nicht genauer angesehen, weil er keinen Grund dazu gehabt hatte. Warum auch? Es war ein verdammtes Lagergebäude, kein Ort, an dem jemand leben sollte. Mozart gefiel überhaupt nicht, was er sah.

Das Gebäude war augenscheinlich baufällig. Es war höchstens zehn Quadratmeter groß und hatte keine Fenster. Die Tür hatte ein altmodisches Schloss. Als er näher zu dem Gebäude kam, konnte Mozart nicht glauben, dass tatsächlich jemand darin lebte. Der Besitzer musste sich geirrt haben.

Es gab keine Stromleitung, die zum Dach der Hütte führte, aber bei näherer Betrachtung konnte Mozart ein orangefarbenes Verlängerungskabel erkennen, das vom Büro durch einen Spalt im hinteren Teil des Gebäudes führte.

Mozart musste sein Temperament im Zaum halten. Das war weder sicher noch legal. Er hoffte inständig, Summer nicht in dieser Hütte vorzufinden, aber er befürchtete, dass dieser Wunsch nicht in Erfüllung gehen würde.

Summer zitterte in ihrem Schlafsack. Sie konnte sich nicht aufwärmen. Es fühlte sich an, als hätte sie die Tür offengelassen und der Wind würde durch das kleine Gebäude peitschen. Die Versuche mit der Heizung hatte sie aufgegeben, weil sie so schreckliche

Geräusche gemacht hatte, dass sie befürchtete, das Gebäude könnte niederbrennen, wenn sie einschlief.

Ihr Kopf dröhnte. Ihr war schon eine Weile schwindelig gewesen, aber heute Abend schien es besonders schlimm zu sein. Sie war sich nicht sicher, was mit ihr los war, aber es gab auch keinen Weg, es herauszufinden. Henry erwartete von ihr, dass sie die Hütten reinigte. Es war nicht so, als könnte sie sich krankmelden. Sie hätte sowieso kein Geld für ein Transportmittel, um zu einem Arzt zu fahren.

Summer wäre fast aus der Haut gefahren, als es plötzlich lautstark an der Tür klopfte. Niemals zuvor hatte jemand an diese Tür geklopft. Die Gäste nahmen an, dass es sich um ein einfaches Lagergebäude handelte, und wenn Henry sie brauchte, schrie er normalerweise nur durch die Hintertür des Büros nach ihr.

»Wer ist da?«, fragte Summer zitternd.

»Mozart. Mach die Tür auf, Summer.«

»Oh. Mein. Gott«, flüsterte Summer. Scheiße, konnte es wirklich Mozart sein? Warum war er hier? Sie konnte ihn jetzt nicht sehen. Sie hob die Stimme, damit er sie hören konnte, und fragte: »Warum, was machst du hier? Brauchst du etwas?«

»Ja, ich brauche etwas, Sonnenschein. Öffne diese verdammte Tür.« Mozart versuchte, nicht die Geduld mit Summer zu verlieren. Er konnte die Überraschung und auch etwas Angst in ihrer Stimme hören.

»Ich denke nicht ...«

»Hör auf nachzudenken und öffne einfach die Tür.« Er machte eine Pause, versuchte, sein Temperament zu zügeln, und flehte sie an. »Bitte! Ich möchte mit dir reden. Ich muss mit dir reden.«

»Kann das nicht bis morgen warten?«

»Nein.«

»Ich komme gleich, wir können draußen reden.« Summer setzte sich auf das Bett und öffnete den Schlafsack. Scheiße, es war eiskalt. Auf keinen Fall würde sie Mozart in ihren kleinen Raum lassen. Sie musste sich draußen mit ihm treffen und vielleicht könnten sie ins Büro gehen oder sich in seinen Wagen setzen, um sich zu unterhalten. Es war ihr egal wohin, solange es warm war.

Summer zog die Beine aus dem Schlafsack, in den sie sie eingewickelt hatte, und beugte sich zu der Taschenlampe hinüber, die auf der Kante des Waschbeckens lag. Sie schaltete die Lampe ein und der Lichtstrahl leuchtete den kleinen Raum aus. Summer stand auf und steckte die Füße in ihre Turnschuhe. Ihre Kleidung und Socken hatte sie noch an und war so gut wie fertig für diesen abendlichen Besuch. Sie schlurfte zur Tür und fummelte am Schloss herum. Summer öffnete die Tür und wollte hinausgehen, wurde aber von einem großen Körper zurückgedrängt, der sie nach hinten in den Raum schob.

Mozart wusste, dass Summer ihn nicht hineinbitten wollte. Er hatte keine Ahnung woher, aber er wusste es. Es machte ihn nur umso entschlossener einzutreten. Sobald sie die Tür einen Spalt geöffnet hatte, zog er sie sanft auf und trat vor Summer in den Raum.

»Komm schon, Sonnenschein. Lass mich rein.«

»Oh, ähm ...« Summer hatte keine Gelegenheit mehr, etwas anderes zu sagen, bevor Mozart eingetreten war. Der kleine Raum wirkte dadurch noch kleiner, als er es ohnehin schon war. Sie sah, wie er sich umsah und alles begutachtete, bevor er sich auf sie konzentrierte. Sie zitterte, sowohl durch den Ausdruck in seinen Augen als auch durch die Kälte.

Bei Summers Zittern schüttelte Mozart seine Starre ab und zog sofort seine Jacke aus. Er griff nach Summers Schultern und drehte sie herum, sodass sie mit dem Rücken zu ihm stand. »Arm«, sagte er schroff zu ihr. Als sie einen Arm hochhielt, schob er ihn in den Ärmel und tat dasselbe anschließend mit dem anderen Arm, als sie diesen auch anhob. Er wickelte sie in seine Jacke ein und zog sie in seine Arme.

Sie fühlte sich noch dünner an als vor ein paar Monaten, als er sie das letzte Mal in seinen Armen gehalten hatte. Summer zitterte und Mozart spürte, wie sie schwankte. Er schlang seine Arme etwas fester um sie, drückte sie fest an sich und wollte, dass seine Körperwärme auf sie überging.

»Es tut mir leid, Sonnenschein.« Es war nicht das,

was er vorgehabt hatte zu sagen. Mozart hatte eine ganze Rede darüber einstudiert, wie beschäftigt er gewesen war, auf wie vielen Missionen er gewesen war und dass er hatte zurückkommen wollen, um sie zu sehen, es aber nicht konnte. Aber nachdem er gesehen hatte, in welchen Verhältnissen sie lebte, wollte er sich nur noch selbst in den Arsch treten. Keine seiner jämmerlichen Entschuldigungen war Grund genug, sein Versprechen, zurückzukommen, zu brechen.

Summer war einfach Summer und fragte nicht warum. Sie wollte nicht, dass er auf den Knien vor ihr rutschte, sondern nickte nur und sagte: »Okay.«

Mozart drehte sie zu sich um, legte eine Hand auf ihre Schulter und hob mit der anderen ihr Kinn an. »Es tut mir wirklich leid, Sonnenschein. Ich habe versprochen, dass ich zurückkommen werde, und bis heute Abend habe ich es nicht getan.«

Summer zuckte nur die Achseln. »Es ist okay, Mozart. Ich habe nicht damit gerechnet, dass du es ernst meintest.«

Mozart hielt sie fester. »Was meinst du damit, du hast nicht damit gerechnet, dass ich es ernst meinte? Ich habe es doch versprochen, oder?«

»Leute versprechen andauernd Dinge. Ich habe festgestellt, dass sie es meistens nicht ernst meinen.«

»Nun, wenn *ich* etwas sage, dann meine ich es auch. Ich hätte schon viel früher kommen sollen. Ich habe dich im Stich gelassen.«

»Mozart ...«

Er wusste, dass sie ihn wieder vom Haken lassen wollte, und unterbrach sie. »Nein. Bitte sag mir, dass du mir glaubst. Sag mir, dass du mir glaubst, dass ich das meine, was ich sage.«

Bei dem hartnäckigen Blick in ihren Augen und ihren zusammengepressten Lippen musste Mozart lachen. »Okay, das klang etwas eingebildet, aber ich hasse es, dass du denkst, dass sich niemand an das hält, was er verspricht.« Mozart zog sie wieder in seine Arme und hob sie hoch, als er vorsichtig auf dem klapprigen Bett Platz nahm. Er setzte Summer auf seinen Schoß und hielt seine Arme um sie geschlossen. Ohne etwas zu sagen, sah er sich noch einmal in dem kleinen Raum um.

Ein Heizlüfter stand verlassen und ausgeschaltet in der Ecke. Das orangefarbene Verlängerungskabel war eingesteckt und schlängelte sich unter den Brettern hindurch, aus denen die Wand bestand. Es gab ein Waschbecken, aber es war alt und dreckig. An der Rückwand und an der Seite des Waschbeckens befanden sich Regale, die mit Reinigungsmitteln und Putztüchern gefüllt waren. An der anderen Wand stand ein Koffer. Er war geschlossen, aber der Reißverschluss war nicht zugezogen.

Mozart schloss die Augen und lehnte seinen Kopf gegen Summer. Sie hatte ihren Kopf an seine Brust gelegt, saß unbeholfen auf seinem Schoß und zog mit ihren Händen die Jacke um sich.

Plötzlich stand er mit Summer in seinen Armen auf und hielt sie fest, als sie erschrak. »Schhh, ich habe dich, Sonnenschein. Brauchst du noch etwas für die Nacht?«

»Äh, nein?«

Nachdem sie geantwortet hatte, trat Mozart einen Schritt in Richtung Tür und beugte sich vor, damit Summer sie erreichen konnte. »Bitte öffne die Tür für mich.« Summer tat, was er verlangte, und Mozart ging in den kalten Abend hinaus, während er Summer fest an seine Brust drückte. Mit einem Stiefeltritt schloss er die Tür hinter sich und ging mit langen Schritten in Richtung Hütte Nummer sieben. Als er zur Tür kam, setzte er Summer ab, ohne sie loszulassen. Mozart zog ihren Körper dicht an seinen, zog die Schlüsselkarte aus seiner Tasche und schob sie in den Schlitz an der Tür. Es klickte und Mozart stieß die Tür auf.

Summer hatte kein Wort gesagt, als Mozart sie über den Parkplatz getragen und die Tür zu seinem Zimmer geöffnet hatte. Er legte seine Hand auf ihren Rücken und führte sie in den Raum, sobald er die Tür geöffnet hatte. Sie gingen weiter, bis sie zu dem kleinen Badezimmer kamen.

»Nimm eine heiße Dusche, Sonnenschein. Ich hole dir etwas zum Anziehen, wenn du fertig bist. Wärm dich auf. Ich komme gleich wieder. Ich fahre kurz in die Stadt. Öffne niemandem die Tür. Das meine ich ernst. Wenn dein Chef klopft, ignoriere ihn. Lass dir Zeit unter der Dusche, verstanden?«

Summer konnte Mozart nur zunicken. Sie war einerseits amüsiert, aber auch ein bisschen geschockt. Sie hatte nicht erwartet, Mozart jemals wiederzusehen, aber jetzt war er hier. Sie wusste, dass er sie nicht wirklich darum *bat*, diese Dinge zu tun, vielmehr ordnete er es an. Im Moment hatte sie jedoch kein Problem damit, seinen Forderungen nachzukommen. Sie fühlte sich beschissen und war bis auf die Knochen durchgefroren. Eine heiße Dusche klang himmlisch.

Sie sah, wie Mozart sich vorbeugte und mit seinen Lippen über ihre Stirn streifte. »Rein mit dir. Ich bin gleich zurück mit etwas zum Anziehen für dich. Ich werde es direkt vor die Tür legen. Dann fahre ich in die Stadt.«

»Okay, Mozart. Vielen Dank.« Summer wusste, dass sie gegen sein Alpha-Männchen-Getue protestieren sollte, aber sie konnte es einfach nicht.

»Du brauchst mir nicht zu danken, Sonnenschein. Es ist alles meine Schuld.«

»Was ist deine Schuld?« Summer war verwirrt. »Worüber redest du?«

»Geh dich jetzt duschen. Wir werden uns unterhalten, wenn ich zurück bin.«

»Gott, du nervst«, schnaubte Summer und zeigte schließlich etwas Rückgrat, als sie versuchte, sich aus seinen Armen zu winden, nur um zu tun, was er verlangt hatte.

Mozart lachte und flüsterte: »Ich bin sicher, ich werde dich noch mehr nerven, wenn wir uns besser kennenlernen, aber bitte denk daran, dass ich nur das Beste für dich will.«

»Was auch immer«, war alles, was Summer als Antwort einfiel. Es war lahm, aber die Dusche rief bereits nach ihr und sie war wirklich durchgefroren.

Mozart ließ Summer los und sah ihr hinterher, als sie in das kleine Badezimmer ging und die Tür hinter sich schloss. Er stieß einen Atemzug aus und fuhr sich mit beiden Händen durchs Haar und über den Kopf. Jesus, sie hatte die ganze Zeit in dieser Hütte gelebt, während er sich Ausreden zurechtgelegt hatte, warum er nicht hierher zurückkommen sollte. Mozart hätte an dem Abend, als er sie zum Essen eingeladen hatte, mehr über ihre Situation nachdenken sollen. Er hatte die Zeichen gesehen, aber sie ignoriert. Ein toller Navy SEAL war er. Gott, er war ein verdammter Idiot.

Jetzt war er hier und würde es wieder in Ordnung bringen. Mozart würde dafür sorgen, dass sie nicht mehr hungern und frieren musste. Er war sich nicht sicher, ob sie mit seiner Lösung einverstanden wäre, aber es war ihm egal. Sie war jetzt die Seine, verdammt. Sie war verletzlich und gleichzeitig unheimlich scharf. Sie war keine junge naive Frau Anfang zwanzig mehr, sie war wie er. Sie war erwachsen. Diese Kombination war für Mozart faszinierend. Er hatte nicht mehr länger darüber nachdenken müssen, dass sie ihm gehörte. Sie war einfach die Seine. In dem Moment, in dem er sie in diesem Lagerraum gesehen hatte und sie so tat, als wäre daran nichts Außergewöhnliches, und ihm erzählte, dass sie nicht daran geglaubt hatte, dass er zurückkäme, hatte er es gewusst.

Mozart ging zu seinem Pritschenwagen und holte seine Tasche und eine Flasche Limonade, die er auf dem Weg hierher nicht getrunken hatte. Er ging zurück in die Hütte und drehte die Heizung auf. Für ihn wäre der übermäßig warme Raum unangenehm, aber er wettete, dass Summer die Extrawärme schätzen würde. Mozart lächelte, als er das Geräusch der laufenden Dusche hörte. Er stellte sich vor, wie Summer nackt unter dem Wasserstrahl stand. Er versuchte, seine Erektion zu unterdrücken, als er ein T-Shirt aus seiner Tasche zog. Normalerweise trug er keine Unterwäsche, also hatte er keine Boxershorts, die sie hätte anziehen können. Sie hätten ihr vermutlich ohnehin nicht gepasst.

Er wühlte weiter in seiner Tasche und fand ein paar Shorts, in denen er normalerweise laufen ging. Er wusste, dass sie ihr viel zu groß sein würden, aber er wollte nicht, dass sie sich verletzlich fühlte, wenn sie ohne Hose herumlaufen musste. Mozart ging zur Badezimmertür und öffnete sie. Dampf quoll durch die Tür und er musste wieder lächeln. Er wusste, dass er Summer gesagt hatte, er würde die Kleidung vor der Tür liegen lassen, aber er konnte nicht widerstehen, einen kurzen Blick ins Badezimmer zu werfen.

»Sonnenschein? Ich lege ein Hemd und eine Hose aufs Waschbecken. Ich habe dir auch etwas zu trinken mitgebracht. Der Zucker wird dir guttun.« Als sie nicht sofort antwortete, rief er: »Alles in Ordnung?«

Er hörte ein gedämpftes Kreischen und sah, wie sie ihren Kopf durch den Duschvorhang steckte. Sie hatte ihn offensichtlich nicht gehört, als er die Tür geöffnet hatte, um mit ihr zu sprechen.

»Mozart? Raus hier!«

»Okay, ich gehe ja schon. Ich wollte mich nur davon überzeugen, dass es dir gut geht, bevor ich losfahre. Auf dem Waschbecken liegen ein paar Klamotten und eine Flasche Limonade, die du trinken sollst.«

»Gut. Jetzt verschwinde!«

Summer hörte Mozart lachen, als er die Badezimmertür schloss. Sie hätte sich mehr über ihn aufregen sollen, aber sie konnte es nicht. Sie hatte seit einer scheinbaren Ewigkeit nicht mehr in Ruhe duschen können und es fühlte sich himmlisch an. Summer schnappte sich das billige kleine Shampoo, das sie selbst an diesem Morgen dort hingestellt hatte, und wusch sich zweimal die Haare. Den Schaum benutzte sie, um ihre Haut so gründlich wie möglich zu schrubben. Danach behandelte sie ihr Haar mit dem Conditioner.

Dann stellte Summer das Wasser noch heißer, kauerte sich auf dem Wannenboden zusammen und ließ den Wasserstrahl auf ihren Rücken prasseln. Sie stöhnte leise, als das Wasser auf ihre Schulterblätter traf und ihre Muskeln massierte.

Summer wusste nicht, wie viel Zeit vergangen war, griff aber schließlich hinter sich und stellte das Wasser ab. Für ein oder zwei Minuten blieb sie still sitzen. Das Badezimmer war komplett mit Dampf gefüllt, sie konnte kaum einen Zentimeter weit sehen. Sie hatte so lange gefroren, dass sich die Hitze himmlisch anfühlte. Schließlich stand sie auf, schwankte von der Wärme und vor Hunger und lugte um den Duschvorhang herum, um sicherzugehen, dass sie allein war.

Als sie sah, dass die Tür immer noch geschlossen war, zog sie den Vorhang zurück und griff nach einem der Handtücher. Es war klein und kratzig, aber Summer war es egal. Sobald sie trocken war, zog sie Mozarts T-Shirt über den Kopf und lachte, als sie bemerkte, dass es ihr fast bis zu den Knien reichte. Sie versuchte, die Shorts anzuziehen, wusste aber sofort, dass das auf keinen Fall funktionieren würde. Sie waren viel zu weit und würden unmöglich oben bleiben. Sie ließ sie auf dem Waschtisch liegen und betete, dass Mozart derselbe Gentleman bleiben würde wie bisher. Summer wollte unter dem Hemd nicht komplett nackt bleiben, also zog sie ihr Höschen wieder an.

Als sie die Limonade neben dem Waschbecken sah, lief ihr sofort das Wasser im Mund zusammen. Sie war sonst kein großer Fan von zuckerhaltigen Erfrischungsgetränken, aber im Moment dachte sie, sie müsste sterben, wenn sie es nicht sofort trinken würde. Sie öffnete den Verschluss und genoss das Zischen der Kohlensäure, die aus der Flasche schoss. Summer hob die Flasche an den Mund und trank. Die Limonade war etwas zu warm, aber sie schmeckte so gut. Sie trank die ganze Flasche aus und seufzte glücklich. Auf ihren Seufzer folgte sofort ein gigantisches Rülpsen. Sie wurde rot und hoffte, dass Mozart nicht lachend im Nebenzimmer saß.

Langsam öffnete Summer die Badezimmertür und beobachtete, wie der Dampf durch die Tür strömte, als sie in das kleine Zimmer trat. Mozart war noch nicht zurück, wo auch immer er hingegangen war. Sie wollte sich nicht ins Bett legen, also setzte sie sich auf den Sessel in der Ecke, zog die Knie an ihre Brust und zog das riesige T-Shirt über ihre Beine hinunter bis zu ihren Füßen. Sie war vom Hals bis zu den Zehen bedeckt.

Sie wusste, dass Mozart Fragen haben würde, und war nicht glücklich darüber, wie er sie vorgefunden hatte. Summer hatte nichts falsch gemacht, aber sie wusste, dass er mit ihr darüber würde sprechen wollen. Sie musste sich nur klar darüber werden, wie viel sie ihm erzählen wollte. Normalerweise erzählte sie nicht jedem ihre gesamte traurige Lebensgeschichte. Sie wollte Mozart vertrauen, aber sie erinnerte sich auch daran, wie sehr er sie verletzt hatte, als er versprochen hatte zurückzukommen und bis jetzt nicht aufgetaucht war.

Summer legte den Kopf schief, als sie an Mozart dachte. Er *war* zurückgekommen. Er hatte nie gesagt, wie lange es dauern würde, bis er zurückkäme, nur dass er es tun würde. Technisch gesehen hatte er nicht einmal sein Versprechen gebrochen. Summer seufzte. Sie würde es ihrem Bauchgefühl überlassen und sehen, was er wollte, wenn er zurückkam. Vielleicht wollte Mozart nur, dass sie es für eine Nacht warm hatte. Immerhin war er ein SEAL. Es lag in seiner Natur, Menschen zu helfen. Vielleicht war er gar nicht ihretwegen zurückgekommen, sondern nur, um mehr zu wandern.

Sie hasste es, auf Mozart warten zu müssen. Sie lehnte den Kopf an die Seite des Sessels und schlief schnell ein in dem Wissen, dass sie zumindest im Moment in Sicherheit war.

KAPITEL SIEBEN

Mozart jonglierte mit den Einkaufstüten in den Händen, als er die Tür zum Motelzimmer öffnete. Er war in die Stadt gefahren, um etwas zu essen zu besorgen. Er wusste, dass Summer es niemals zugeben würde, aber sie musste hungrig sein. In dem verdammten Lagergebäude, in dem sie gelebt hatte, hatte er keine Nahrungsmittel gesehen und natürlich erinnerte er sich wieder daran, wie sie das Steak genossen hatte, als sie vor zwei Monaten ausgegangen waren.

Der Raum war dunkel, bis auf das Licht, das aus dem Badezimmer kam. Mozart sah sich um und stellte fest, dass Summer es sich auf dem Sessel in der Ecke des Raumes gemütlich gemacht hatte. Schweigend stellte er die Tüten mit den Lebensmitteln ab und ging zu ihr hinüber. Er kniete sich vor den Stuhl und legte eine Hand auf ihr Knie, das immer noch von seinem T-Shirt bedeckt war. Die andere Hand legte er auf die Armlehne. Sanft strich er ihr übers Knie und versuchte, sie langsam aufzuwecken, damit sie sich nicht erschreckte.

»Summer? Wach auf, Sonnenschein.« Mozart grinste, als sie im Schlaf grunzte und ihr Gesicht tiefer gegen die Seite des Stuhls drückte. »Komm schon, wach auf.«

Summer blinzelte Mozart an und schloss dann wieder die Augen. »Muss ich?« Sie seufzte und klang viel weinerlicher als gewünscht.

Mozart grinste. Gott, sie war so süß. »Nein, nicht wirklich, aber ich war in der Stadt und habe etwas zu essen mitgebracht.«

Summer öffnete die Augen. »Etwas zu essen? Was denn?«

Mozart fuhr mit der Hand über ihre Wange. Er wollte ihre Worte lustig finden, konnte es aber nicht. Die meisten Frauen, die er kannte, wären wieder eingeschlafen, aber aus eigener Erfahrung wusste er, dass die Nahrungsmittelaufnahme Vorrang vor Schlaf hatte, wenn der Körper nach Kalorien schrie.

»Setz dich hin und überzeuge dich selbst, Sonnenschein.«

Summer richtete sich auf und streckte die Beine aus. Das Hemd rutschte über ihre Knie, bedeckte sie aber zum Glück immer noch angemessen. Mozart hatte sich nicht von ihrer Seite bewegt und seine Hand ruhte jetzt auf ihrem nackten Knie. Sie starrten sich einen Moment an.

»Deine Narbe sieht besser aus«, sagte sie leise, als sie ihre Hand hob und über die schlimmste der Narben auf seinem Gesicht strich.

Mozart grunzte. »Ja, Ice hat darauf bestanden, dass ich sie jeden Abend mit dieser beschissenen Creme einreibe. Ich sage ihr immer wieder, dass es keine Rolle spielt, aber sie gibt nicht nach. Ich mache es nur, um sie zum Schweigen zu bringen.«

»Nun, es scheint, als wüsste sie, wovon sie redet. Sie sieht wirklich besser aus, Mozart.« Plötzlich kam Summer der Gedanke, er könnte glauben, dass es ihr wichtig wäre, und ergänzte schnell: »Nicht dass sie schlecht aussäh ...«

»Schhhh, es ist in Ordnung.« Mozart legte einen Finger auf ihre Lippen und hinderte sie daran, noch etwas zu sagen, das ihr das Gefühl geben könnte, sie würde sich um Kopf und Kragen reden. »Ich weiß, was du meinst. Ich muss Ice wirklich zugestehen, dass es sich mit der Creme besser anfühlt.« Bei dem Ausdruck der Erleichterung auf Summers Gesicht fuhr Mozart fort: »Jetzt komm, sieh dir an, was ich für uns mitgebracht habe. Auf dem Weg hierher habe ich nicht zum Essen angehalten, also habe ich von allem etwas geholt.« Summer würde niemals erfahren, dass er gelogen hatte, denn er hatte mehrmals angehalten, aber er wollte nicht, dass sie sich wegen der vielen Sachen, die er gekauft hatte, schlecht fühlte.

Summer stand auf und wäre fast umgefallen, wenn Mozart nicht da gewesen wäre, um sie zu stützen. »Oh, nimm dir Zeit. Ich glaube, du bist noch etwas benommen von der heißen Dusche. Lass mich dir helfen.«

Summer war zu verlegen, um etwas zu erwidern, und wenn sie ehrlich zu sich selbst war, war sie einfach zu hungrig, als dass es ihr etwas ausmachte. Sie ließ sich von Mozart zum Bett führen.

»Hier, setz dich, während ich die Tüten auspacke.«

Summer saß da und sah zu, wie Mozart sich bückte, um mit einer Hand die Tüten hochzuheben. Er setzte sich seitlich neben sie aufs Bett, ein Knie angewinkelt und den anderen Fuß auf den Boden gestützt. Er griff in die Tüten und holte einen Laib Brot, ein kleines Glas Erdnussbutter, ein Sechserpack Multivitaminsaft, ein Glas Dillgurken, zwei Dosen Mais, grüne Bohnen und Karotten, zwei Päckchen Müsliriegel, eine Packung Provolone-Käse, Putenbrustaufschnitt, einen gemischten Salat in einer Tüte, eine kleine Flasche Ranch-Dressing und eine Tüte grüne Äpfel und Orangen heraus.

Mozart blickte schuldbewusst auf all die Lebensmittel, die er auf dem Bett um sie herum verteilt hatte. Summer warf den Kopf zurück und lachte. »Jesus,

Mozart, ich dachte, du wolltest nur einen Snack holen.«

Summer war nicht darauf vorbereitet, als Mozart sich zu ihr hinüberbeugte und sich mit seinen Händen neben ihren Hüften abstützte. Er lehnte sich weiter zu ihr vor, bis Summer keine andere Wahl mehr hatte, als sich nach hinten fallen zu lassen und sich auf ihre Hände hinter dem Rücken zu stützen, oder er wäre direkt auf sie gefallen. Mozart hatte einen ernsten Gesichtsausdruck. Sie dachte, er würde mit ihr über die Lebensmittel lachen, aber anscheinend hatte sie sich getäuscht.

»Du isst zu wenig. Du bist noch dünner als beim letzten Mal, als ich dich vor ein paar Monaten in meinen Armen gehalten habe. Das gefällt mir nicht. Ich habe das eingekauft, von dem ich dachte, dass es ohne Kühlung haltbar wäre. Mit Ausnahme des Salats, des Käses und der Putenbrust kannst du alles in dieser verdammten Hütte aufbewahren, in der du lebst. Du brauchst mehr Protein. Es gefällt mir nicht, dass dir schwindelig wird, wenn du aufstehst, und ich mag es überhaupt nicht, dass du in einem kaputten Feldbett in einem Schlafsack schlafen musst, dazu in einem Gebäude, das Löcher hat. Und ich mag es auch nicht, dass deine einzige Wärmequelle ein beängstigend aussehender Heizlüfter ist, der so kurz davor steht, das ganze Haus niederzubrennen.« Mozart hielt Daumen und Zeigefinger etwa einen Zentimeter voneinander entfernt, um sein letztes Argument zu unterstreichen. Dann beugte er sich wieder vor. »Ich weiß nicht, warum mich das alles so interessiert, aber ich weiß, dass es so ist. Ich kann es nicht besser erklären, als du es vermutlich könntest, Sonnenschein. Ich habe den Fehler gemacht, nicht früher zu dir zurückzukommen, aber jetzt bin ich hier und du kannst dich darauf verlassen, dass ich jetzt nach dir sehe. Ich will dich nicht beunruhigen, aber ich werde dich nicht mehr allein lassen.«

Summer konnte ihn nur mit großen Augen anstarren. Sie hätte bei seinen Worten ausflippen sollen. Sie war eine unabhängige Frau, die auf sich selbst aufpassen konnte, aber in letzter Zeit war ihr das nicht sehr gut gelungen. Und sie war müde. Sie wünschte sich nichts sehnlicher, als dass dieser Mann sich um sie kümmerte. Wenn das bedeutete, dass sie schwach war, dann sei es drum. Summer war hungrig, müde und ihr war kalt. Im Moment war Mozart ihr Ausweg für alle diese drei Belastungen. Sie würde nehmen, was sie bekommen konnte, und auf das Beste hoffen. Summer sagte das Einzige, was sie im Moment sagen konnte. Das Einzige, woran sie denken konnte. »Okay.«

»Okay?« Mozart sah verwirrt aus.

»Okay.«

Langsam zog sich ein Lächeln über Mozarts Gesicht und er schüttelte den Kopf, als er sich zurücklehnte, um ihr etwas mehr Platz zu geben. »Du wirst mich auf Trab halten, nicht wahr, Sonnenschein?« Er gab ihr keine Zeit zu antworten. »Also, was willst du essen?«

Summer setzte sich auf und sah sich die Lebensmittel an, die sie umgaben. »Den Salat.« Sie hatte in den letzten Monaten so viel Mist gegessen und ihr Körper sehnte sich nach etwas Gemüse. »Und die grünen Bohnen. Dann eine Orange zum Nachtisch.«

»Alles klar. Bleib sitzen, ich mache es für dich fertig.« Mozart stand vom Bett auf, aber nicht bevor er mit seiner großen Hand über ihren Kopf gestrichen und eine Strähne ihres blonden Haares hinter ihr Ohr gesteckt hatte. Dann wandte er sich den Nahrungsmitteln zu und öffnete mit einem Werkzeug, das er aus seinem Gürtel gezogen hatte, die Dose mit grünen Bohnen. Er reichte sie Summer zusammen mit einer Plastikgabel, bevor er den Salat öffnete. Mozart sah aus dem Augenwinkel, wie Summer sich in der Dose Bohnen verlor. Erneut musste er feststellen, wie sie versuchte, sich zu beherrschen und das Gemüse nicht herunterzuschlingen, aber heute Abend hatte sie sich etwas weniger unter Kontrolle als an dem Tag, an dem er sie zum Abendessen eingeladen hatte.

Mozart schüttete den Salat in eine große Plastikschüssel, die er ebenfalls im Laden gekauft hatte, und öffnete den Käse und den Putenbrustaufschnitt. Er zerkleinerte etwas von dem Aufschnitt und dem Käse und mischte es unter den Salat. Von dem Dressing gab er etwas mehr dazu, als sie es wahrscheinlich normalerweise tun würde, aber sie brauchte die Kalorien.

Mozart reichte ihr den Salat und eine Plastikgabel, setzte sich neben sie auf das Bett und schälte eine Orange, während sie aß. Sie redeten nicht miteinander, sondern genossen einfach nur ihre Gesellschaft und die Stille. Mozart konnte nicht anders, als sich ein wenig wie ein Höhlenmensch zu fühlen. Er war losgezogen, um für seine Frau Nahrung zu besorgen. Er sorgte für Essen, Wärme und einen sicheren Schlafplatz. Alles, was Psychologen zufolge entscheidend für das Wohlbefinden eines Menschen war.

Summer stellte die leere Schüssel beiseite, nachdem sie den Salat praktisch eingeatmet hatte, und seufzte. Sie war satt, sehnte sich aber immer noch nach der süßen Orange, deren Geruch in der Luft hing. Sie griff nach der Frucht, aber Mozart streckte den Arm nach oben und hielt sie außer Reichweite.

»Mach den Mund auf«, forderte er mit leiser Stimme.

Summer schaute ihn an und sah einen Ausdruck von Entschlossenheit und Begierde auf seinem Gesicht. »Ich kann das allein, Mozart.«

»Ich weiß, dass du das kannst, aber ich will es so. Jetzt mach auf.«

Summer blickte Mozart in die Augen und sah, dass er sich nicht davon abbringen lassen würde. Sie öffnete den Mund und stöhnte, als sie auf das erste

Stück der Orange biss, das Mozart ihr in den Mund schob. Sie öffnete die Augen und wurde rot. Mozarts Erektion hätte nicht offensichtlicher sein können und er machte keine Anstalten, sie vor ihr zu verstecken. Er saß mit gespreizten Beinen auf der Bettkannte.

Als Mozart Summers verwirrten Gesichtsausdruck sah, lächelte er sie an. »Ich kann nichts dagegen tun, Sonnenschein. Die Geräusche aus deinem Mund sind einfach verdammt sexy. Aber ich bin ein geduldiger Mann. Ich werde so lange warten, bis du dich in meiner Gegenwart wohlfühlst. Aber sei gewarnt, ich werde nichts unversucht lassen, dich früher oder später zu verführen.«

Er streckte ihr ein weiteres Stück Orange entgegen, aber anstatt auf seine einfältigen Bemerkungen zu antworten, beugte Summer sich vor, packte Mozart am Handgelenk und nahm das Stück Orange in den Mund, ohne ihn dabei loszulassen oder den Augenkontakt zu unterbrechen. Sie schob es seitlich in den Mund und saugte gleichzeitig an seinem Finger. Anschließend leckte sie seinen Finger ab und knabberte an der Fingerspitze, bevor sie sein Handgelenk losließ und sich zurückfallen ließ. »Ich weiß nicht, wie du darauf kommst, dass es eine Weile dauern wird, bis ich mich bei dir wohlfühle, Mozart. Ich fühle mich bei dir wohler als jemals bei meinem Ex, mit dem ich zehn Jahre verheiratet war.«

Summer beobachtete fasziniert, wie ein Muskel in

Mozarts Kiefer zuckte. Eine Hand hatte er zur Faust geballt, so fest, dass seine Fingerknöchel weiß wurden. Sie sah, wie er den Finger, den sie gerade abgeleckt hatte, an seine Lippen führte und ihn in den Mund nahm. Ohne den Augenkontakt mit ihr zu unterbrechen, nahm er seine andere Hand und schob sie hinter ihren Nacken, um sie näher an sich zu ziehen. Summer gefiel es, wenn Mozart das tat, auch wenn er es bisher nur einmal getan hatte. Aber sie hatte das Gefühl nicht vergessen. Es war wahnsinnig dominant, aber zugleich trostspendend.

»Bist du fertig mit dem Essen, Sonnenschein?«

Summer nickte, soweit das in seinem festen Griff möglich war.

»Also, so wird es jetzt weitergehen: Ich werde die Einkäufe wegstellen und du wirst unter die Decke kriechen. Dann werde ich mich umziehen und zu dir kommen. Wir werden heute Nacht nicht miteinander schlafen, aber ich möchte dich in meinen Armen halten. Wir werden uns besser kennenlernen und wenn wir beide wissen, dass es der richtige Augenblick ist, werde ich dich so hart nehmen, dass du dich an niemanden mehr erinnern wirst, den du vor mir gekannt hast, und mit Sicherheit niemals wieder mit jemand anderem zusammen sein willst, verstanden?«

Summer zitterte vor Vorfreude und antwortete flüsternd: »Verstanden.«

»Jesus, Sonnenschein. Eines muss ich noch wissen. Hast du etwas an unter meinem Hemd?«

Summer kicherte und nickte. »Die Shorts waren zu groß, aber ich habe meinen Slip wieder angezogen.«

»Gott. Okay, ich stehe jetzt auf. Rutsch hoch und deck dich zu. Ich nehme die rechte Seite. Die ist näher an der Tür.«

Summer tat, was Mozart sagte, und ließ ihn nicht aus den Augen. Sie sah, wie er die Lebensmittel einsammelte und auf die Kommode stellte. Dann ging er ins Badezimmer und sie hörte die Toilettenspülung und wie er sich die Zähne putzte. Schließlich machte Mozart das Licht aus und der Raum wurde dunkel. Sie spürte, wie Mozart neben sie ins Bett kletterte. Summer hatte seiner Bemerkung, näher an der Tür schlafen zu wollen, zuerst keine Beachtung geschenkt, aber jetzt im Dunkeln war es beruhigend zu wissen, dass er zwischen ihr und jeder potenziellen Gefahr war, die versuchen könnte hineinzukommen, und sie bekam eine Gänsehaut am ganzen Körper. So etwas hatte noch nie jemand für sie gemacht. Ihr Ex hatte sie in keiner Weise beschützt und meinte, dass sie gut auf sich selbst aufpassen könnte.

Summer lag stocksteif im Bett und fragte sich, was Mozart als Nächstes tun würde. Sie musste nicht lange warten, um es herauszufinden. Er rollte sich zu ihr herum und nahm sie in die Arme. Er drehte sie nicht um, sodass sie mit dem Rücken zu ihm lag, sondern zog sie einfach direkt in seine Umarmung.

Ihre Arme lagen zwischen ihnen und sie konnte spüren, dass er sein Hemd ausgezogen hatte. Summer drückte ihre Hände auf seine Brust und kuschelte ihren Kopf in die Vertiefung zwischen seinem Hals und seiner Schulter. Sie holte tief Luft. Sie mochte seinen Geruch. »Du bist so warm.«

Summer spürte, dass er nickte und ihre Stirn küsste, bevor er seinen Kopf wieder auf das Kissen legte. »Schhhh, schlaf jetzt, Sonnenschein.«

»Ich muss um acht aufstehen, damit ich etwas vom Frühstücksbuffet nehmen kann«, murmelte Summer schläfrig.

»Ich sagte, sei still. Mach dir keine Gedanken wegen morgen. Ich werde mich darum kümmern.«

»Okay ... Mozart?«

Er seufzte etwas verärgert. »Du schläfst ja immer noch nicht.«

»Ich wollte nur sagen ... danke, dass du zurückgekommen bist. Leute tun das normalerweise nicht für mich.«

Mozart hielt Summer fest an sich gedrückt und fand nicht die richtigen Worte, also schwieg er, bis Summer in seinen Armen einschlief. Erst dann flüsterte er in die Stille: »Es tut mir leid, dass ich so lange gebraucht habe. Ich werde immer für dich zurückkommen, Sonnenschein.«

KAPITEL ACHT

Am nächsten Morgen wachte Summer langsam auf. Die Sonne erhellte bereits den Raum. Sie wusste sofort, dass es viel zu spät für sie war. Sie würde das Frühstück verpassen, wenn sie sich nicht beeilte. Wenn sie nicht pünktlich zum Frühstücksbuffet kam, das Henry für die Gäste bereitstellte, hätte sie keine Gelegenheit mehr, heute noch etwas zu essen zu bekommen. Sie drehte sich um und erinnerte sich plötzlich daran, dass sie sich nicht in dem kleinen Lagerraum befand.

Summer fühlte sich so gut, wie schon seit langer Zeit nicht mehr. Ihr leerer Magen brachte sie nicht wie gewöhnlich fast um und es war warm. Und zum ersten Mal seit Monaten tat ihr nicht der Rücken weh. Die Matratzen in den Hütten waren vielleicht nicht erstklassig, aber sie waren hundertmal besser als das Feldbett, auf dem sie normalerweise schlief. Summer kuschelte sich tiefer unter die Decke und interessierte sich nicht mehr dafür, dass sie wahrscheinlich das Frühstück verpassen würde.

Mozart war nicht im Raum. Summer erinnerte sich, dass sie ein paarmal in der Nacht aufgewacht war und sich umgedreht hatte. Er hatte sich sofort wieder an sie gekuschelt und seine Arme um sie gelegt. Sie glaubte sogar, sich daran zu erinnern, dass er beruhigende Worte in ihr Ohr geflüstert hatte, aber sie wusste nicht mehr, was er gesagt hatte. Sie rollte sich herum und roch an dem Kissen, auf dem sein Kopf gelegen hatte. Gott, sie war wirklich verzweifelt.

Summer setzte sich auf, rutschte mit dem Hintern gegen das Kopfteil und sah sich um. Die Lebensmitteltüten standen noch auf der kleinen Kommode an der Wand. Der Fernseher war zwar alt, funktionierte aber immer noch einwandfrei. Auf dem Boden neben der Kommode konnte sie Mozarts Tasche sehen. Der Anblick war tröstend, denn es bedeutete, dass er nicht abgereist war.

Sie war überrascht, ihren eigenen Koffer neben seiner Reisetasche zu sehen. Mozart war offensichtlich in das Lagergebäude gegangen und hatte ihn für sie geholt. Zumindest konnte sie jetzt ihre eigenen Sachen anziehen. So sehr Summer auch weiterhin Mozarts T-Shirt tragen wollte, wusste sie, dass sie sich früher oder später etwas anderes anziehen musste.

Sie warf die Decke zurück, ohne dabei in der kalten Morgenluft halb zu erfrieren, und ging ins Badezimmer. Es war erstaunlich, wie gut es sich anfühlte, nicht nach draußen und in ein anderes Gebäude gehen zu müssen, nur um zu pinkeln.

Summer kam gerade aus dem Badezimmer, um ihre Sachen aus dem Koffer zu holen, damit sie sich fertig machen konnte, als die Tür geöffnet wurde. Sie erstarrte für einen Augenblick und seufzte erleichtert, als sie sah, dass es Mozart war.

»Hey«, sagte sie und trat dann einen Schritt zurück, als Mozart auf sie zukam. Er hatte einen ernsten Ausdruck auf dem Gesicht und kam weiter auf sie zu, bis sie mit dem Rücken an der Wand stand.

Er trat direkt vor sie und lehnte sich mit den Armen an die Wand zu beiden Seiten ihres Kopfes. Sein Mund war so nahe vor ihrem, dass ihre Lippen sich berühren würden, wenn sie sich auch nur einen Zentimeter bewegte. »Guten Morgen Sonnenschein. Hast du gut geschlafen?«

Summer schluckte schwer und nickte leicht.

»Gut. Gefällt dir das Zimmer?«

Da sie nicht wusste, worauf er mit seiner Frage hinauswollte, antwortete sie: »Äh, ja, es ist in Ordnung.«

Mozart lächelte und nahm einen Arm von der Wand, um ihr mit der Hand die Haare aus dem

Gesicht zu streichen und hinters Ohr zu stecken. »Gut. Du wirst den Winter über hier wohnen.«

Sie neigte den Kopf und fragte: »Was?«

»Du hast mich schon verstanden, du wirst hier bleiben anstatt in diesem verdammten Lagergebäude.«

»Nein, das werde ich nicht«, argumentierte Summer und wurde sauer.

»Doch, das wirst du. Ich habe heute Morgen eine kleine Unterhaltung mit Henry geführt und wir haben uns geeinigt.«

»Genau das ist es. *Ihr* habt euch geeinigt, ich nicht. Ich kann es mir nicht leisten, hier zu wohnen.« Summer gefiel es jetzt überhaupt nicht mehr, dass Mozart sich plötzlich in ihre Angelegenheiten einmischte. Zunächst hatte es ihr gefallen, wie beschützend er zu sein schien, aber jetzt erkannte sie, worauf das hinauslief.

»Ich weiß, dass du glaubst, ich bevormunde dich, aber hör mir eine Sekunde lang zu. Bitte.«

Jesus, wenn Mozart herrisch geworden wäre oder geschrien hätte, wäre sie standhaft geblieben, aber ihn bitten zu hören? Scheiße. »Erzähl schon.«

Summer sah, wie Mozart ein Lächeln unterdrückte, aber bevor sie ihn dafür angehen konnte, fuhr er fort: »Ich habe mit Henry über die unhygienischen Verhältnisse gesprochen, in denen du gelebt hast. Ich glaube nicht, dass ihn etwas von dem überrascht hat, was ich gesagt habe, aber als ich erwähnte, dass ich bereits mit dem Gewerbeaufsichtsamt gesprochen hätte, wurde er hellhörig.«

Summer schnappte nach Luft. »Das hast du nicht getan!«

»Natürlich habe ich das nicht, aber das weiß *er* doch nicht. Ich habe ihm gesagt, dass es das Mindeste wäre, dich in einer der Hütten wohnen zu lassen, da sie im Winter ohnehin nicht alle belegt sind. Du bist natürlich selbst für die Reinigung verantwortlich, und was die Mahlzeiten angeht, ist auch keine Verbesserung in Sicht, aber zumindest hast du einen warmen und sicheren Platz zum Schlafen.« Mozart hielt inne. Er hätte dem alten Mann am liebsten den Hals umgedreht. Es war ihm vollkommen egal gewesen, dass Summer fast erfroren und verhungert wäre. Wenn es nach Mozart ginge, würde er Summer noch heute Abend mit nach Riverton nehmen, aber sein Bauchgefühl sagte ihm, dass sie nicht zustimmen würde. Sie war reizbar und unabhängig.

»Das heißt, ich kann hier schlafen?«

Die ungläubige Art ihrer Frage brachte in Mozart das Blut zum Kochen. Niemand sollte jemals glauben müssen, dass ein Leben in einem beschissenen Motel wie diesem die Antwort auf seine Gebete wäre. »Ja, Sonnenschein, du kannst hier schlafen und du kannst deine Sachen hier unterbringen. Du kannst hier bis zum Frühling bleiben oder bis du etwas anderes gefunden hast.« Den letzten Teil hatte er ergänzt, weil er inständig hoffte, dass sie etwas anderes finden wollte ... und zwar am Fuße des Berges, in Riverton.

»Ich weiß nicht, was ich sagen soll.«

Mozart beugte sich wieder zu ihr vor. »Du könntest ›Danke, Mozart‹ sagen und mich dann küssen, um dich anständig bei mir zu bedanken.«

Summer grinste. »Danke, Mozart!« Sie beugte sich zu ihm vor und neigte in letzter Sekunde den Kopf zur Seite, bis ihre Lippen auf seine vernarbte Wange trafen.

Mozart lachte und packte sie an der Taille, trat zwei Schritte zurück und ließ sich rückwärts aufs Bett fallen, ohne Summer loszulassen. Sie kreischte und lachte, als sie mit ihm zusammen aufs Bett fiel und er ihre Hüften gegen seine drückte.

Summer setzte sich auf und sah auf den Mann hinunter, der unter ihr lag. Sie konnte fühlen, wie Mozart die Muskeln unter ihr anspannte. Er hatte sie mit sich gezogen, als wäre sie ein kleines Kind, und ihr gefiel das. Sie hatte bemerkt, wie er sich gedreht hatte, um sie nicht zu verletzen, aber er hatte definitiv die Kontrolle. Sogar jetzt hielt er sie so fest, dass sie sich kaum bewegen konnte, aber es kümmerte sie nicht. Summer wusste, dass er sie sofort gehen lassen würde, wenn sie auch nur die geringste Bemerkung machen würde, dass sie nicht genau da sein wollte, wo sie sich in diesem Augenblick befand.

Das T-Shirt, das sie trug, war über ihre Oberschenkel nach oben gerutscht, als sie sich auf ihn gesetzt hatte. Ihre Scham war kaum noch verdeckt. Mozart festigte seinen Griff um ihre Taille und strich mit seinen Daumen über ihren Bauch. Sie bewegte sich langsam und spürte, wie er unter ihr hart wurde. Das Einzige, was sie voneinander trennte, waren seine Jeans, was auch immer er darunter trug und das kleine Stück Baumwolle des T-Shirts, das sie noch bedeckte.

»Ich habe mir selbst geschworen, die Dinge mit dir langsam angehen zu lassen, Sonnenschein, aber du machst es verdammt hart für mich.«

»Das merke ich.« Summer grinste, rutschte wieder auf seinem Schoß hin und her und spürte, wie »hart« sie es für ihn machte.

Mozart ließ den Kopf zurück aufs Bett fallen. »Ich wusste, dass du eine Wildkatze im Bett sein würdest. Ich hatte nicht beabsichtigt, so schnell mit dir im Bett zu landen, aber es tut mir auch nicht leid, dass wir hier sind.« Er hob den Kopf wieder und sah sie an. »Du hast keine Ahnung, wie schwer es für mich war, dich heute Morgen allein im Bett zurückzulassen. Du lagst zusammengerollt in meinen Armen. Ein Bein hattest du über meines gelegt und ich konnte deine Hitze auf meinem Bein spüren, so wie jetzt. Wenn ich dir nicht versprochen hätte, dass wir es langsam angehen lassen, wäre ich so tief mit dir verschmolzen, dass du nicht mehr gewusst hättest, wo dein Körper aufhört und meiner anfängt.«

»Mozart«, flüsterte Summer so angetörnt wie noch nie zuvor in ihrem Leben. Sie fuhr mit ihren Händen über seine Brust und rieb mit ihrem Becken über seine Erektion, während er weitersprach.

»Ich bin nicht stolz auf meine Vergangenheit, Summer. Früher oder später wirst du davon erfahren, aber ich möchte, dass du es von mir hörst. Ich habe mit weit mehr Frauen geschlafen, als es der Anstand erlaubt hätte, aber keine hat mir jemals etwas bedeutet. Ich habe niemals lange darüber nachdenken müssen, mich am nächsten Morgen aus dem Staub zu machen. Ich habe niemals zurückgeschaut. Nicht ein einziges Mal. Bis ich dich getroffen habe. Ich bin mir sicher, dass meine Freunde dir erzählen werden, was für ein Machoschwein ich gewesen bin, wenn du sie triffst. Leider ist es wahr. Aber ich schwöre dir, jetzt und hier, das habe ich alles hinter mir gelassen. Ich war mit keiner anderen Frau mehr zusammen, seit ich dich vor zwei Monaten getroffen habe. Seit ich meine Jungfräulichkeit verloren habe, habe ich nicht mehr so lange ohne Sex verbracht. Ich weiß, wie schrecklich das für dich klingen muss, aber bitte glaube mir. Du hast mich vollkommen für dich eingenommen. Ich möchte dich nicht mehr gehen lassen.«

»Ich ...«

»Warte, lass mich ausreden.« Mozart strich mit einer Hand von ihrer Taille bis zu ihrem Hals. Das schien sein Lieblingsplatz zu sein, um sie festzuhalten.

»Ich wünsche mir mehr als alles andere in meinem Leben, mit dir Sex zu haben. Aber das wird nicht dieses Wochenende passieren. Ich muss am Sonntag wieder abreisen. Ich muss zurück zur Arbeit. Ich will dir und mir selbst beweisen, dass ich ein anderer Mann geworden bin, dass du mich zu einem anderen Mann gemacht hast. Ich möchte deiner Persönlichkeit wegen mit dir zusammen sein und nicht nur für sexuelle Befriedigung. Versteh mich nicht falsch, das will ich auch, aber ich will dich erst besser kennenlernen.«

Mozart zog Summers Kopf mit seiner Hand in ihrem Nacken näher an sein Gesicht. Sie stützte sich auf seine Brust. »Ich will dich, Summer. Ich will alles von dir. Ich will dich in meinem Bett. Ich will dich in meinem Haus. Ich will, dass du meine Freunde kennenlernst und dass sie auch deine Freunde werden. Ich will jeden Morgen neben dir aufwachen und das Bett zum Wackeln bringen. Ich bin bereit, alles zu tun, was dafür nötig ist, egal was es kostet. Wenn ich mir sicher gewesen wäre, dass du mitkommst, hätte ich dich noch heute mit nach Riverton genommen. Aber ich glaube, ich kenne dich bereits gut genug, um zu wissen, dass du das nicht willst. Ich bin aber nicht dazu bereit, das hier zu beschleunigen, weil ich nicht will, dass du denkst, ich bin nur für einen schnellen Fick hier. Ich bin außerdem nicht bereit, dich hier oben weiter in einem baufälligen, feueranfälligen Lagerraum leben zu lassen, in dem Wissen, dass du jede Nacht frierst und hungerst. Du musst dir von mir helfen lassen. Bitte, um Gottes willen, lass mich dir helfen, damit ich weiß, dass es dir hier oben gut geht und ich nachts schlafen kann.«

Summer schmolz auf Mozarts Brust dahin. Sie unterbrach den Augenkontakt, legte ihre Stirn auf seinen Oberkörper und holte tief Luft. Mozart nahm seine Hand nicht von ihrem Nacken. Mit der anderen Hand fuhr er jetzt beruhigend über ihren Rücken.

»Danke, Mozart«, sagte Summer noch einmal. »Ich habe keinen Zweifel daran, dass du bei den Damen beliebt bist. Ich habe keine Ahnung, was du in mir siehst und inwiefern ich mich von ihnen unterscheide.« Als sie spürte, wie er Luft holte, als wollte er auf ihre Frage antworten, hob sie den Kopf und legte einen Finger auf seine Lippen, um ihn zum Schweigen zu bringen. »Könntest du mir einen Gefallen tun?« Bei Mozarts sofortigem Nicken fuhr Summer fort: »Ich bin bereit, es zu versuchen, was auch immer ›es‹ ist. Aber solltest du zu irgendeinem Zeitpunkt mit einer anderen Frau zusammen sein wollen, lass mich bitte gehen. Ich könnte es nicht ertragen, wenn du deine Meinung änderst und es mir nicht mitteilst. Ich bin ein großes Mädchen. Sag es mir einfach und dann lass mich gehen.«

»Ich werde meine Meinung nicht ändern, aber wenn es aus irgendeinem Grund nicht mit uns funktioniert, werde ich es dir sagen.« Sie sahen sich für einen langen Moment an. »Aber das beruht auf Gegenseitigkeit. So lange, wie das hier läuft, gehörst du nur mir, Sonnenschein.«

Summer nickte nur. Sie fühlte sich wie in einer anderen Welt. Einer Welt, in der sie die Femme fatale war und Männer sich ihr zu Füßen warfen, um ihr Herz zu gewinnen. Es war lächerlich. Nie zuvor hatte ein Mann solche Leidenschaft für sie gezeigt. »Wenn ich dir gehöre, dann gehörst du also auch mir.«

»Absolut richtig«, antwortete Mozart. »Also, jetzt bedanke dich richtig bei mir, Frau.« Er liebte das Lächeln, das sich bei seinen Worten auf Summers Gesicht zeigte. Mozart zog ihre Lippen an seine und verschlang sie. Er küsste sie, wie er noch nie zuvor eine Frau geküsst hatte. In der Vergangenheit hatte er Küsse nur als Notwendigkeit angesehen, um zu seinem eigentlichen Ziel zu gelangen. Jetzt, mit Summer, fühlte sich Küssen bereits an, als hätte er das Ziel erreicht. Er schmeckte sie und liebte es, wie ihre Zunge herauskam, um mit seiner zu spielen. Er knabberte und leckte und kontrollierte schließlich den Kuss. Einen Moment war er verspielt und im nächsten kraftvoll und fordernd. Schließlich zog er sich für den Bruchteil einer Sekunde zurück. »Jesus, Sonnenschein, ich könnte dich auffressen. Du bist in jeder Hinsicht wie geschaffen für mich.«

Er sah Summer lächeln und drehte sie herum, bis sie unter ihm lag. Als Mozart sah, wie ihre Haare durcheinandergerieten und sich auf der Decke ausbreiteten, machte ihn das noch mehr an. Er war so hart, dass es schon fast schmerzte. Er konnte sich nicht erinnern, jemals so erregt gewesen zu sein, und das alles nur durch einen Kuss. Mozart spürte, wie Summer mit ihren Händen nach seinem Hintern griff. Er biss die Zähne zusammen und warnte: »Pass besser auf, Sonnenschein, du spielst mit dem Feuer.«

»Bis jetzt habe ich mich noch nicht verbrannt«, erwiderte sie frech.

Mozart nahm seine Hand und schob sie unter ihr T-Shirt und in ihren Slip. Ihre Haut war warm und glatt, als er mit seinen Daumen über ihren Po streichelte. Mozart wollte so viel mehr, er wollte seine Hand zwischen ihre Schenkel stecken und herausfinden, ob sie so angetörnt war wie er, aber er konnte sich noch beherrschen ... noch. »Wir müssen hier raus, bevor ich noch etwas tue, von dem ich geschworen habe, es nicht zu tun.«

Summer lächelte ihn nur an. »Ich muss arbeiten, Mozart«, erinnerte sie ihn sanft.

Mozart runzelte weder die Stirn noch reagierte er in irgendeiner Weise enttäuscht. »Ich weiß, Sonnenschein. Ich werde dir helfen, die Zimmer sauber zu machen, danach können wir weiterspielen.« Als sie für einen Moment erstarrte, legte er den Kopf schief und fragte: »Was?«

»Du willst mir helfen? Ich dachte eher daran, dass

du gehst und ... irgendetwas anderes tust. Wandern oder so, bis ich mit der Arbeit fertig bin.«

Mozart schüttelte den Kopf. »Nein, ich bin deinetwegen hierhergekommen. Bis Sonntagabend bleibe ich bei dir.«

»Ernsthaft?«

Mozart verstand nicht, warum sie so überrascht war, und antwortete etwas schroff: »Ja, Summer. Ist es so schwer zu glauben, dass ich dir beim Putzen der Zimmer helfen will?«

»Ehrlich gesagt, ja. Es ist nur ... ich dachte, du bist hierhergekommen, um zu tun ... was auch immer ... und warst nur froh, mich wiederzusehen.«

Mozart packte sie fest an den Pobacken und presste seine Erektion gegen sie. »Nein, ich bin deinetwegen gekommen. Aus keinem anderen Grund. Irgendwann wirst du hoffentlich nicht mehr an meinen Gefühlen für dich zweifeln. Ich werde schon hart, wenn ich dich sehe. Ich werde hart, wenn ich dich rieche. Verdammt, ich werde hart, wenn ich nur an dich *denke*. Nein, Sonnenschein, ich bin nur für *dich* da. Und je früher wir aufhören, darüber zu diskutieren, und unsere Hintern aus dem Bett schwingen, um diese verdammten Zimmer zu putzen, desto eher können wir damit anfangen, uns besser kennenzulernen, und wieder ins Bett gehen, um bis zur Erschöpfung Liebe zu machen, bis wir uns nicht mehr an unsere eigenen Namen erinnern können.«

Summer kicherte und sagte zu ihm: »Das war aber ein langer Satz, Mozart.«

Mozart verdrehte die Augen und murmelte: »Das kommt dabei heraus, wenn ich mich für eine kluge Frau begeistere.« Dann sagte er etwas lauter, während er sich langsam erhob: »Steh auf und geh duschen. Wenn wir uns beeilen, haben wir noch Zeit, in diesem kleinen Café, das ich gefunden habe, zu frühstücken, bevor wir mit dem Putzen beginnen müssen.«

Er zog Summer vom Bett und schob sie spielerisch ins Badezimmer. »Los jetzt, ich werde draußen auf dich warten. Wenn ich hierbleibe, während du nackt unter der Dusche stehst, werde ich garantiert mein Versprechen brechen.« Mozart küsste Summer noch einmal und ging dann zur Tür. Als er sie öffnete, schaute er noch mal zurück und sagte: »Du hast fünfzehn Minuten, Sonnenschein. Beeile dich besser.« Er zwinkerte ihr noch einmal zu, bevor er leise die Tür hinter sich schloss.

Summer brach fast zusammen und musste sich an der Wand abstützen. Sie hatte keine Ahnung, was Mozart in ihr sah oder warum er beschlossen hatte, sich ausgerechnet für sie zu interessieren, aber sie würde versuchen, es so lange wie möglich zu genießen. Sie wäre verrückt, wenn sie es nicht täte. Kopfschüttelnd ging sie zu ihrem Koffer und zog schnell eine Jeans, ein langärmeliges Hemd und Unterwäsche heraus, bevor sie zurück ins Badezimmer ging.

Summer hatte keinen Zweifel daran, dass Mozart wieder reinkommen würde, wenn sie länger als die befohlenen fünfzehn Minuten brauchte.

Sie lächelte. Es würde noch viel Spaß machen, ihn auf Trab zu halten.

KAPITEL NEUN

Summer lehnte sich auf ihrer Sitzbank zurück und seufzte zufrieden. Sie hatte sich gerade mit dem besten Omelett vollgestopft, das sie jemals gegessen hatte. Käse, grüne Paprika, Speck, Fajita-Hühnchen, Zwiebeln, Tomaten und Würstchen, alles überbacken mit noch mehr Käse, Sauerrahm und Salsa. Mozart hatte das Special mit zwei Eiern, Speck, Würstchen und Pfannkuchen bestellt.

»Ich glaube nicht, dass ich mich noch bewegen kann.«

»Du musst dich bewegen. Wir müssen noch die Zimmer putzen und dann einkaufen.«

»Einkaufen? Wofür?«

Mozart sah Summer an und zögerte einen Moment. Er wusste, was er gleich sagte, würde sie verärgern, also drückte er es so vage wie möglich aus. »Ein paar Sachen, die du brauchst.«

Summer verschränkte die Arme vor der Brust und ließ ihn damit nicht durchkommen. »Was für Sachen? Was brauche ich?«

»Gib mir deine Hand.« Mozart legte seine Hand auf den Tisch.

»Was?«

»Gib mir deine Hand, Sonnenschein.«

Ohne nachzudenken, legte Summer ihre Hand in Mozarts. Wenn er in so leisem, bestimmendem Ton sprach, musste sie jedes Mal nachgeben.

Mozart hielt ihre Hand fest und legte seine andere darauf. Er lehnte sich zu ihr über den Tisch und sagte: »Sachen eben, wie eine Mikrowelle, eine Kochplatte, Lebensmittel, eine warme Jacke. Sachen. Die. Du. Brauchst.« Als Summer versuchte, ihre Hand wegzuziehen, verstärkte Mozart seinen Griff. »Ich weiß, dass du es nicht annehmen willst. Ich weiß, du fühlst dich schlecht dabei und bist verlegen, aber das wird mich nicht aufhalten. Wenn ich dich hier oben allein lassen soll, muss ich sicher sein, dass du etwas isst, dass du im Warmen bist und dass es dir gut geht.«

»Mozart, du hast mir schon ein Zimmer besorgt. Es geht mir gut.«

»Du hättest schon die ganze Zeit in diesem verdammten Zimmer leben sollen. Ich kann nicht nach Hause fahren oder auf eine Mission gehen, ohne zu wissen, dass du dich richtig ernährst. Ich kann nicht glauben, dass du so lange in dieser Feuerfalle von Lagerschuppen gelebt hast.«

Summer holte tief Luft. Mozart hatte recht. Es war ihr peinlich, wie er gesagt hatte, also versuchte sie es noch einmal. »Mozart, Henry hat einen Handwerker eingestellt, der daran arbeitet, das Gebäude sicherer zu machen. Er hat mir sehr geholfen. Es wird mir gut gehen.«

»Ich habe *ihn* nicht in einer heruntergekommenen Hütte ohne Toilette und Strom leben sehen. Wo wohnt denn dieser Handwerker? Wo wohnt Henry?«

»Das weiß ich nicht.«

Ohne Summer die Möglichkeit zu geben, noch etwas anderes zu sagen, fuhr Mozart fort: »Eben. Sie leben nicht in so einem Stück Scheiße. Sie essen drei Mahlzeiten am Tag. Sie haben warme Kleidung. Du nicht.«

Sie starrten sich einen langen Moment an.

»Ich mag es nicht, mich nicht selbst um diese Dinge kümmern zu können«, sagte Summer schließlich leise.

Mozart seufzte erleichtert. »Jesus, denkst du, das weiß ich nicht, Sonnenschein? ›Unabhängige Frau‹ steht dir förmlich auf die Stirn geschrieben. Aber ich möchte das für dich tun. Ich muss es tun. Auch wenn du eine Million Dollar auf deinem Bankkonto hättest, würde ich das für dich tun wollen.«

»Wenn ich eine Million Dollar auf dem Konto hätte, hätten wir uns niemals getroffen.«

Mozart hob Summers Hand an seine Lippen und küsste sie. Dann drehte er sie um und knabberte zärtlich an ihren Fingern. »Komm schon, Sonnenschein, wir müssen noch ein paar Zimmer putzen.«

»Du bist wirklich gut darin«, sagte Summer ehrlich zu Mozart, als sie in der letzten Hütte angekommen waren.

»Ich hoffe, ich klinge nicht wie ein Arsch, aber es ist wirklich nicht so schwer, Sonnenschein.«

Summer lachte. »Da hast du wohl recht.«

»Außerdem bin ich Single. Ich muss meine eigene Wohnung auch sauber machen und bei der Navy habe ich gelernt, die Bettdecke so fest zu ziehen, dass eine Münze davon abprallen würde.«

Summer lachte erneut. »Offensichtlich eine gute Lektion fürs ganze Leben.« Sie lächelte Mozart an. Mit ihm hatte das Putzen der Zimmer richtig Spaß gemacht. Sie hatten viel geredet und sich etwas besser kennengelernt. Summer hatte erfahren, dass er einen Sinn für schwarzen Humor hatte. Mozart konnte über sich selbst lachen und sie dazu bringen, über Situationen zu lachen, die sie sonst vielleicht nicht als lustig empfunden hätte. Insgesamt hatte sie es wirklich genossen, Zeit mit ihm zu verbringen.

Summer hielt für einen Moment inne und sah ihn an. »Danke, Mozart.«

Mozart hörte den ernsten Ton in Summers Stimme und drehte sich zu ihr um. »Wofür?«

»Dafür, dass du mir heute geholfen hast, dass du nicht ausgeflippt bist, weil du Toiletten reinigen, Betten machen oder staubsaugen musstest. Für alles. Einfach ... danke.«

Mozart ließ die schmutzigen Handtücher in den Putzwagen fallen, nahm Summers Kopf zwischen seine Hände und lehnte seine Stirn gegen ihre. »Gern geschehen.«

Sie sahen sich für einen Moment in die Augen, bis Summer sich zurückzog und verlegen wegschaute.

»Schau mich an, Sonnenschein«, forderte Mozart.

Summer sah ihm sofort wieder in die Augen, ohne sich auch nur ein Mal zu fragen, warum sie sofort tat, was er verlangte.

»Ich möchte, dass es dir niemals peinlich sein muss, mir zu sagen, was du denkst. Wenn du sauer bist, sag es mir, wenn du glücklich bist, will ich es wissen. Wenn du verlegen, müde, hungrig oder traurig bist ... möchte ich es wissen, verstanden?«

Ohne den Augenkontakt zu unterbrechen, nickte Summer nur.

»Alles klar. Lass uns mit dem Saubermachen dieses

Drecklochs fertig werden und etwas essen, bevor wir einkaufen gehen. Ich bin in der Stimmung, dich etwas zu verwöhnen.«

»Okay.«

Kurz darauf waren sie mit dem Putzen des letzten Zimmers fertig, verstauten den Putzwagen im hinteren Teil des Bürogebäudes und brachten die Reinigungsmittel in den Lagerraum.

»Komm schon, Sonnenschein, lass uns gehen. Wir müssen ein paar Sachen besorgen.«

»Ich hoffe, du weißt, ich werde nicht zulassen, dass du es übertreibst.«

»Ja, ja, jetzt lass uns gehen.«

Summer saß auf der Bettkante und sah sich entgeistert um. Mozart hatte es übertrieben. Egal was sie gesagt hatte, er hatte sich nicht aufhalten lassen. Er hatte ihre Proteste einfach ignoriert und gekauft, was er wollte. Neben dem Fernseher stand jetzt eine kleine Mikrowelle. Ein kleiner Kühlschrank stand an der Wand und überall lagen Lebensmittel herum. Mozart hatte so viel Verpflegung gekauft, dass es überall willkürlich im Raum gestapelt war. Der kleine Kühlschrank war vollgestopft mit genügend Nahrungsmitteln für mindestens zwei Wochen.

Summer hatte gemerkt, dass Mozart beim

Einkaufen in einer seltsamen Stimmung gewesen war, also hatte sie aufgehört zu protestieren, nachdem ihre ersten Versuche erfolglos geblieben waren. Er hatte sich zu ihr umgedreht und etwas schroff gesagt: »Lass mich das machen, Sonnenschein. Ich muss das tun.« Also ließ sie Mozart tun, was er tun musste.

Er hatte sie in die Bekleidungsabteilung des Ladens geschickt und ihr förmlich befohlen, langärmelige Hemden, Hosen, eine Jacke und sogar Unterwäsche in ihrer Größe auszusuchen. Mozart hatte ihr gedroht, dass er die Sachen für sie aussuchen würde, wenn sie nicht mit einer für ihn angemessenen Anzahl Kleidungsstücke zurückkäme. Summer hatte ihn beim Wort genommen und so viele Klamotten geholt, dass sie es für übertrieben hielt. Mozart hatte nur geseufzt und es mit »Das reicht fürs Erste« kommentiert.

Jetzt waren sie zurück in ihrem Zimmer und Summer fühlte sich unbehaglich. Sie war es nicht gewohnt, dass jemand ihr Dinge kaufte, insbesondere weil sie es sich selbst nicht leisten konnte. Sie mochte dieses Gefühl nicht. Mozart saß neben ihr auf der Bettkante und sah, wie sie auf die Vorräte starrte, die sie gekauft hatten.

»Ich weiß nicht, ob das ausreicht«, sagte er mürrisch.

»Machst du Witze?«

»Nein«, sagte Mozart mit leiser Stimme und drehte sich zu ihr um. »Ich muss am Montag zu einer Mission aufbrechen und habe keine Ahnung, wie lange ich weg sein werde. Ich weiß nicht, wann ich wieder hier oben bei dir sein kann. Du hast kein Auto, also kannst du nicht einfach selbst einkaufen gehen, wenn etwas alle ist.«

Summer legte ihre Hand auf Mozarts Bein, zog sie aber schnell wieder zurück, als er zusammenzuckte. Bevor sie etwas sagen oder tun konnte, griff er nach ihrer Hand und legte sie wieder auf sein Bein. Mozart neigte den Kopf und sah sie fordernd an, damit sie sagte, was sie offensichtlich sagen wollte.

»Ich sage das nicht, damit du dir schuldig oder verrückt vorkommst, okay?« Als Mozart nickte, fuhr Summer fort: »Mozart, während der letzten Monate habe ich nur eine Mahlzeit pro Tag zu mir genommen. Wenn Henry morgens das Büro geöffnet hat, habe ich dort einen Joghurt und einen Bagel gegessen. Meistens konnte ich mir noch einen Bagel und ein Stück Obst für später mitnehmen. Manchmal hat ein Gast etwas in seinem Zimmer zurückgelassen, das ich essen konnte. Vertrau mir, all diese Lebensmittel ...«, sie deutete auf die Stapel vor ihnen, »... werden eine Ewigkeit reichen.«

Summer sah, wie Mozart seine linke Hand zur Faust ballte und der Muskel in seinem Kiefer zuckte. Sie wollte nicht, dass er sich quälte, also legte sie ihre andere Hand, die nicht auf seinem Bein ruhte, an sein Gesicht und drehte seinen Kopf zu ihr um. Flüsternd sagte Summer: »Mir geht es gut, Mozart. Du hast keine Ahnung, was mir das bedeutet, was du in den letzten zwei Tagen für mich getan hast. Wenn es mir vorher schon gut ging, dann geht es mir jetzt *mehr* als gut.«

Mozart holte tief Luft, drehte den Kopf herum und küsste Summers Handfläche. »Du wirst nie wieder den verdammten Müll essen müssen, den jemand liegen gelassen hat. Allein der Gedanke daran ...« Er schauderte und schloss für einen Moment die Augen.

Summer merkte, als er sich wieder unter Kontrolle hatte. Er öffnete die Augen und sagte zu ihr: »Ich werde so schnell wie möglich wieder hier sein, Sonnenschein.«

»Ich weiß.«

»Ich weiß, dass du kein Handy hast, aber ich werde dir meine Nummer geben, damit du mich anrufen kannst, wann immer du willst. Ich rufe dich hier im Motel an, wenn ich von meiner Mission zurück bin, um dich wissen zu lassen, wann ich wieder hier sein kann. Für die Zeit, während ich außer Landes bin, gebe ich dir die Nummer eines Freundes. Du rufst ihn an, wenn du irgendetwas brauchst ... Und ich meine, egal was.«

Summer schwieg und sah Mozart nur an.

»Ach scheiße, das wirst du sowieso nicht tun, richtig? Ich wusste, dass es schwierig mit dir werden wird.« Mozart lächelte, als er das sagte, damit Summer nicht beleidigt war. »Wirst du die Nummer wenigstens nehmen, damit ich in Ruhe schlafen kann? Ich fühle mich besser, wenn du sie hast.«

»Wessen Nummer ist das?«

»Sein Name ist Tex. Er ist ein sehr guter Freund und lebt in Virginia. Er war früher bei den SEALs, musste aber aus gesundheitlichen Gründen in den vorzeitigen Ruhestand gehen, nachdem sein Bein amputiert werden musste. Er ist ein Computergenie und ich würde ihm mein eigenes oder dein Leben anvertrauen.«

»Gib mir seine Nummer, Mozart. Ich werde nicht versprechen, ihn anzurufen, wenn ich mir einen Splitter einziehe oder so etwas, aber wenn etwas ernsthaft schiefgeht, rufe ich ihn an.« Bei dem Ausdruck der Erleichterung in Mozarts Augen wusste Summer, dass sie das Richtige gesagt hatte, auch wenn es ihr unangenehm war.

Mozart stand auf und streckte Summer die Hand entgegen. »Komm schon, Sonnenschein. Lass uns ins Bett gehen und gucken, ob im Fernsehen ein Film läuft, den wir sehen wollen.«

Summer nahm Mozarts Hand und führte sie zum Bett. Er schlug nicht die Decke zurück, sondern half ihr auf das Bett und legte sich hinter sie. Er nahm die Fernbedienung und schaltete durch die Kanäle, bis er auf *True Lies – Wahre Lügen* stieß.

»Ich liebe diesen Film. Ist der okay?«

»Jamie Lee Curtis tritt Ganoven in den Hintern, na klar.«

Mozart lachte, legte sich auf die Kissen und zog Summer an seine Seite. Sie kuschelte sich an ihn und legte ihren Kopf auf seine Brust. Mozart holte tief Luft und atmete ihren Geruch ein.

»Du riechst gut.« Die Worte sprudelten einfach aus seinem Mund, ohne dass er sie aufhalten konnte.

»Das ist nur das Shampoo.«

»Nein, ist es nicht. Es ist das Shampoo und die Orange, die du heute Abend gegessen hast, als wir aufs Zimmer zurückgekommen sind. Außerdem ein Hauch von Salz von deinem Schweiß. Es ist dein Geruch, Sonnenschein.«

Summer rekelte sich an seiner Brust. Noch niemals zuvor hatte jemand so mit ihr geredet wie Mozart. »Du bist ja verrückt.«

»Das war ein Kompliment, Summer. Sag Danke.«

»Vielen Dank.«

Mozart lächelte sie an und zog sie noch näher an sich heran. »Nun sei leise. Wir wollen den Film sehen.«

Summer versuchte, sich auf den Film zu konzentrieren, konnte es aber nicht. Ihre Gedanken sprangen umher und sie konnte es nicht abschalten. Schließlich hob sie den Kopf, um Mozart eine Frage zu stellen, und stellte fest, dass er sie anstarrte, anstatt auf den Fernseher zu schauen.

»Du gehst also am Montag auf eine Mission?«

»Ja.«

»Kannst du mir etwas darüber erzählen?« Summer glaubte nicht, dass er das durfte, fragte aber trotzdem.

»Nein.« Nach ein oder zwei Minuten Schweigen ergänzte Mozart bedauernd: »Das ist, was ich tue, Sonnenschein.«

Summer nickte sofort und versuchte, ihn zu beruhigen. »Oh, ich weiß, Mozart. Ich weiß nicht viel ... okay, ich weiß eigentlich nichts über das Militär, aber ich verstehe genug davon, um zu wissen, dass das, was ihr tut, der Geheimhaltung unterliegt. Ich ... ich werde mir nur Sorgen um dich machen.« Schnell fuhr sie fort: »Ich weiß, es ist albern, ich kenne dich nicht einmal richtig, aber ich mache mir Sorgen, wenn du in ein fremdes Land fährst, etwas Gefährliches tust und ich nicht weiß, wo du bist, was du tust und wann du zurück sein wirst.«

Mozart holte tief Luft und drehte sich zu Summer. Er rutschte herum, bis sie seitlich auf dem Bett lag und er sich über sie beugen konnte. »Ich mag es nicht, Dinge vor dir geheim halten zu müssen, aber du musst wissen, dass ich es dir niemals werde sagen können. Das ist der schwierigste Teil daran, mit einem SEAL zusammen zu sein. Ich wünschte, wir hätten noch die Zeit, damit ich dir Ice, Alabama und Fiona vorstellen kann – die Frauen meiner Teamkollegen. Sie haben gelernt, besser mit unseren Missionen umzugehen, indem sie zusammenhalten und Mädchenkram machen. Wir wissen, dass es sie verrückt macht, wenn wir wegfahren müssen, aber sie unterstützen sich und helfen sich gegenseitig dabei, es besser zu überstehen. Und du solltest wissen, dass das Team über uns Bescheid weiß. Ja, was wir tun, ist gefährlich und es besteht immer die Gefahr, dass wir verletzt werden ...«, Mozart strich mit einem Finger über seine vernarbte Wange und fuhr dann fort, »aber du musst an uns glauben. Wir sind dafür ausgebildet. Wir sind gut darin, Sonnenschein. Und die Tatsache, dass Wolfs, Abes und Cookies Frauen zu Hause auf sie warten, macht sie noch entschlossener, dass wir alle unbeschadet wieder zurückkehren.« Er hörte auf zu sprechen und starrte die erstaunliche Frau unter ihm an.

»Ich verstehe es, Mozart. Ich weiß, dass du gut bist. Ich weiß, dass du ein Profi bist. Aber ich mache mir trotzdem Sorgen.« Summer sagte den letzten Satz mit leiser, unsicherer Stimme. »Ich weiß nicht einmal, warum du wirklich hier bist. Ich meine, du kennst mich nicht ...«

»Komm her, Sonnenschein, und hör mir zu.« Mozart lehnte sich zurück und zog sie zu sich heran. Sie lagen sich Angesicht zu Angesicht im Bett gegenüber, ohne sich zu berühren, aber nahe genug, um jeden Atemzug des anderen zu spüren.

»Du hast recht, wir haben noch nicht sehr viel Zeit miteinander verbracht. Wenn einer meiner Freunde in der gleichen Situation wäre, würde ich ihn wahrscheinlich dazu anhalten, einen Gang zurückzuschalten. Ich würde ihm sagen, dass er nach nur zwei Tagen auf keinen Fall solche Gefühle haben könnte. Aber ich kenne meinen eigenen Verstand. Ich sehe *dich*. Du bist schlau. Du bist mitfühlend. Du bist hart im Nehmen. Du bist selbstlos. Du bist fleißig. Du bist schüchtern. Du bist leidenschaftlich. Du bist wunderschön. Du bist alles, wovon ich jemals bei einer Frau geträumt habe. Wenn du denkst, ich lasse dich wieder gehen, musst du verrückt sein. Ich mache dir keinen Heiratsantrag. Ich sage nicht, dass wir für den Rest unseres Lebens zusammen sein werden. Doch ich sage, dass ich sehen möchte, wohin uns dies führen kann. Ich möchte dich besser kennenlernen. Ich möchte dich beschützen. Ich sehne mich so danach, dich zu schmecken, dass mir das Wasser im Mund zusammenläuft. Also, ja, ich verstehe es, wenn du sagst, dass du dir Sorgen machen wirst, denn ich werde mir auch Sorgen machen. Ich mache mir Sorgen um dich hier oben bei Henry, diesem Arschloch. Ich mache mir Sorgen, dass du nicht genug isst. Ich mache mir Sorgen, dass du frierst. Ich mache mir Sorgen, dass du zu hart arbeitest. Ich mache mir Sorgen, dass du kein Transportmittel hast. Ich weiß, wir kennen uns noch nicht lange, aber diese Sorge um dich ist da. Also, obwohl es mir nicht gefällt, dass du dir Sorgen um mich machst, mag ich es auch ein bisschen.«

»Mozart ...« Summer konnte nichts anderes sagen.

Sie wünschte, sie hätte aufnehmen können, was er gerade von sich gegeben hatte, damit sie es immer wieder abspielen könnte.

»Hast du noch andere Bedenken, warum ich hier bin oder dass wir uns nicht richtig kennen?«

Summer konnte nur noch den Kopf schütteln.

Mozart lächelte. »Dann können wir ja den Film zu Ende schauen und sehen, wie Arnold den Bösewichtern in den Hintern tritt.«

»Ja, das können wir.«

»Sehr schön.« Mozart beugte sich zu Summer und küsste sie. Er berührte sie mit keinem anderen Körperteil außer seinen Lippen.

Nach einem langen, intensiven Kuss, der sie beide atemlos zurückließ, lehnte sich Mozart wieder gegen das Kopfteil und zog Summer in seine Arme. Sie sahen den Film zu Ende, bis der Abspann über den Bildschirm lief.

Mozart küsste Summer auf den Kopf und sagte: »Bereit, schlafen zu gehen?«

»Ja«, murmelte sie schläfrig.

»Auf geht's, Sonnenschein. Geh ins Bad und mach dein Ding.« Mozart half Summer auf und schob sie sanft ins Badezimmer. »Wir tauschen die Plätze, sobald du fertig bist.«

Summer nickte und schlurfte ins Badezimmer. Als sie mit dem Zähneputzen, dem Waschen ihres Gesichts und dem Benutzen der Toilette fertig war, hatte Mozart das T-Shirt gewechselt und trug schwarze Boxershorts. Sie schluckte schwer. »Du bist dran.«

Mozart ging auf sie zu, beugte sich vor und küsste sie fest, bevor er an ihr vorbeischoss. »Zahnpasta mit Pfefferminzgeschmack. Ich habe von diesem Geschmack auf deinen Lippen geträumt«, sagte er und verschwand im Badezimmer.

Summer zog schnell ihren neuen Pyjama an, den er für sie gekauft hatte. Da sie nicht der Typ für Nachthemden war, hatte sie sich für ein Modell mit Shorts und T-Shirt entschieden. Er saß locker und war rosa mit kleinen weißen Blumen. Sie fand es nicht sehr aufreizend, aber mit Mozart schien alles sehr intim zu sein.

Sie stand immer noch vor dem Bett, als er aus dem Badezimmer kam. Mozart blieb stehen und starrte sie nur an.

Da sie die Stille und den seltsamen Ausdruck auf seinem Gesicht keine Sekunde länger ertragen konnte, fragte Summer: »Was?«

»Geh ins Bett, Sonnenschein. Sofort.«

Etwas verwirrt und eingeschüchtert kroch Summer ins Bett. Sie sah, wie Mozart zu der Seite des Bettes herumkam, auf der sie lag, und sagte: »Rutsch rüber, das ist meine Seite.«

Das hatte sie ganz vergessen. Sie hatte sich auf die Seite des Bettes gelegt, die der Tür am nächsten war, ohne darüber nachzudenken. Summer rutschte rüber und sah, wie Mozart sich vorbeugte, um das Licht neben dem Bett auszuschalten. Im Raum wurde es dunkel. Sie spürte, wie Mozart es sich auf der Matratze bequem machte. Summer wartete, aber er drehte sich nicht zu ihr um. Es fühlte sich an, als würde er steif wie ein Brett daliegen.

»Mozart?«

»Nicht«, unterbrach Mozart sie.

Summer war so verwirrt. Sie hatte keine Ahnung, was passiert war, nachdem er sie geküsst und den Geschmack der Zahnpasta kommentiert hatte und anschließend aus dem Badezimmer gekommen war. Sie drehte sich mit dem Rücken zu ihm und versuchte, ihre Tränen zurückzuhalten.

Nach einer Weile spürte Summer, wie Mozart sich endlich bewegte. Er drehte sich zu ihr um und kuschelte sich an ihren Rücken. Einen Arm legte er unter ihren Hals und den anderen über ihre Seite. Seinen Unterarm legte er über ihr Brustbein. Sie fühlte sich geborgen und sicher in seinen Armen. Sie war so verwirrt.

»Weine nicht, Sonnenschein. Scheiße. Es tut mir leid. Du bist so wunderschön. Als ich dich in diesem süßen kleinen Schlafanzug gesehen habe, habe ich fast die Kontrolle verloren. Ich musste mich zusammenreißen, dich allein ins Bett steigen zu lassen. Ich will immer noch nichts mehr, als mich selbst so tief in dir zu vergraben, dass du das Gefühl nie mehr vergisst.

Aber ich habe es versprochen. Es ist zu früh. Jesus, Sonnenschein, zweifle niemals daran, dass ich nichts sehnlicher will, als hier bei dir zu sein. Ich brauchte nur einen Moment, um mich wieder unter Kontrolle zu bekommen.«

Summer konnte Mozarts harte Erektion spüren. Sie zweifelte nicht an dem, was er sagte, aber er hatte sie verletzt. »Mach so etwas nicht noch einmal«, schniefte sie. »Ich dachte, du hättest es dir anders überlegt. Ich kann so ein Auf und Ab von Emotionen nicht ertragen. Du musst du selbst bei mir sein. Wenn du traurig oder sauer bist, sag es mir. Wenn du gestresst bist, dann sag es mir. Wenn du die Kontrolle verlierst, sag es mir einfach. Ich weiß, dass du bei deinem Job häufiger mit Dingen zu tun hast, die schwer zu ertragen sind. Ich will dir den Freiraum geben, den du brauchst, aber wenn du mir nicht sagst, was los ist, denke ich, dass es mit mir zu tun hat.« Sie hob die Schultern, so gut es in seiner Umarmung möglich war. Es war einfacher, mit ihm zu sprechen, wenn sie ihn nicht ansah. »Ich bin eine Frau. Wir neigen dazu zu glauben, dass sich *alles* um uns dreht.«

»Das werde ich. Es tut mir leid.«

Damit war das Thema abgehakt. Er hatte es geradeheraus gesagt. Er hatte keine Ausreden erfunden oder abgetan, was sie gesagt hatte. Sie seufzte und kuschelte sich in seine Arme.

»Vielen Dank.«

»Schlaf jetzt, Sonnenschein. Morgen früh fahren wir noch einmal zu dem kleinen Café und werden viel zu viel zum Frühstück essen. Danach fahren wir zu diesem Aussichtspunkt und dann in die Innenstadt, um uns etwas wie Touristen zu benehmen. Dann werden wir die verdammten Zimmer putzen und zum Abendessen ausgehen. Nach dem Abendessen muss ich aufbrechen, aber ich möchte jeden Moment, der uns noch bleibt, mit dir verbringen, bevor ich losmuss.«

»Das will ich auch.«

»Schlaf.«

»Ich bin froh, dass du hier bist, Mozart.«

»Ich auch. Es gibt keinen Ort, an dem ich lieber wäre. Ich wünschte nur, ich wäre früher gekommen.«

»Du bist jetzt hier, das ist alles, was zählt.«

»Ja, ich bin jetzt hier. Jetzt ... schlaf, Frau.«

Summer kicherte. Er war so fordernd, aber ihr gefiel das. Sie konnte allerdings nicht widerstehen, das letzte Wort zu haben. »Ich würde ja schlafen, wenn du aufhören würdest, mit mir zu reden.«

Mozart knurrte. »Pass auf, dass ich dich nicht übers Knie lege, Sonnenschein.«

»Das traust du dich nicht!«

»Möchtest du, dass ich es versuche?«

Summer kicherte erneut und rutschte in Mozarts Armen hin und her, bis sie sich umgedreht hatte und ihn ansah. Sie konnte fühlen, wie seine Erektion gegen sie drückte. Sie rückte näher an ihn heran und vergrub ihren Kopf an seinem Hals.

Flüsternd sagte sie zu ihm: »Ich werde alles versuchen, was du willst, Mozart.«

»Guter Gott, Frau. Führe mich nicht in Versuchung. Hab etwas Mitleid mit einem alten SEAL. Schlaf. Jetzt.«

Summer schlief ein und zum zweiten Mal seit Monaten fühlte sie sich dabei sicher und warm. Das erste Mal war die Nacht zuvor gewesen. Sie wusste nicht, dass Mozart noch stundenlang wach blieb, ihr beim Schlafen zusah und seinem Glücksstern dankte, dass er zurück auf den Berg gefahren war, um sie wiederzusehen.

KAPITEL ZEHN

Nach ihrem ausgiebigen Frühstück machten sie sich auf den Weg zurück zum Motel, um die Zimmer zu putzen. Summer war erneut erstaunt, wie schnell die Arbeit mit zwei Leuten erledigt war. Mozart hatte recht, es war nicht schwer und etwas eintönig. Nicht alle Gäste waren Schweine, aber es gab genügend, sodass die Arbeit nervte und manchmal ekelhaft war.

Mozart machte es für sie erträglicher, auch wenn es deshalb nicht unbedingt Spaß machte. Er übernahm das Bettenmachen und das Putzen der Toiletten, während sie sich um die Schmutzwäsche, sowie Wischen und Staubsaugen kümmerte. Als sie sich im ersten Zimmer vorgebeugt hatte, um ein Laken zu wechseln, hatte Mozart ein knurrendes Geräusch gemacht, sie hochgezogen und gesagt: »Ich werde das machen. Ich kann auf keinen Fall dabei zusehen, wie du dich über diese Betten beugst, ohne dich darauf werfen zu wollen, Sonnenschein.«

Allein bei der Erinnerung an seine leise, knurrende Stimme bekam Summer eine Gänsehaut.

Sie hatte ihn nur angelächelt und zugestimmt.

Jetzt waren sie mit der Arbeit fertig und saßen auf einer Bank mit Blick auf den See. Es war kalt und Mozart hatte einen Arm um Summers Schultern gelegt. Die Umgebung war ruhig. Winter war nicht die beliebteste Zeit, um am See zu sitzen. Die meisten Leute waren zum Skifahren in den Bergen.

»Ein Königreich für deine Gedanken«, sagte Summer und unterbrach die angenehme Stille.

»Ich denke darüber nach, dass du den ganzen Winter im Kalten geschlafen hättest, wenn ich meinen Arsch nicht hochbekommen hätte, um hier raufzufahren.«

Summer drehte sich um und küsste Mozart auf die Wange. Dann legte sie den Kopf auf seine Schulter und drehte ihr Gesicht an seinen Hals. »Wenn es zu schlimm geworden wäre, hätte ich etwas gesagt.«

»Hättest du das?«

Summer setzte sich auf und seufzte. »Ja, Mozart. Ich habe vielleicht mein Glück verloren, aber ich bin keine komplette Idiotin. Henry ist ein Arsch, aber selbst er hätte mich nicht in diesem Ding schlafen lassen, wenn dreißig Zentimeter Schnee gefallen wären. Außerdem hat Joseph daran gearbeitet, den Lagerraum zu einem Gästezimmer umzubauen.«

»Joseph? Wer zur Hölle ist das?«

»Der neue Handwerker, von dem ich dir erzählt habe.«

Mozart schnaubte. »Ich kann nicht glauben, dass noch jemand wusste, dass du in diesem Scheißloch lebst, und nichts gesagt hat.«

Stille breitete sich zwischen ihnen aus, bis Mozart sie endlich unterbrach.

»Ich möchte, dass Ice oder eine der anderen Frauen dich anruft, während wir weg sind. Wirst du mit ihr reden?«

»Warum?«

»Wir haben gestern kurz darüber gesprochen. Unsere Frauen unterstützen sich gegenseitig, während wir weg sind. Ich möchte, dass du ebenfalls davon profitierst.«

»Aber sie kennen mich gar nicht, Mozart. Sie werden nicht mit mir über dieses Zeug reden wollen.«

»Doch, das werden sie.«

Summer schüttelte nur den Kopf. Sie wusste es besser. »Okay, was auch immer du willst, Mozart.«

Mozart drehte sich auf der Bank um und legte seine Hände auf Summers Schultern. Mit seinen Daumen strich er über ihre Schlüsselbeine. Er wusste, dass sie es durch ihre Jacke nicht spüren würde, aber die Bewegung beruhigte ihn selbst. Zur Hölle, wann immer er sie berührte, fühlte er sich ruhiger. »Mir wurde versichert, dass eine Frau, wenn sie ›was auch immer‹ sagt, normalerweise etwas anderes meint. Also, was ist los, Sonnenschein?«

Summer seufzte und vermied es, Mozart in die Augen zu sehen. Sie schaute an ihm vorbei auf den Weg, der um den See führte. »Das wird einfach nicht funktionieren, Mozart. Du kannst nicht zu diesen Leuten gehen und ihnen erzählen, dass du eine Frau getroffen hast, die sie jetzt anrufen sollen, um sich mit ihr anzufreunden und über ihre Sorgen zu sprechen. So funktioniert das nicht. Zur Hölle, selbst Leute, die ich *jahrelang* gekannt habe, haben mich nicht angerufen, um sich zu erkundigen, wie es mir nach meiner Scheidung und meiner Kündigung ging. Dafür, dass du so viel rumgemacht hast, weißt du nicht viel über Frauen.«

»Sieh mich an.«

Summer seufzte und wandte den Blick wieder Mozart zu. Sie konnte sehen, dass er besorgt und frustriert war. Er hatte die Augenbrauen hochgezogen und die Stirn in Falten gelegt. Sogar die Narben in seinem Gesicht schienen roter zu sein als sonst.

»Ich möchte, dass du sie kennenlernst. Ich möchte, dass sie dich kennenlernen. Ich will dich nicht allein hier oben lassen. Alles in mir rebelliert dagegen.«

»Ich bin schon lange allein. Das ist nichts Neues für mich.«

»Aber jetzt du bist nicht mehr allein. Du hast mich.«

Summer traten Tränen in die Augen und sie biss sich auf die Lippe.

Mozart zog sanft ihre Lippe zwischen ihren Zähnen hervor und beugte sich zu ihr. »Lass es mich versuchen, okay? Wenn eine von ihnen anruft, versprich mir, dich mit ihr zu unterhalten. Wirst du es versuchen?«

»Natürlich werde ich das. Ich vermisse es, jemanden zum Reden zu haben, aber ich möchte nicht, dass du nach Hause fährst und sie dazu überredest, mich anzurufen. Wenn du tatsächlich so viel herumgeflirtet hast, wie du mir erzählt hast, dann werden sie glauben, ich bin nur eine weitere Eroberung auf deiner langen Liste.«

»Das werden sie nicht.«

»Das *werden* sie, Mozart. Meine Güte, das haben wir doch schon durchgekaut. Ich bin eine Frau. Ich weiß, wie diese Dinge ablaufen. Du wirst nach Hause kommen und ihnen erzählen: ›Hey, ich habe in Big Bear eine Frau kennengelernt. Während wir auf unserer Mission sind, ruft sie bitte an und nehmt sie in eure Frauenclique auf.‹ Und sie werden zustimmen, weil sie dich mögen und du ihr Freund bist. Aber wenn es darauf ankommt, werde ich eine Fremde sein. Für sie werde ich nur eine weitere Frau sein, die du abgeschleppt hast.«

»Du liegst falsch.«

Summer zog sich zurück, stand auf, entfernte sich zwei Schritte von der Bank und schaute mit verschränkten Armen auf den See. »Verflucht, Mozart, ich liege nicht falsch.«

Summer spürte, wie er von hinten seine Arme um sie schlang.

Mozart legte seinen Kopf auf Summers Schulter und drückte sie fest. Er ließ seine Lippen zu ihrem Ohr wandern und sprach leise und in ernstem Ton. »Ich habe Ice oder eine der anderen Frauen noch niemals gebeten, mit einer der Frauen zu sprechen, die ich ›abgeschleppt‹ habe. Diese Frauen waren bereits wieder aus meinem Leben verschwunden, als ich aus ihrem Bett gestiegen bin. Ich habe noch niemals zuvor eine Frau mehr als ein Mal gesehen. Ich weiß, das ist schwer für dich zu verstehen, aber Ice ist genau wie du. Sie ist loyal bis zum Umfallen. Sie war dabei, als mir diese Arschlöcher das Gesicht aufgeschlitzt haben. Sie *kennt* mich. Ich würde niemals zu ihr gehen, um ihr zu erzählen, dass ich irgendeine Frau kennengelernt habe. Ich wende mich an sie, um ihr zu erzählen, dass ich *meine* Frau kennengelernt habe. Sobald ich ihr von dir berichtet habe, wird sie mich anflehen, deine Nummer zu bekommen. Vertrau mir, Sonnenschein. Ich werde dich nicht noch einmal im Stich lassen. Wenn ich dir sage, dass sie anruft, dann wird sie das auch tun.«

Mozart drehte Summer um und sie vergrub ihr Gesicht an seiner Brust. Sie spürte, wie er seinen Arm um ihren Rücken legte. Mit der anderen Hand fuhr er zu ihrem Nacken und hielt sie fest. Sie schob ihre Arme zwischen ihre Körper und hielt sich mit den Händen an seiner Jacke fest.

»Ich brauche das, Sonnenschein. Ich muss wissen, dass meine Freunde für dich da sind. Ich schwöre dir, nachdem ich mit ihnen gesprochen habe, werden sie auch deine Freunde sein. Sie werden dich nicht hängen lassen. Sie werden sich mit dir anfreunden. Das schwöre ich dir.«

»Okay, Mozart, ich vertraue dir. Ich werde mit ihr sprechen, falls sie anruft.«

»*Wenn* sie anruft.«

Summer lächelte trotz ihres emotionalen Zustands. »Wenn sie anruft.«

»Jesus, du machst es einem wirklich nicht leicht.« Mozart zog sich zurück und sah auf Summer hinunter. Ihre Nase und ihre Ohren waren von der Kälte rot angelaufen und sie hatte kein Make-up aufgelegt, aber sie war die schönste Frau, die er jemals gesehen hatte. Sie hatte keine Angst, mit ihm zu streiten. Sie hatte keine Angst, ihm genau zu sagen, was sie dachte, und sie wollte, dass er ihr sagte, was er dachte. Sie war perfekt. »Du gehörst mir, Sonnenschein. Ich werde so schnell ich kann wieder hier sein. Denk bitte daran, dass meine Freunde jetzt auch deine Freunde sind, okay?«

»Okay.«

»Jetzt lass uns aus der Kälte verschwinden und etwas zu essen holen.«

Summer ließ sich von Mozart zurück zu seinem Pritschenwagen führen. Der Tag verging zu schnell. Bald würde er sie verlassen. Viel zu bald.

Das Abendessen ging schnell vorbei. Egal wie sehr Summer versuchte, das Unvermeidbare zu ignorieren, es ging nicht. Mozart würde sie verlassen. In der kurzen Zeit, in der er hier gewesen war, hatte er so viel für sie getan, dass es sich fast so anfühlte, als würde es um eine andere Person gehen. Summer war nicht naiv. Sie wusste, dass Mozart die Kontrolle übernommen hatte, und ihre Situation war zuvor so sehr außer Kontrolle geraten, wie es nur ging. Sie hoffte, dass er genau so weitermachen würde, wenn er von seiner Mission zurückkam, aber sie konnte sich nicht sicher sein. Sie musste abwarten und auf ihr Bauchgefühl hören.

Sie verließen das Restaurant und gingen zurück zum Motel. Mozart griff nach ihrer Hand und führte sie wortlos zu Hütte Nummer sieben. Als sie wieder im Zimmer waren, ließ er schließlich ihre Hand los und ging zu dem kleinen Schreibtisch. Er nahm einen Zettel und schrieb etwas darauf. Dann ging er zu dem Telefon neben dem Bett und schrieb die dort aufgedruckte Telefonnummer auf ein anderes Stück Papier, das er in seine Tasche steckte.

Mozart ging zurück zu Summer und nahm wieder ihre Hand. Er führte sie zum Bett und sie setzten sich. Er saß seitlich, so wie er es vor zwei Tagen getan hatte, und hielt ihre Hand in seiner.

»Okay, Sonnenschein. Hier sind die Telefonnummern, von denen ich dir erzählt habe. Tex ist mein Freund in Virginia. Ich habe auch meine Handy-, Privat- und Büronummer notiert. Die Nummer von Ice steht ebenfalls auf dem Zettel. Ich hätte dir auch noch Fionas und Alabamas Nummern gegeben, aber ich weiß, dass es dich schon genügend Überwindung kosten wird, eine einzige dieser Nummern anzurufen. Versprich mir bitte, dass du mich, Tex oder Ice anrufst, wenn du etwas brauchst.«

»Ich werde nichts brauchen, Mozart.«

»Das weißt du nicht. Es kann alles Mögliche passieren.«

»Das wird es nicht.«

»Im Ernst, hör mir zu. Ich werde dir jetzt etwas erzählen, das sonst nur meine SEAL-Kollegen wissen. Ich bin mir nicht einmal sicher, ob sie es ihren eigenen Frauen verraten haben.«

Summer nickte. Er war todernst. Sie hatte Mozart noch nie so ängstlich und besorgt gesehen.

»Ich habe einmal genauso gedacht wie du. Ich war ein Teenager und lebte in den Tag hinein. Wir waren glücklich, wir waren normal. Dann wurde meine kleine Schwester entführt. Sie war über zwei Wochen spurlos verschwunden. Wir hatten keine Ahnung, wo sie war. Ein Ehepaar hat schließlich ihren leblosen misshandelten Körper im Wald gefunden. Sie war sexuell missbraucht und dann getötet worden. Das hatte sie nicht verdient. Wir hätten auch niemals gedacht, dass jemals so etwas Schlimmes passieren könnte. Ich *weiß*, dass schlimme Dinge geschehen können, Summer. Ich habe es selbst erlebt. Tu es für mich. Bitte versprich mir, dass du anrufst, wenn etwas passiert. Wenn ich nicht im Land bin, um dir helfen zu können, muss ich wissen, dass du dich bei jemand anderem meldest. Tex kann dir helfen.«

»Ich verspreche es.« Summer zögerte keine Sekunde. Es war offensichtlich, dass Mozart es von ihr hören musste. Sie konnte sich nicht vorstellen, was er und seine Familie durchgemacht haben mussten, aber es erklärte einiges über ihn.

Mozart stieß den Atem aus, von dem er nicht wusste, dass er ihn angehalten hatte.

»Ich verspreche es, Mozart«, sagte Summer erneut und legte ihre Hand an seine vernarbte Wange.

»Vielen Dank.« Mozart zog Summer in seine Arme und sie hielten sich für einen langen Moment fest.

»Das ist doch scheiße.«

Summer musste lachen. Es war scheiße, aber Mozart klang wie ein bockiger kleiner Junge. Sie zog sich zurück. »Jetzt sei nicht so ein Baby. Du wirst im Handumdrehen wieder zurück sein. Ich werde Tag ein, Tag aus hier sein und immer das Gleiche tun. Ich habe eine Million Telefonnummern, die du mir gegeben hast. Viele Menschen haben Fernbeziehungen.«

»Ich nicht.«

»Nun, ich bin mir nicht sicher, ob du ein Maßstab bist. Warst du überhaupt schon einmal in einer Beziehung?«

»Na ja, nein. Aber es ist trotzdem scheiße.«

Summer lächelte. »Ich weiß nicht, wie das so schnell passieren konnte. Es ist verrückt. Aber ich werde dich vermissen.«

»Das hoffe ich doch.«

Sie lächelten sich an.

»Ich muss jetzt los. Wir treffen uns morgen sehr früh auf dem Stützpunkt«, sagte Mozart, bewegte sich aber nicht.

»Küsst du mich noch einmal, bevor du gehst?«

»Als wäre das eine Frage. Komm her.« Mozart zog Summer in seine Arme und ließ sich seitlich mit ihr aufs Bett fallen. Er legte seine Hand an ihren Hinterkopf und zog sie fest an sich. Sein Kuss war nicht zärtlich. Er kontrollierte sie, er atmete sie förmlich ein. Er verschlang sie.

Mit der anderen Hand streichelte Mozart über ihren Rücken, dann über ihre Seite und schob seine Finger dann unter den Saum ihres T-Shirts. Während er sie küsste, zog Mozart ihr Hemd hoch und berührte ihre warme Haut. Langsam strich er mit seiner Hand über ihren Körper, bis er ihre Brust erreicht hatte.

Er neigte den Kopf und rollte sich herum, bis Summer unter ihm lag. Ein Bein schob er zwischen ihre und hielt sie fest. Er spürte, wie sie ihr Bein anwinkelte, bis ihr Fuß auf dem Bett stand und sie ihr Knie gegen seine Hüfte drückte. Mozart wusste, dass die gesamte Situation schnell außer Kontrolle geraten könnte, aber er konnte nicht anders. Er musste sie wenigstens ein Mal spüren, bevor er abreiste.

Er legte seine Hand auf Summers Brust, die noch von ihrem BH bedeckt war. Mozart spürte, wie sie tief einatmete und sich ihre Brustwarze unter seiner Hand aufrichtete. Er wollte ihr in die Augen sehen, wenn er sie zum ersten Mal berührte, und zog sich etwas zurück. Summer hatte die Augen geschlossen und unter seiner Berührung den Rücken durchgedrückt.

»Mach die Augen auf, Sonnenschein«, forderte Mozart mit fester Stimme.

Summer öffnete die Augen. Ihre Pupillen waren geweitet und sie keuchte unter ihm.

»Berühre mich«, bettelte sie leise, ohne den Augenkontakt zu unterbrechen.

Mozart rutsche zwischen ihre Beine und zog sie fester an sich. Er konnte ihre Hitze durch ihre Kleidung hindurch an seiner harten Länge spüren. Er schaute ihr weiter in die Augen und zog langsam den BH herunter, bis er unter ihrer Brust klemmte. Er wünschte, er könnte sie verdammt noch mal sehen, aber so war es fast noch erotischer. Ihr Brüste waren noch von ihrem T-Shirt bedeckt, aber er wusste, dass er ihre steifen Nippel durch den dünnen Stoff des T-Shirts sehen würde, wenn er nach unten blickte.

Schließlich legte er seine Hand auf ihre nackte Brust. Sie holten gleichzeitig tief Luft. Noch nicht ganz zufrieden erkundete Mozart sie weiter. Mit den Fingerspitzen fuhr er im Kreis um ihren Warzenhof, berührte aber nicht ihre harte Brustwarze. Er streichelte und massierte ihre Brust, während er ihr in die Augen sah.

Einen Moment später konnte er es nicht mehr aushalten, sie nicht vollständig zu berühren, und fragte: »Bereit, Sonnenschein?«

»Oh Gott, ja. Bitte. Berühre mich.«

Mozart ließ sie nicht lange betteln, nahm ihre Brustwarze zwischen Daumen und Zeigefinger und drückte sie vorsichtig zusammen. Summer krümmte sich vor Erregung unter ihm, stöhnte und schloss zum ersten Mal, seit er ihre nackte Haut berührt hatte, wieder die Augen.

Mozart massierte weiter mit seinen Fingerspitzen ihre Brustwarze. »Gott, du bist großartig. Du bist perfekt. Ich kann es kaum abwarten, deine Schönheiten zu sehen. Ich liebe es, wie du auf meine Berührung reagierst. Ich glaube, wenn du erst nackt unter mir liegst, werden wir für ein paar Tage nicht mehr zu Atem kommen.«

»Ja, oh Gott, *ja*.«

Mozart beugte sich vor und nahm ihre Brustwarze durch das T-Shirt hindurch in den Mund. Er ging damit weiter, als er es eigentlich vorgehabt hatte, aber er konnte sich nicht helfen. Summer war so sexy und so willig. Er saugte so fest er konnte durch die Baumwolle ihres Hemdes und wurde mit einem weiteren lustvollen Stöhnen von ihr belohnt. Mozart konnte fühlen, wie sie sich unter ihm rekelte.

Er wusste, dass sie fast zu weit gegangen waren, um aufhören zu können, nahm ihre Brustwarze zwischen seine Zähne und zog leicht daran. Schließlich hob er den Kopf, um Summer ins Gesicht zu sehen, und bemerkte, dass sie ihn beobachtete.

»Das ist verdammt sexy«, sagte sie ehrlich, ohne ein Blatt vor den Mund zu nehmen.

»Nein, du bist verdammt sexy«, antwortete er, während er weiter ihre Brustwarze massierte.

Einen Moment später hörte Mozart auf und legte seine große Hand über ihre Brust. Er senkte den Kopf auf ihre Schulter. Er spürte, wie sie ihre Hände auf seinen Hinterkopf legte. Mozart erinnerte sich vage daran, wie sie ihre Fingernägel in seinem Rücken vergraben hatte, während er an ihrer Brustwarze gesaugt hatte.

»Sobald wir gelandet sind, mache ich mich auf den Weg hierher. Ich habe genug davon, es langsam angehen zu lassen.« Das war keine Frage.

»Okay.«

Mozart hob den Kopf und sagte ernst: »Du gehörst mir. Ich bin noch nie nur durch das Saugen der Titten einer Frau durch ihr T-Shirt fast zum Höhepunkt gekommen. Ich habe keine Ahnung, wie es dir geht, ich weiß nur, dass du mir gehörst.«

»Äh ... das war zwar nicht gerade das Romantischste, was ich jemals gehört habe, aber ...«

»Ich bin normalerweise auch kein romantischer Typ, Summer, aber mit dir möchte ich es sein. Ich konnte sogar durch den Stoff fühlen, wie heiß du bist. Wenn du glaubst, dass ich noch eine einzige Nacht neben dir liegen werde, ohne diese Hitze auf meiner Haut zu spüren, musst du verrückt sein. Du gehörst verdammt noch mal mir.« Mozart wollte nichts lieber, als ihr zu befehlen, mit ihm nach Riverton zu kommen, aber er wusste, dass es falsch wäre.

»Ich bin auch noch nie ... nur dadurch ... gekommen.«

Mozart ließ ihre Worte einen Moment sacken. »Du meinst ...«

»Ja.«

»Jesus. Du bist unglaublich.« Mozart lächelte, als er es sagte, und fühlte sich gleich drei Meter größer. »Wenn das alles ist, was es dazu braucht, werden wir verdammt viel Spaß haben, wenn ich zurück bin.«

»Du bist es, den ich brauche. Deinen Geruch. Dein Stöhnen. Wie du die Kontrolle übernimmst. Wie sich deine Hände auf meiner Haut anfühlen. Wie du mir in die Augen siehst. Ich brauche nur *dich*.«

Mozarts Hand lag immer noch auf ihrer Haut und Summer konnte fühlen, wie er sie als Reaktion auf ihre Worte anspannte. Ihre Brustwarze verhärtete sich sofort wieder.

Widerwillig nahm Mozart seine Hand von ihrer Brust und zog ihren BH hoch, um sie wieder zu bedecken. Mit seiner Hand fuhr er sinnlich über ihren Bauch und hinunter bis auf ihren Hüftknochen. »Du bist zu dünn. Wenn ich dich das nächste Mal sehe, will ich etwas mehr Fleisch auf deinen Knochen spüren.«

»Okay.«

»Und wenn dir die Lebensmittel ausgehen, rufst du Tex an. Er wird sich darum kümmern.«

»Okay.«

»Und ich möchte, dass du mich jeden Tag anrufst, während ich weg bin. Hinterlasse mir eine Nachricht auf der Mailbox, damit ich weiß, dass es dir gut geht.«

»Ich habe nicht das Geld dafür, Ferngespräche zu führen«, sagte Summer ehrlich zu ihm.

»Ich werde dir eine Telefonkarte hierlassen.«

»Aber du wirst die Nachrichten nicht einmal erhalten, wenn du außer Landes bist.«

»Sonnenschein ...«

»Okay, okay, Boss. Ich werde anrufen.«

»Und bitte, bei Gott, schließ die Tür hinter dir ab und bleib in Sicherheit.«

»Okay.«

»Ich muss jetzt los.«

»Ich weiß.«

»Ich werde wiederkommen.«

»Okay.«

»*Ich werde wiederkommen.*«

»Ich *weiß*.«

»Küss mich noch einmal, bevor ich gehe.«

»Wolf? Hier ist Mozart. Kann ich bitte Ice sprechen?« Als Mozart mit seinem Auto den Parkplatz von *Big Bear Lake Blockhütten* verließ und von Summer wegfuhr, nahm er sein Handy und rief Wolf an. Er musste sofort mit Ice sprechen.

»Ist alles in Ordnung?«

Mozart wusste, dass Wolf Caroline vor jeder emotionalen oder physischen Gefahr beschützen würde. Er machte es ihm nicht zum Vorwurf. Mozart wusste, dass Wolf nur seine Frau beschützte. Zum ersten Mal in seinem Leben verstand er es. In Bezug auf Summer ging es ihm jetzt genauso. Mozart hielt sich nicht mit unnötigem Small Talk auf, sondern antwortete nur: »Ja, alles ist in Ordnung. Ich möchte sie nur um einen Gefallen bitten.«

»Moment.«

Mozart wartete ungeduldig und trommelte mit den Fingern auf dem Lenkrad, als er den Berg hinunterfuhr. Er hatte keine Ahnung gehabt, wie schwierig es sein würde, Summer zu verlassen. Alles hing noch in der Luft und er hasste es. Zur Hölle, sie hatten nicht einmal miteinander geschlafen und trotzdem konnte er es sich nicht mehr vorstellen, auch nur einen Tag ohne sie zu verbringen. Es hatte ihn ganz schön erwischt.

»Hey, Sam, was ist los?«

Mozart glaubte nicht, dass er sich jemals daran gewöhnen würde, Sam genannt zu werden, aber bei Ice widersprach er nicht.

»Du musst deine Clique während unserer nächsten Mission um eine Person erweitern.«

»Meine Clique?«

»Ja, eure Frauengruppe. Du weißt schon, wenn ihr Mädchen euch zusammentut, um euch gegenseitig zu unterstützen, während wir weg sind.«

»Ich verstehe kein Wort.«

»Ich habe jemanden kennengelernt. Ich möchte dich bitte, sie anzurufen, während wir unterwegs sind, um nachzufragen, ob es ihr gut geht. Du weißt schon ... schließe sie mit ein. Sie wird sich genauso Sorgen machen wie ihr und ich möchte, dass sie etwas Rückhalt hat.«

»Du hast jemanden kennengelernt?«

»Ja.«

»Du hast jemanden *kennengelernt*?«

»Ja, Ice. Was zum Teufel ist los mit dir?«

»Warte mal.«

Mozart nahm tatsächlich das Telefon von seinem Ohr und schaute für eine Sekunde verwirrt auf den Bildschirm. Er wusste, dass es komisch werden würde, aber Ice verhielt sich noch seltsamer, als er erwartet hatte. Eine Sekunde später lächelte er, als er hörte, wie Ice im Hintergrund kreischte und dann rief: »Das wurde aber auch Zeit!« Sie klang jetzt wieder völlig ruhig und gelassen, als sie ans Telefon zurückkam. »Wie heißt sie?«

Mozart lachte. »Ich habe Summer schon gesagt, dass du so reagieren würdest.«

»Summer? Ist das ihr Name?«

»Ja.«

»Und du hast ihr gesagt, dass du mich anrufen würdest und ich ausflippen würde, weil du endlich jemanden kennengelernt hast?«

»Nicht genau in diesem Wortlaut, aber sinngemäß ja.«

»Ich mag sie jetzt schon.«

»Du wirst sie mögen. Aber Ice, sie hat ein paar kleine Probleme ...« Bevor er weiterreden konnte, unterbrach Caroline ihn.

»Wer hat die nicht?«

»Ich meine nur, ich habe ihr versprochen, dass du sie anrufen würdest. Wenn du es nicht tust ... sie wäre am Boden zerstört.«

»Mach dir keine Sorgen, Sam, ich werde sie anrufen.«

Mozart konnte die Erleichterung in seiner Stimme nicht verbergen und sagte: »Ich danke dir.«

»Jetzt erzähl mir alles.«

»Alles?«

»Ja, wie du sie getroffen hast, wo sie arbeitet, was zwischen euch los ist ... du weißt schon ... alles.«

Mozart lachte wieder. Wenn Ice sich etwas in den Kopf gesetzt hatte, ließ sie sich nicht mehr davon abbringen. Zumindest würde die Rückfahrt nach Riverton auf diese Weise nicht langweilig werden.

Als Mozart auf dem Parkplatz seines Apartmentgebäudes ankam, fühlte er sich schon etwas besser damit, Summer verlassen zu haben. Er war immer noch nicht glücklich darüber, aber er wusste, dass Ice und die anderen Frauen sich um sie kümmern würden, bis er zurückkam. Er würde sich damit zufriedengeben müssen, bis er sie überzeugen konnte, zu ihm nach Riverton zu ziehen. Der Gedanke daran, dass sie bei ihm leben würde, war ganz natürlich für ihn.

Sie war die Seine. Punkt. Aber der Gedanke daran, dass sie ihn brauchen könnte, während er weg war, machte ihn fertig. Er wusste, dass es von dem Gefühl der Hilflosigkeit herrührte, als Avery entführt worden war, aber es war nun mal, wie es war.

Er war ehrlich zu Summer gewesen, als er ihr gesagt hatte, dass nur der Gedanke daran, dass sie hungern oder frieren musste, ihn verrückt machte. Er wusste, dass es ihn irgendwann einholen würde, dass er sich jedes Mal über Wolf, Abe oder Cookie lustig gemacht hatte, wenn sie auf einer Mission waren. Jetzt wusste er, warum sie so besorgt um ihre Frauen waren. Er fühlte jetzt genauso. Sie waren von Grund auf Beschützer und es war kein gutes Gefühl, wenn sie ihre eigenen Frauen *nicht* beschützen konnten.

KAPITEL ELF

Hey, Mozart, ich bin's. Ich finde es ziemlich albern, dass du von mir verlangst, dir jeden Tag eine Nachricht zu hinterlassen. Was ist, wenn deine Mailbox voll ist und dir jemand Wichtiges etwas zu sagen hat? Wie auch immer. Hier ist nicht viel los. Die Auslastung der Zimmer ist nach wie vor gering, was mir entgegenkommt. Henry ist so mürrisch wie immer. Ich bin mir nicht sicher, was eigentlich sein Problem ist, aber er lässt mich in Ruhe. Ich habe noch tonnenweise Verpflegung, es ist also alles gut. Joseph hat daran gearbeitet, die Zimmer ein wenig zu modernisieren. Anscheinend haben der Kühlschrank und die Mikrowelle, die du für mein Zimmer gekauft hast, Eindruck auf Henry gemacht und er wertet jetzt alle Zimmer damit auf. Ich bin mir nicht sicher, ob dadurch mehr Leute hierherkommen, aber es ist ein Anfang. Joseph versucht, die gesamte Anlage aufzuwerten.

Heute hat er begonnen, die unbelegten Zimmer zu streichen. Er ist eine große Hilfe. Wie auch immer, ich hoffe, es geht dir gut und mit deiner ... Arbeit ... ist alles in Ordnung. Ich vermisse dich. Tschüss.

Summer legte auf. Es war wirklich lächerlich, dass Mozart wollte, dass sie ihm jeden Tag eine Nachricht hinterließ, aber sie konnte nicht leugnen, dass ihr der Gedanke, dass er sie alle abhören würde, wenn er wiederkam, eine Gänsehaut gab. Es war, als würde sie ihm ein Tagebuch hinterlassen, und das war sehr intim. Auch wenn es nur eine Sprachnachricht war.

Sie hatte ihm allerdings nicht wirklich etwas Interessantes zu erzählen und Summer begann, sich Sorgen darüber zu machen. Ihr Leben war ziemlich langweilig. Sie hatte kein Auto, also blieb sie die ganze Zeit im Motel. Aber zumindest hatte sie es jetzt warm und musste nicht mehr hungern.

Sie hatte allerdings noch nichts von Mozarts Freundinnen gehört. Sie hatte es nicht wirklich erwartet, egal was er ihr über sie erzählt hatte, aber es tat trotzdem etwas weh. Es erinnerte sie daran, wie sie sich gefühlt hatte, nachdem sie Mozart das erste Mal getroffen hatte. Er hatte ihr versprochen, dass er wiederkommen würde, und hatte es nicht getan. Obwohl Summer nicht daran geglaubt hatte, dass er es ernst meinte, hatte sie tief in ihrem Inneren darauf gehofft. Er war so ernst gewesen, als er ihr gesagt hatte, dass diese Ice-Person sie anrufen würde. Sie hatte ihm geglaubt. Jetzt waren schon vier Tage vergangen und ihr Telefon hatte noch kein einziges Mal geklingelt.

Summer war froh darüber, dass sie nicht mehr auf das Frühstück im Bürogebäude angewiesen war. Sie hatte es immer gehasst, wie Henry sie angestarrt hatte, wenn sie sich eine kleine Ration für den Tag mitgenommen hatte. Nachdem Mozart für sie eingekauft hatte, brauchte sie sich darum keine Sorgen mehr zu machen. Sie konnte in ihrem Zimmer ausschlafen und sich in Ruhe fertig machen. An diesem Morgen hatte sie jedoch nicht so viel Zeit wie sonst, weil Henry ihr mitgeteilt hatte, dass heute mehr Leute als gewöhnlich einchecken würden. Normalerweise durften neue Gäste ihre Zimmer nicht vor fünfzehn Uhr belegen, aber diese Gruppe hatte eine frühere Ankunft gebucht. Es wäre eigentlich keine große Sache gewesen, aber durch die Renovierungsarbeiten hatten sie nicht so viele Zimmer zu vermieten. Summer musste also früher mit der Arbeit beginnen, um alle Zimmer rechtzeitig fertigzubekommen. Die Gruppe war nicht besonders groß. Sie hatten nur drei Räume gebucht, aber Henry wollte so verzweifelt Gäste anlocken, dass er so tat, als würden sie die Königin von England empfangen.

Summer schloss gerade die Tür des letzten Zimmers, das sie gereinigt hatte, als sie hörte, wie ein

Auto auf den kleinen Parkplatz fuhr. Während sie zu dem kleinen Lagergebäude ging, um die Reinigungsmittel und den Putzwagen zu verstauen, schaute sie hinüber und sah drei Frauen aus einem großen Geländewagen klettern, der neu aussah. Das Fahrzeug war riesig. Summer wusste, dass sie es sich niemals leisten könnte, so einen Wagen zu fahren. Sie zuckte nur die Achseln und ging weiter. Sie konnte es kaum erwarten, sich in ihr Zimmer zurückzuziehen. Sie war müde und ein bisschen deprimiert. Sie vermisste Mozart mehr, als sie gedacht hatte, und sie wollte ein bisschen fernsehen und etwas essen.

Als sie zurück zu ihrem Zimmer ging, kamen die drei Frauen gerade aus dem Büro. Summer sah erschrocken zu ihnen hinüber, als eine ihren Namen rief. Summer blieb stehen und drehte sich zu ihnen um. Sie kamen jetzt auf sie zu. Summer zog ihre Jacke fester um sich. Es machte sie immer nervös, wenn Gäste mit ihr sprachen. Sie achtete stets darauf, vergessene Dinge im Büro abzugeben, aber es war nur eine Frage der Zeit, bis jemand sie beschuldigen würde, etwas gestohlen zu haben, das derjenige selbst verlegt hatte. Summer erinnerte sich nicht an die Frauen, aber das musste nicht heißen, dass sie sich nicht an sie erinnerten. Schließlich war sie das einzige Zimmermädchen im Motel.

»Ja?« Das Wort kam etwas schroffer heraus, als

Summer es beabsichtigt hatte, aber es war zu spät, um es zurücknehmen zu können.

»Du bist Summer, oder? Sams Summer?«

»Sam?«

Eine der anderen Frauen lachte. »Mozart. Caroline meint Mozart.«

Summer starrte die Frauen nur verwirrt an. »Äh, ich kenne tatsächlich einen Mozart.« Handelte es sich bei den Frauen um Mozarts Ex-Freundinnen? Sie tappte völlig im Dunkeln.

»Scheiße, Leute, ihr macht ihr doch Angst. Summer, ich bin Fiona. Das sind Caroline und Alabama. Hat Mozart dir von uns erzählt?«

Summer war sprachlos. Sie dachte, Caroline würde sie *anrufen*, nicht hier auftauchen, und dann noch zusammen mit den anderen Frauen im Schlepptau. Nervös strich sie sich eine Haarsträhne hinters Ohr. »Er hat gesagt, du würdest anrufen«, meinte sie unverblümt und sah die Frau mit dem Namen Caroline an.

»Ich weiß. Er hat sich sofort bei mir gemeldet, als er am Sonntag hier losgefahren ist, und mich gebeten, dich anzurufen. Dann habe ich mit Fee und Alabama gesprochen und wir haben beschlossen, stattdessen einen kleinen Ausflug zu machen. Zum einen wollten wir die Frau kennenlernen, die Sam an die Leine gelegt hat, und zum anderen wollten wir auch tun, worum er uns gebeten hat – dir zur Seite stehen und dich davon überzeugen, dass unsere Männer wissen, was sie tun, und dass sie bald heil wieder zurück sein werden.«

Summer wusste immer noch nicht, was sie sagen sollte. Sie fühlte sich unbehaglich. »Oookaaay.«

Caroline lachte, trat einen Schritt vor und hakte sich bei Summer unter, als würden sie sich schon seit Jahren kennen. »Ich weiß, ich klinge verrückt, aber ich schwöre dir, ich bin nicht verrückt.« Sie sah Summer mit einer Ernsthaftigkeit an, die sie vorher nicht gezeigt hatte. »Sam hat ein Auge auf dich geworfen. Das kommt sonst nicht vor. Niemals. Als er mir erzählt hat, dass er sich Sorgen um dich macht, und mich gebeten hat, dich anzurufen, wusste ich, dass wir hierherkommen müssen. Du bist jetzt eine von uns. Mit einem SEAL zusammen zu sein ist nicht einfach. Um ehrlich zu sein, gibt es Zeiten, in denen es wirklich beschissen ist. Deshalb sind wir hierhergekommen, um dir zu zeigen, dass du auf unsere Unterstützung zählen kannst. Wir müssen zusammenhalten. Was meinst du?«

»Bleibt ihr *hier*?«

Zum ersten Mal sagte Alabama etwas: »Es ist nicht gerade das Ritz, oder?«

»Äh. Ich bin mir sicher, dass ihr etwas Besseres findet als das hier.«

»Ja, aber *du* bist hier. Also bleiben wir auch hier«, sagte Fiona unverblümt. »Komm schon, Summer. Was hast du zu verlieren, wenn du etwas Zeit mit uns verbringst? Machen wir einen so schlechten Eindruck?«

Erschrocken darüber, dass diese Frauen auch nur für eine Sekunde denken könnten, dass sie keine Zeit mit ihnen verbringen wollte, und dass sie nicht erfreut darüber war, dass sie hier waren, stotterte Summer schnell: »Oh nein. Gott. Nein, ich freue mich, dass ihr hier seid. Ich verstehe nur nicht wirklich warum, aber trotzdem freue ich mich. Jeder, der Mozarts Freund ist, ist hoffentlich auch mein Freund.«

»Bist du fertig für heute?«, fragte Caroline.

Summer nickte.

»Gut. Lass uns nur kurz auspacken, dann werden wir sehen, was wir für Dummheiten anstellen können. Wir haben Hunger.«

»Okay. Treffen wir uns in fünfzehn Minuten wieder hier? Ist das genügend Zeit für euch?« Fiona hatte die Frage an die gesamte Gruppe gerichtet. Alle stimmten zu und gingen zu ihren Zimmern. Summer blieb einen Moment auf dem Parkplatz stehen, bevor sie den Kopf schüttelte und in Richtung ihres Zimmers ging. Sie war sich nicht sicher, was sie heute Abend erwarten würde, aber was auch immer es war, es würde interessant werden.

Summer warf den Kopf in den Nacken und lachte

hysterisch. Diese Frauen waren wirklich witzig. Sie konnte sich nicht erinnern, wann sie das letzte Mal so viel Spaß gehabt hatte. Sie hatten sich auf dem Parkplatz getroffen und waren in den riesigen Geländewagen gestiegen. Caroline hatte gelacht und gesagt, Matthew hätte ihn für sie gekauft, weil er wollte, dass sie sicher war. Summer kam das sehr bekannt vor.

Sie hatten im selben Steakhaus gegessen, in das Mozart sie eingeladen hatte, als sie sich kennengelernt hatten. Danach waren sie in eine heruntergekommene kleine Kneipe gefahren. Fiona war die Einzige, die keinen Alkohol trank. Es hatte Spaß gemacht, zum ersten Mal seit langer Zeit wieder loszulassen. Summer war sich nicht sicher, ob sie bei diesen Frauen alle ihre Hemmungen fallen lassen konnte, aber sie merkte schnell, dass sie ihnen genug vertraute, um ein bisschen beschwipst zu sein.

»Erinnert ihr euch noch an den Abend, an dem wir gemeinsam ausgegangen sind und die Jungs uns verfolgt haben und aus der anderen Ecke jeden Mann böse angestarrt haben, der uns auch nur *angesehen* hat? Der Betreiber der Kneipe war so froh, als wir endlich gegangen sind. Ich glaube, er hatte Angst, dass unsere SEALs den anderen Kunden die Hölle heißmachen würden und er ordentlich Verlust machen könnte.« Die Frauen erzählten eine Geschichte nach der anderen, wie besitzergreifend und »böse« ihre Männer waren, aber alles mit einem

Lachen. Keine von ihnen schien es zu stören, dass ihre Männer so waren.

Als Fiona die Verwirrung in Summers Gesicht sah, versuchte sie, es zu erklären. »Summer, mit einem SEAL zusammen zu sein ist ein Balanceakt. Vom ersten Tag ihrer Grundausbildung an wird ihnen eingetrichtert, dass sie nur noch dazu da sind, andere zu beschützen. Ihre Teamkollegen, Frauen, andere Länder, Missbrauchte und Vernachlässigte ... es ist Teil ihrer Persönlichkeit. Obwohl wir beide wissen, dass wir in dieser Welt auch gut allein zurechtkommen würden, ohne dass uns ständig jemand beschützen muss, bekommen sie das einfach nicht in ihre Dickschädel. Wir müssen nur lernen, damit umzugehen. Wir erlauben ihnen, uns zu folgen, wenn wir ausgehen, weil die Belohnung dafür die Unannehmlichkeiten um das Zehnfache überwiegt.«

»Wie meinst du das?«

»Hunter würde alles für mich tun. Ich muss nur fragen. Er sorgt dafür, dass mich niemand belästigt. Er würde sofort alles stehen und liegen lassen und sich nur um mich kümmern, wenn es darauf ankommt. Wenn du traurig bist, tun sie alles, um dich glücklich zu machen. Wenn du glücklich bist, möchten sie wissen warum, damit sie dafür sorgen können, dass es so bleibt. Und dann ist da der Sex. Wow. Ich gehe davon aus, dass du es bereits weißt, aber der Sex ist nicht von dieser Welt. Nach allem, was mir passiert ist, hätte ich in einer Million Jahren nicht davon geträumt, wieder Spaß am Sex haben zu können. Aber Hunter zu haben, der sich nur darauf konzentriert, mich im Bett zufriedenzustellen, ist etwas, das ich nie wieder hergeben möchte.«

Der Alkohol zeigte seine Wirkung und Summer filterte ihre Worte nicht mehr ganz so genau, wie sie es normalerweise tun würde. Sie konnte spüren, dass etwas an Fiona anders war, wusste aber nicht was. »Nach dem, was dir passiert ist?«

Fiona legte eine Hand auf Summers Hand. »Ich werde dir eines Tages die ganze Geschichte erzählen, aber die Kurzfassung ist, dass ich nach Mexiko verschleppt wurde, um als Sexsklavin verkauft zu werden. Hunter ist mit dem Team nach Mexiko geflogen, um eigentlich jemand anderen zu retten, und da haben sie mich gefunden.«

Summer war entsetzt. Sie hatte über solche Dinge gelesen, aber nie im Leben damit gerechnet, jemanden zu treffen, dem es tatsächlich widerfahren war. »Was?«, kreischte sie und stand plötzlich auf, wobei ihr Stuhl scheppernd nach hinten umfiel. »Ach du Scheiße. Wurden diese Dreckschweine gefasst?«

Fiona war über ihre Reaktion nicht überrascht. »Setz dich wieder hin, Summer, mir geht es gut. Ich bin hier, ich rede mit dir. Siehst du? Es geht mir gut. Sie wurden nicht gefasst, aber das ist mir egal. Hunter hat mich gerettet. Das ist es, was ich versuche, dir zu sagen. Ich liebe es, dass er auf mich aufpasst. Ich finde es gut, dass er sich Sorgen um mich macht. Ich nehme seine überfürsorgliche Art gern in Kauf, wenn ich dafür nie wieder so etwas durchmachen muss.«

Summer setzte sich und hatte Tränen in den Augen. Sie sah die anderen Frauen an und bemerkte plötzlich, dass sie ruhig geworden waren. »Und was ist mit euch?«, forderte sie eindringlich. »Ist euch dasselbe passiert?«

»Sam hat dir wirklich nichts über uns erzählt?«, fragte Caroline neugierig, ohne ihre Frage zu beantworten.

»Nein, jetzt erzählt schon. Ich ertrage das nicht.« Unbehaglich legte Summer sich die Hand auf die Brust.

»Zuerst habe ich Matthew das Leben gerettet und dann hat er meins gerettet, nachdem ich von Terroristen entführt worden war«, sagte Caroline geradeheraus.

»Ich habe Christopher auf einer Party getroffen, kurz bevor das Gebäude in Brand geriet«, sagte Alabama leise.

»Ist das euer Ernst? Wirklich?« Als sie nickten, fuhr sie fort: »Oh Mann, ich bin so am Arsch. Ich habe niemanden gerettet. Ich habe nichts dergleichen getan. Im Vergleich zu euch bin ich so normal, dass es nicht mehr lustig ist.«

Fiona beugte sich wieder zu Summer hinüber.

»Aber merkst du es nicht? Das spielt eben keine Rolle. Du bist ihm aufgefallen. Ich nehme an, du weißt, dass Sam normalerweise keine Beziehungen eingeht. Niemals. Allein die Tatsache, dass er wollte, dass Caroline dich anruft und dass wir dich in unseren Kreis aufnehmen, sagt alles. Du musst nichts Besonderes tun. Du bist du, und das ist es, was ihm an dir gefällt.«

Summer schlürfte den Rest ihres süßen Getränks, sah auf und murmelte: »Was ist, wenn Mozart glaubt, ich bin langweilig im Bett?«

Caroline reagierte als Erste. »Willst du damit sagen, dass ihr noch nicht miteinander geschlafen habt?«

»Na ja, wir haben zusammen in einem Bett geschlafen. Aber er wollte nicht ... du weißt schon. Er hat gesagt, er will warten. Ich weiß nicht genau warum. Vielleicht weil er mich nicht so anziehend findet.« Summer glaubte nicht wirklich an das, was sie sagte. Sie wusste, dass Mozart erregt war, als sie auf dem Bett herumgemacht hatten, bevor er abreisen musste. Es war offensichtlich gewesen, dass er sie wollte, aber er hatte die Gelegenheit nicht genutzt. Sie wollte die Meinung einer anderen Frau hören.

»Das ist der endgültige Beweis, Summer«, sagte Caroline ernst und klang viel nüchterner, als sie es war. »Wenn Sam noch nicht mit dir geschlafen hat, gehört er dir. Du wirst es nicht verstehen und ich bin sicher, dass du das wahrscheinlich gar nicht hören willst, aber er hat mit vielen Frauen geschlafen. Mit *sehr* vielen. Und keine hat ihm etwas bedeutet. Verdammt, er erinnert sich wahrscheinlich nicht einmal mehr an ihre Namen.« Bei dem enttäuschten Blick in Summers Augen fuhr sie schnell damit fort, ihren Standpunkt klarzumachen. »Er hat sich noch nie zurückgehalten, kein einziges Mal. Wenn er es bei dir getan hat, heißt das, dass du ihm mehr bedeutest. Verdammt, es heißt wahrscheinlich, dass du ihm die Welt bedeutest. Er ist nicht der Typ Mann, der Rücksicht auf die Gefühle der Frau nimmt, mit der er schläft. Verstehst du es nicht? Dass er noch *nicht* mit dir geschlafen hat, zeigt, wie viel du ihm bedeutest.«

Summer fühlte sich plötzlich verletzlicher, als ihr lieb war, und sie fragte leise: »Bist du dir sicher?«

»Oh ja, ich bin mir sicher«, sagte Caroline vehement.

Ein Lächeln zeigte sich auf Summers Gesicht. »Ich mag ihn auch.«

Die anderen Frauen begannen zu lachen. Summer war glücklich, dass sie zu ihr hier raufgekommen waren. Sie fühlte sich dadurch besser, während Mozart weg war. Es würde nicht leicht werden, wenn die Frauen wieder abreisten, aber hoffentlich würden sie in Kontakt bleiben. Zum ersten Mal seit langer Zeit glaubte Summer, dass sie es vielleicht tatsächlich tun würden.

Nach einer weiteren Stunde, die mit Trinken, Gelächter und Getratsche verbracht wurde, beschlossen sie zu gehen. Die vier Frauen stolperten aus der Bar und hielten sich an Fiona fest, die als Einzige noch nüchtern war. Sie hielten sich, so fest sie konnten, und versuchten, nicht hinzufallen. Kichernd krochen sie in den riesigen Geländewagen und erzählten sich unanständige Geschichten auf dem Weg zum Motel.

Nachdem Fiona vor ihren Zimmern eingeparkt hatte, half sie den anderen aus dem riesigen Wagen. Sie begleitete jede Frau einzeln zu ihrem Zimmer und ermahnte jede, die Tür abzuschließen. Sie verabredeten sich für den nächsten Tag zum Mittagessen, da sie wussten, dass sie nicht zum Frühstück aufstehen würden. Summer wusste, dass sie würde aufstehen und arbeiten müssen, aber im Moment war es ihr egal. Zuletzt brachte Fiona Summer zu ihrem Zimmer.

Summer stand in der Tür und wartete darauf, dass Fiona ihr eine gute Nacht wünschte. Während sie wartete, sah sie Joseph am Ende des Weges stehen. Summer hatte keine Ahnung, wo er wohnte, aber sie nahm an, dass Henry ihn in einem der Zimmer untergebracht hatte, genau wie sie. Sie hob leicht die Hand, um dem Handwerker zu winken, und sah zu, wie er sie anlächelte und zur Erwiderung ihres Grußes nickte. Joseph blieb stehen und beobachtete die beiden Frauen weiter.

»Wer ist das?«

Summer drehte sich zu Fiona um. »Das ist nur

Joseph. Er ist ein Handwerker, der hier daran arbeitet, die Anlage zu modernisieren.«

»Er ist gruselig.«

Summer schaute zurück zu Joseph. Er war verschwunden. Sie zuckte die Schultern. »Nein, er ist harmlos. Er ist nur ein Einzelgänger.« Sie wechselte das Thema und sagte: »Danke, dass ihr hierhergekommen seid, Fiona. Ich weiß das zu schätzen. Ich weiß, dass ihr mich nicht gekannt habt, und ich hätte auch eine Zicke sein können.«

»Wir wussten, dass du keine Zicke bist.«

»Wie?« Die Wirkung des Alkohols ließ langsam nach. Summer war nicht ganz nüchtern, aber sie wollte hören, was Fiona zu sagen hatte.

»Wir haben von der Geschichte gehört, was du für Sam getan hast, als er das erste Mal hier oben war.«

»Was? Woher?«

»Als er Caroline gebeten hat, dich anzurufen, hat er ihr die ganze Geschichte erzählt. Er wollte, dass wir wissen, wer du bist, und es hat funktioniert. Dass du dir nichts aus Sams Narben machst, genügte Caroline, um sie für dich zu gewinnen, und Sam wusste das. Caroline fühlt sich immer noch schuldig, wenn es darum geht, wie er die Narben bekommen hat, obwohl Sam ihr immer wieder versichert, dass es nicht ihre Schuld war. Dass du dich vor diesen anderen Frauen für ihn eingesetzt hast, obwohl du ihn nicht einmal kanntest, hat ihr so sehr imponiert, dass sie es sich nicht nehmen lassen wollte, persönlich hier hochzufahren. Du bist jetzt eine von uns, Summer. Wir hassen es, wenn unsere Männer weg sind und wir nachts allein im Bett liegen und uns Sorgen um sie machen. Wir haben eine Scheißangst, dass sie nicht wieder nach Hause kommen. Aber niemals, und ich meine niemals, werden wir sie die Sorgen spüren lassen. Wir werden ihnen niemals sagen, wie sehr wir leiden. Sie leiden auf ihre Weise schon genug. Also verabreden wir uns und betrinken uns. Wir reden miteinander über unsere Sorgen. Wir brauchen einander und du brauchst uns auch. Wir sind ein einzigartiger Klub. Keine von uns hat darum gebeten, aber hier sind wir nun. Ich bin mir sicher, du wirst dich fragen, ob es die Sorge und die Angst um sie wert ist. Und ich sage dir, das ist es. Einhundertprozentig! Diese Männer würden alles für uns tun. Für die von uns, die die Hölle durchgemacht haben, sind sie unser Fels in der Brandung.« Fiona holte tief Luft und beugte sich zu Summer.

»Wenn du glaubst, dass du damit nicht umgehen kannst, ist jetzt der Zeitpunkt, es abzubrechen. Warte nicht länger. Nach außen mögen diese Kerle böse und hart wirken, aber tief im Inneren sind sie es nicht. Aufgrund ihrer Arbeit sind sie wahrscheinlich verletzbarer als normale Männer. Wenn du mit jemandem darüber sprechen willst, kannst du jederzeit eine von uns anrufen. Wir werden immer ehrlich zu dir sein. Aber bitte, halte Sam nicht hin. Benutze ihn nicht.«

Summer entspannte sich und war froh, dass es endlich ausgesprochen war. Sie hatte sich schon gefragt, wann es so weit sein würde. Sie hatte vermutet, dass Caroline ihr diesen Vortrag halten würde anstatt Fiona. »Ich bin froh, dass Mozart dich hat, um auf ihn aufzupassen. Ich werde ihn nicht verletzen. Ich weiß immer noch nicht, warum er mit mir zusammen ist, aber ich will ihn.« Ihre Worte waren einfach und kamen von Herzen.

Fiona nickte. »Gut. Jetzt schlaf ein bisschen. Wir sehen uns morgen.«

»Gute Nacht, Fiona. Danke noch mal.«

Summer sah, wie Fiona in ihr Zimmer ging und die Tür hinter sich schloss. Sie sah sich noch einmal auf dem dunklen, leeren Parkplatz um und entdeckte niemanden. Sie schloss die Tür ab, zog ihre Kleider aus und ließ sie achtlos an Ort und Stelle auf den Boden fallen. Schnell ging sie ins Badezimmer und putzte sich die Zähne.

Summer zog sich ein T-Shirt über den Kopf, kroch ins Bett und griff nach dem Telefon. Sie konnte nicht widerstehen, Mozart anzurufen. Sie wollte so sehr mit ihm sprechen, dass es förmlich wehtat. Ihm eine Nachricht zu hinterlassen müsste für den Moment reichen.

Hey, ich bin's. Caroline, Alabama und Fiona haben mich heute besucht. Wir sind zusammen essen gegangen und sind danach auf ein paar Drinks in eine Kneipe gefahren. Keine Sorge, Fiona ist gefahren und hat demnach nichts getrunken. Ich mag sie sehr. Ich mag alle von ihnen. Ich bin so froh, dass du Menschen hast, die auf dich aufpassen. Und nur damit du es weißt, ich mag dich auch. Ich werde mit dem umgehen können, was du tust. Ich kann mit deinem Job umgehen, wenn du wirklich mit mir zusammen sein willst. Ich werde da sein. Es vergeht keine Stunde, in der ich nicht an dich denken muss, an das, was du für mich getan hast. Du hast auf mich aufgepasst, ohne dass ich mich dabei erstickt oder komisch gefühlt habe. Ich mag das Gefühl, die Deine zu sein ... Scheiße, ich habe zu viel getrunken. Wahrscheinlich habe ich mich falsch ausgedrückt, aber ich wollte, dass du weißt, dass ich dich nicht verarsche. Ich bin alt genug, um zu wissen, was ich will, und ich bin mir ziemlich sicher, dass ich dich will. Also, ich mag deine Freundinnen. Sie sind lustig. Ich bin mir nicht sicher, ob es ihnen gefällt, hier im Motel zu übernachten, aber sie tun es trotzdem. Fiona hielt Joseph für gruselig, doch ich habe ihr versichert, dass er nur ein harmloser Einzelgänger ist, so wie ich. Aber ich bin jetzt keine Einzelgängerin mehr. Ich habe dich. Das glaube ich zumindest. Okay, ich schweife ab. Ich muss in ungefähr fünf Stunden aufstehen, aber ich konnte nicht warten, um mich bei dir zu bedanken, dass du Caroline angerufen hast. Ich kann es kaum abwarten, dich wiederzusehen. Tschüss.

. . .

Summer legte auf und wusste, dass sie wie eine komplette Idiotin geklungen haben muss, aber Mozart würde verstehen, was sie ihm sagen wollte. Sie rollte sich herum und schloss die Augen. Innerhalb weniger Minuten war sie eingeschlafen.

KAPITEL ZWÖLF

Summer winkte dem Geländewagen hinterher, als er vom Parkplatz fuhr. Die letzten drei Tage hatte sie mit Caroline, Alabama und Fiona verbracht und jetzt war sie wirklich traurig, die Frauen abfahren zu sehen. Sie hatte nur eine vage Vorstellung davon gehabt, was es bedeutet, mit einem SEAL zusammen zu sein, aber es von ihnen aus erster Hand zu hören hatte ihr die Augen geöffnet.

Aber nichts, was sie gesagt hatten, hätte sie dazu bringen können, ihre Beziehung mit Mozart zu beenden. Wenn überhaupt, war sie jetzt noch entschlossener, die Frau für ihn zu sein, die er brauchte. Er arbeitete hart und riskierte sein Leben für andere, und sie wollte für ihn da sein, wenn er nach Hause kam. Sie wollte Mozart das Leben leichter machen.

Mit Fiona eine Frau zu treffen, die von Mozart und

seinem Team gerettet worden war, schloss für sie den Kreis. Die SEALs gingen jeden Tag da raus und halfen anderen Menschen, ohne dass die Öffentlichkeit davon wusste. Alles wurde geheim gehalten. Summer war nicht naiv, sie wusste, dass sie auch auf Missionen geschickt wurden, um Menschen zu töten. Terroristen, Diktatoren, Drogenhändler ... aber das war egal. Sie hatte sich mit Mozarts Beschützertendenzen abgefunden, weil sie wusste, dass es ein Teil von ihm war.

Die Frauen hatten ein Gespräch geführt, in dem Summer gefragt hatte, ob Mozart sich nur für sie interessierte, weil sie in fragwürdigen Verhältnissen lebte und er das Gefühl hatte, sie retten zu müssen. Die Frauen hatten sie schnell vom Gegenteil überzeugt.

Caroline hatte ihr unverblümt erklärt: »Summer, wenn das alles wäre, glaubst du nicht, dass er schon längst mit jemandem zusammen wäre? Er hat Hunderte von Frauen getroffen, die in einer misslichen Lage waren. Vom Glück verlassen, hungrig, frierend, was auch immer. Für keine von *ihnen* hat er sich interessiert. Er hat uns nicht angerufen und gebeten, dass wir nach *ihnen* sehen. In der Vergangenheit hätte er sich an die Behörden gewandt oder der Person die Adresse eines Heims oder was auch immer gegeben. Glaube also nicht, dass es nur darum geht. Er hat *dich* gesehen. Es ist nur ein Bonus, dass er dir helfen kann.«

Summer hatte ihr geglaubt.

Sie hatten Pläne gemacht, in Kontakt zu bleiben.

Alabama, die definitiv die Leiseste in der Gruppe war, hatte sich etwas aufgeregt, dass Summer kein Handy hatte. Sie wollte mit ihr per SMS in Kontakt bleiben. Es hatte Summer ein gutes Gefühl gegeben, aber sie hatte sich geweigert, sich von den Frauen einen Handyvertrag bezahlen zu lassen. Es war eine Sache, wenn Mozart etwas Geld für sie ausgegeben hatte, aber seinen *Freundinnen* zu erlauben, Geld für etwas auszugeben, das sie als unnötig empfand, war etwas anderes.

Also hatten sie vereinbart, über das Festnetztelefon anzurufen, das Summer in ihrem Zimmer hatte. Sie hatten versprochen, sich zu melden, sobald sie heil wieder in Riverton angekommen waren.

Summer hatte Fiona beiseitegezogen, um ihr für ihre ehrlichen Worte am ersten Abend zu danken. Fiona hatte es abgetan, aber Summer wusste, dass es ihr viel bedeutet hatte.

Summer seufzte. Sie musste die Zimmer putzen und hatte eine weitere langweilige Woche vor sich. Es war erstaunlich, wie uninteressant ihr Leben plötzlich schien, nachdem sie Mozart und seine Freundinnen kennengelernt hatte. Summer freute sich schon darauf, den Rest seines Teams zu treffen, aber die Frauen hatten ihr versichert, dass die anderen sie lieben würden. Summer war sich da nicht so sicher, aber sie könnte ohnehin nichts dagegen tun. Sie war pragmatisch. Zuerst müsste sie diesen Tag überstehen. Dann den nächsten. Und dann den nächsten.

Summer räumte gerade eines der Zimmer auf und träumte davon, Mozart wiederzusehen, als sich hinter ihr jemand räusperte. Sie zuckte zusammen und wusste, dass sie aufmerksamer sein sollte, wenn sie allein in einem der Zimmer war. Es wäre ein Leichtes für jemanden, sich an sie heranzuschleichen, die Tür zu verschließen und sie anzugreifen. Sie drehte sich um und sah Joseph in der Tür stehen.

»Jesus, Joseph, du hast mich erschreckt. Was ist los?«

»Du solltest besser auf deine Umgebung achten, Summer«, sagte er mit einem seltsamen Blick in den Augen.

»Ich weiß, das habe ich mir auch gerade gedacht«, lachte Summer nervös. Joseph hatte sie noch nie nervös gemacht, aber er verhielt sich heute so merkwürdig, dass ihr die Nackenhaare zu Berge standen. Sie erinnerte sich daran, dass Fiona Joseph für »gruselig« gehalten hatte. »Kann ich dir irgendwie weiterhelfen?«

»Ja, ich wollte dir nur sagen, dass ich mit Zimmer zwei fertig bin. Es können jetzt wieder Gäste dort übernachten. Henry bat mich, dir auszurichten, dass du es reinigen und vorbereiten sollst.«

»Okay, danke, dass du mich informiert hast. Ich werde es wieder auf den Plan setzen und sauber machen, sobald ich mit den anderen Zimmern fertig bin.« Summer sah, wie Joseph einfach nur dastand. »Gibt es noch etwas?«

»Bist du mit jemandem zusammen?«

»Was?«

»Bist du mit jemandem zusammen?«, wiederholte er in flachem Tonfall.

»Äh, ja, das bin ich.« Summer würde sich nicht dafür entschuldigen, aber sie war sich nicht sicher, was sie sonst sagen sollte. Sie hoffte, dass Joseph sie nicht bitten würde, mit ihr auszugehen. Er war viel zu alt für sie und sie empfand nichts für ihn außer einer gewissen lockeren Verbundenheit, weil sie beide im Motel arbeiteten.

»Ich habe niemanden gesehen. Nur die Frauen, die heute abgereist sind.«

»Ja, wie auch immer. Ich bin vergeben, okay? Er ist beim Militär und befindet sich derzeit auf einer Mission.« Sobald die Worte Summers Mund verlassen hatten, wünschte sie, sie könnte sie zurücknehmen. Warum hatte sie Joseph erzählt, dass Mozart nicht da war?

»Aha. Na ja, das kann ja nicht allzu ernst sein. Ich habe ihn erst ein Mal hier gesehen.«

Als er nichts anderes von sich gab, stammelte Summer: »Das ist es aber.«

»Hm. Okay. Vielleicht stellst du mich deinem Soldaten vor, wenn er das nächste Mal hier ist.«

»Ja, sicher. Kein Problem, Joseph.«

»Einen schönen Tag noch, Summer.«

»Gleichfalls.« Summer seufzte erleichtert, als Joseph das Zimmer verließ und zum Bürogebäude ging, höchstwahrscheinlich um Henry mitzuteilen, dass er mit der ihm übertragenen Aufgabe fertig war.

Beim Reinigen der restlichen Zimmer behielt Summer von nun an die Tür im Auge. Sie schloss die Tür sogar ab, wenn sie das Badezimmer putzte. Nach dem seltsamen Gespräch mit Joseph fühlte sie sich verwundbar und wollte nicht, dass sie noch mal jemand überraschte.

Sobald sie fertig war, ging Summer in ihr Zimmer und verschloss die Tür. Sie hing die Kette ein und schob den Riegel vor. Sie zitterte ein bisschen, obwohl ihr nicht wirklich kalt war. Der Tag war seltsam gewesen und alles nur wegen Joseph. Sie hatte vorher nicht einmal wirklich mit dem Mann gesprochen. Henry hatte sie kurz einander vorgestellt, als er eingestellt worden war, aber danach hatten sie nur die üblichen Grußformeln im Vorbeigehen ausgetauscht.

Es war seltsam, dass er plötzlich ein Gespräch darüber führen wollte, ob sie mit jemandem zusammen war. Sie dachte ans Wochenende zurück. Alabama hatte ihn gesehen und gesagt, er wäre gruselig. War er tatsächlich gruselig? Summer wusste es nicht.

Sie machte sich einen Salat und erhitzte in der Mikrowelle ihr Abendessen. Da sie wusste, dass sie etwas zunehmen sollte, zwang sie sich, zum Nachtisch einen Schokoriegel zu essen. Normalerweise genoss sie den Geschmack der Schokolade, auf den sie so lange Zeit hatte verzichten müssen. Aber heute Abend wirkte es nicht. Sie wollte unbedingt mit Mozart sprechen. Ihn sehen. Dass er sie festhielt und ihr versicherte, alles wäre in Ordnung. Summer beugte sich vor und nahm den Hörer ab.

Hey, Mozart. Ich bin's. Aus irgendeinem Grund ist es für mich jetzt nicht mehr seltsam, dich jeden Tag anzurufen und eine Nachricht zu hinterlassen. Ich fühle mich dir dadurch näher. Ich denke den ganzen Tag darüber nach, was ich dir erzählen möchte, und kann es kaum erwarten, den Hörer abzunehmen. Ich freue mich darauf, wenn wir tatsächlich wieder miteinander sprechen können und ich dir von meinem Tag erzählen kann. Die Mädchen sind heute abgereist. Ich war traurig, dass sie schon gehen mussten. Du hattest recht. Es ist schön, mit jemandem zu sprechen, der versteht, in welcher Situation man sich befindet. Sie machen dasselbe durch wie ich und es ist gut, mit ihnen darüber reden zu können. Sie haben gesagt, dass wir in Kontakt bleiben werden. Also danke dafür. Ich hätte darauf vertrauen sollen, dass du weißt, wovon du sprichst ... und nein, du kannst mir das nicht vorwerfen, wenn du zurückkommst. Mit Joseph ist heute etwas Seltsames vorgefallen. Ich glaube nicht, dass ich es am Telefon richtig erklären kann. Wahrscheinlich ist es nichts, aber es war einfach ungewöhnlich. Er hat mich gefragt, ob ich mit jemandem zusammen bin. Was seltsam ist, weil wir vorher nie wirklich miteinander geredet haben. Reg dich nicht auf, natürlich habe ich ihm erzählt, dass ich mit dir zusammen bin. Danach ist er gegangen. Davon abgesehen ist hier alles beim Alten. Ich habe heute den letzten Schokoriegel gegessen, den du mir gekauft hast. Ich muss zusehen, dass ich mehr davon bekomme. Du hast mich süchtig danach gemacht. Ich vermisse dich, Mozart. Ich hoffe, dir geht es gut. Ich kann es kaum abwarten, bis du zurückkommst. Tschüss.

Summer legte den Hörer wieder auf das Telefon auf dem kleinen Tisch und kuschelte sich in ihre Bettdecke. Ihre Gedanken rasten um die vielen Dinge, die sie Mozart erzählen wollte. Er war noch nicht einmal eine Woche weg, aber sie hoffte inständig, dass die Mission diesmal nicht so lange dauern würde. Sie würde sich schon besser fühlen, wenn er wieder in Kalifornien wäre, anstatt wer weiß wo. Es würde nichts an ihrer Situation ändern, sie wäre hier und er in Riverton, aber zumindest wäre er im Land und sie könnte mit ihm sprechen.

KAPITEL DREIZEHN

Summer stöhnte, als am nächsten Morgen das Telefon klingelte. Sie drehte sich um und sah, dass es erst halb sieben war. Sie dachte jedoch keine Sekunde daran, das Klingeln zu ignorieren, denn die einzigen Leute, die sie anrufen würden, waren Mozart oder eine seiner und jetzt ihrer Freundinnen.

»Hallo?« Summer versuchte, wacher zu klingen, als sie es war. Sie hatte keine Ahnung, warum Leute vorgaben, wach zu sein, auch wenn sie es nicht waren, aber es schien höflicher zu sein.

»Tut mir leid, dass ich dich aufgeweckt habe, Summer. Wie geht es dir?«

»Äh ... wer ist da?« Summer wusste, dass es nicht Mozart war, sie hätte seine Stimme sofort erkannt. Die Stimme am Telefon hatte sie noch nie zuvor gehört.

Lachend sagte die Person am anderen Ende der

Leitung: »Entschuldigung. Ich bin Tex. Ich glaube, Mozart hat dir von mir erzählt.«

»Ja. Was ist los? Geht es Mozart gut?«

»Oh, verdammt, ja, es geht ihm gut. Entschuldige, ich wollte dich nicht erschrecken. Ich wollte nur anrufen und mich vorstellen. Ich weiß, dass er dir gesagt hat, du sollst mich anrufen, wenn du etwas brauchst, aber wenn du so bist wie die meisten Frauen, die ich kenne, wirst du das nicht tun, weil du mich nicht kennst. Also rufe ich dich an, damit du mich kennenlernen kannst und keine Hemmungen hast, dich bei mir zu melden, solltest du etwas brauchen.«

Summer wusste nicht genau, worauf er hinauswollte. Sie war noch nicht ganz wach. Sie entgegnete nur: »Okay.«

Tex lachte am anderen Ende der Leitung. »Zuerst will ich dir erklären, was ich beruflich mache. Wenn es sich um irgendetwas Elektronisches handelt, kannst du dir sicher sein, dass ich Informationen daraus extrahieren kann. Telefone, Kameras, Computer, Geldautomaten … alles.«

»Bist du ein Hacker?«

»Ja.«

Summer fragte mit gesenkter Stimme: »Ist das legal?«

»Ich hacke mich nicht zum Spaß in die FBI-Datenbank, Summer, wenn du das meinst. Aber wenn ich jemanden ausfindig machen muss oder wenn die

Mitglieder meines Teams etwas brauchen, werde ich ihnen helfen.«

»Ich verstehe nicht, wie das nicht illegal ist.« Summer war jetzt etwas wacher, setzte sich im Bett auf und lehnte sich gegen das Kopfteil. Sie wollte diesen Mann wirklich verstehen. Sie hatte den Respekt in Mozarts Stimme gehört, als er ihr von Tex erzählt hatte. Sie wusste, dass Mozart ein ehrlicher Held war und sich nicht für jemanden einsetzen würde, der nicht ehrlich war.

»Lass mich dir ein Beispiel geben. Ich hoffe, es macht dir nichts aus, aber Mozart hat mir ein wenig über deine Situation erzählt. Wenn du mich angerufen hättest, wie du solltest, wenn dir das Geld für Verpflegung ausgeht und du hungrig bist, genügen ein paar Klicks, und das örtliche Lebensmittelgeschäft liefert dir in etwa fünf Minuten einen Wochenvorrat an Lebensmitteln.«

»Aber das ist doch Diebstahl!«, sagte Summer ehrlich geschockt.

»Ich habe nicht gesagt, dass nicht dafür bezahlt wird«, verteidigte sich Tex.

Summer errötete und murmelte: »Oh.«

»Ja, oh. Ich kann aus der Ferne dafür sorgen, dass dir Nahrungsmittel geliefert werden. Ich würde es entweder mit meiner oder mit Mozarts Kreditkarte bezahlen. Ich will damit sagen, Schätzchen, du bist da draußen nicht allein. Ich kann dir auch aus der Ferne alles besorgen, was du brauchst. Und dafür muss ich weder betrügen noch das Gesetz brechen.«

Summer atmete erleichtert aus.

Tex hörte es und fuhr fort: »Aber das heißt nicht, dass ich nicht auch etwas Illegales tun würde, um dir zu helfen, wenn es sein muss.«

»Du kennst mich aber nicht mal«, argumentierte Summer.

»Das muss ich nicht. Du gehörst zu Mozart. Das genügt mir.«

Summer konnte nichts darauf erwidern. Einerseits war sie entsetzt, dass Tex es tatsächlich laut ausgesprochen hatte. Es klang barbarisch. Aber der andere Teil von ihr, der Teil, der wirklich verstanden hatte, was Caroline, Alabama und Fiona ihr über ihre Männer erzählt hatten, freute sich, ein Teil ihrer eng miteinander verbundenen Familie zu sein. Bei dem Gedanken, zu Mozart zu gehören, wurde ihr innerlich warm ums Herz. Jetzt war es offiziell, sie wurde verrückt.

»Nun, mir geht es gut. Ich brauche nichts, weder legal noch illegal.«

»Du rufst mich an, wenn du etwas brauchst?« Als sie nichts sagte, forderte Tex: »Summer?«

»Oh, alles klar. Herrgott. Du bist ja genau wie Mozart.«

»Vielen Dank.«

»Das war kein Kompliment«, sagte Summer gereizt, obwohl sie dabei lächelte.

»Ich weiß. Und Summer, wenn du das nächste Mal mit den anderen etwas trinken gehst, probiere mal den Midori Sour, der ist genauso gut wie der Amaretto Sour.«

»Was? Woher weißt du, was ich getrunken habe?«

»Es gibt überall Überwachungskameras, Summer.«

Summer wurde klar, wie ernst Tex es meinte mit dem, was er tat. »Okay. Ich werde es probieren. Nächstes Mal.« Sie konnte hören, wie Tex lachte.

»Gut. Jetzt geh wieder schlafen. Du hast noch ein paar Stunden Zeit, bevor du aufstehen und putzen musst. *Ruf mich an*, Summer. Egal was du brauchst. Ich bin hier, wenn Mozart nicht da sein kann.«

»Okay, Tex. Danke.«

»Bitte. Hab einen schönen Tag.«

»Gleichfalls. Tschüss.«

»Tschüss.«

Summer legte auf und konnte nur den Kopf schütteln. Mozarts Welt war eine, von der sie niemals gedacht hätte hineinzugeraten. Aber sie konnte nicht leugnen, dass es ihr gefiel. Sie mochte es, wie er und seine Freunde sich um sie sorgten. Sie waren fordernd und redeten gern im Befehlston, aber sie erkannte, dass sie tief in ihrem Inneren sehr fürsorgliche Männer waren. Sie nahm an, dass Frauen wie Caroline, Alabama und Fiona nicht bei ihnen bleiben würden, wenn sie Arschlöcher wären. Das musste etwas zu bedeuten haben.

Sie kuschelte sich wieder in die Decke und schloss die Augen. Sie würde tun, was Tex befohlen hatte, weil *sie* es wollte, nicht weil er es gesagt hatte.

»Hey, Summer, können Sie für einen Moment hier rüberkommen?«

Summer drehte sich um und sah Henry in der Bürotür stehen, der sie zu sich hinüberwinkte. Sie wischte sich die Hände an dem Handtuch ab, das sie festgehalten hatte, und drapierte es über den Putzwagen. Sie schob den Wagen so weit wie möglich zur Seite, damit er den Gästen nicht im Weg stand, und zog die Bremse an. Dass der Wagen wegrollte und alles auf dem Boden landete, war das Letzte, was sie jetzt gebrauchen konnte. Summer eilte über den Parkplatz zum Büro.

Sie trat ein und sah, wie Joseph sich an den Tresen lehnte, hinter dem Henry stand. Summer verkrampfte sofort. Seit der seltsamen Begegnung mit Joseph vor ein paar Tagen wurde sie in seiner Gegenwart immer nervös. Seitdem hatten sie nicht mehr miteinander gesprochen, aber sie hatte ihn ein paarmal dabei erwischt, wie er sie beobachtete.

»Was ist los, Henry?«, fragte Summer so normal sie konnte.

»Ich habe mit Joseph gesprochen und er hat ein

paar Ideen, bei denen wir Ihre Hilfe brauchen.«

»Okay, wie kann ich behilflich sein?«

Joseph mischte sich ein: »Ich habe Henry erzählt, wie wir mehr Frauen dazu bringen könnten, hier zu übernachten, wenn wir die Zimmer ein bisschen aufpeppen würden. Schließlich sind es meistens die Frauen, die die Zimmer für den Familienurlaub buchen. Ich denke, wenn wir ein paar neue Bilder aufhängen und neue Bettwäsche anschaffen, würde das einen positiven Beitrag zur Geschäftsentwicklung leisten.«

Summer sah Joseph genau an. Die Worte, die aus seinem Mund kamen, schienen nicht zu seinem Aussehen zu passen. Er war ungefähr Mitte Sechzig und hatte langes, strähniges, graues Haar. Er war nicht dünn und er war nicht fett. Er war eigentlich in einer ziemlich guten Verfassung für einen älteren Mann. Aber jetzt, wo Summer ihn genauer ansah, war da etwas an ihm, das einfach nicht richtig war. Joseph, wie er über Bettzeug und Bilder sprach, passte einfach nicht zu dem, was einen Handwerker ihrer Meinung nach interessieren würde.

Vorsichtig antwortete sie: »Okay, das hört sich gut an. War das alles, was Sie wollten? Meine Zustimmung?«

»Eigentlich brauchen wir Sie noch für etwas anderes«, sagte Henry. »Ich möchte, dass Sie mit Joseph in die Stadt fahren und ein paar Dinge aussuchen. Wir haben doch keine Ahnung, was Frauen gefällt. Sie können heute Nachmittag fahren und ein paar Sachen für einige der Zimmer besorgen. Dann werden wir sie neu einrichten und Fotos für die Webseite machen.«

Summer blieb stocksteif stehen. Henry hatte sie noch nie zuvor gebeten, so etwas für ihn zu tun. Sie hatte keine Ahnung, warum er plötzlich an ihrer Meinung als Frau interessiert war. Sie versuchte, sich herauszureden. »Äh, ich habe die Zimmer noch nicht fertig geputzt.«

»Das ist kein Problem. Die Zimmer sind für diese Nacht nicht gebucht, also können Sie sie morgen sauber machen.«

Scheiße. Da ging ihre Ausrede dahin. Joseph hatte nichts weiter gesagt. Er stand nur mit gekreuzten Beinen neben dem Tresen und lächelte sie an. Eigentlich sah es eher nach einem Grinsen aus. Summer hatte keine Ahnung, was sie sagen sollte, um da wieder herauszukommen. Sie war nie gut darin gewesen, sich spontan etwas einfallen zu lassen. Normalerweise brauchte sie ungefähr zwei Tage, bis ihr eine schlagfertige Antwort in den Sinn kam.

»Äh, okay.«

»Großartig, hier ist der Schlüssel für meinen Wagen. Joseph, Sie holen den Wagen. Summer, Sie treffen sich vor der Tür mit Joseph.«

»Ich muss noch telefonieren«, platzte es aus Summer heraus. Sie konnte Tex' Worte nicht aus dem

Kopf bekommen. Er würde ein Auge auf sie haben. Wenn er gesehen hatte, was sie getrunken hatte, als sie mit den Frauen der anderen SEALs unterwegs gewesen war, könnte er sie vielleicht im Auge behalten, während sie mit Joseph einkaufte. Summer hatte keine Ahnung, ob das überhaupt möglich war, aber Tex hatte ihr befohlen, ihn anzurufen, wenn sie etwas brauchte.

»Okay, aber beeilen Sie sich. Zeit ist Geld.« Henry fühlte sich offenbar gut bei seiner Entscheidung, neu zu dekorieren, und wollte, dass es sofort erledigt wurde.

Summer stieß die Bürotür auf und ging geradewegs in ihr Zimmer. Sie zog die Schlüsselkarte aus ihrer Gesäßtasche und schloss nach dem Betreten des Raumes die Tür hinter sich ab. Sie ging direkt zum Telefon und zog den Zettel mit den Telefonnummern hervor, den Mozart ihr hinterlassen hatte. Zum einfachen Nachschlagen bewahrte sie ihn unter dem Telefon auf.

Sie wählte Tex' Telefonnummer und hörte den Klingelton. Der Anruf landete auf dem Anrufbeantworter und Summer fluchte leise. Scheiße. Er musste da sein. Sie legte auf und wählte die Nummer erneut. Als sich erneut der Anrufbeantworter meldete, seufzte Summer. Sie hatte keine andere Wahl, als ihm eine Nachricht zu hinterlassen.

. . .

Hey Tex, hier ist Summer. Ich weiß nicht wirklich, warum ich anrufe, aber ich brauche einen Rat ... oder so. Henry hat mich gebeten, mit dem Handwerker, den er eingestellt hat, in die Stadt zu fahren. Er heißt Joseph. Normalerweise würde ich mir keine Sorgen machen, aber in letzter Zeit war er ... komisch. Nichts Schlimmes und ich bin mir sicher, dass nichts dahintersteckt, aber da ich kein Auto habe, muss ich mit ihm zusammen fahren. Ich dachte, du könntest vielleicht ... scheiße. Ich weiß es nicht. Uns beobachten? Du hast gesagt, es gäbe überall Kameras, und du wusstest, was ich in der Kneipe getrunken habe ... oh Mann. Ich klinge verrückt. Wie auch immer, okay, ich muss los, er wartet auf mich. Ich rufe dich an, wenn ich zurückkomme, und dann können wir darüber lachen, wie paranoid ich war. Bis später.

Summer legte auf, holte tief Luft und ging zur Tür. Sie schloss sie vorsichtig hinter sich, vergewisserte sich, dass sie verriegelt war, und sah, wie Joseph in Henrys altem Wagen auf sie wartete. Sie lächelte Joseph nervös an, als sie die Tür öffnete und einstieg. Sie sah sich um, als sie vom Parkplatz fuhren. Das *Big Bear Lake Motel* mochte heruntergekommen und traurig wirken, aber es hatte einen besonderen Platz in ihrem Herzen, weil sie dort Mozart kennengelernt hatte. Sie würde tun, was sie konnte, um das Geschäft zu verbessern.

KAPITEL VIERZEHN

Tex kam nach einem kurzen Spaziergang zurück in seine Wohnung. Er war so kurz davor, Ben Hurst zu finden, er konnte es fühlen. Er hatte nur eine kleine Pause gebraucht, bevor er sich wieder vor den Computer setzte. Er wollte dieses Arschloch für Mozart finden und ihn von der Bildfläche verschwinden lassen. Der Mann war eine Bedrohung und hatte im Laufe seines Lebens schon zu viel Glück gehabt. Er hatte es sich anscheinend zur Gewohnheit gemacht, Frauen und Kinder zu missbrauchen. Avery Reed war nicht sein erstes Opfer gewesen und sicherlich nicht sein letztes. Im Kopf des Mannes stimmte offensichtlich etwas nicht. Er empfand keine Reue für das, was er tat. Hursts kurze Aufenthalte im Gefängnis hatten keinen Einfluss auf sein Verhalten gehabt.

Tex hatte den Mann vor einigen Monaten bis nach

Big Bear Lake verfolgt und deshalb war Mozart dort hochgefahren. Tex lächelte. Es gefiel ihm, einem SEAL-Kollegen zu helfen. Er könnte jetzt für den Rest seines Lebens behaupten, dass er Mozart und Summer zusammengebracht hatte.

Tex ließ sich auf seinen Stuhl fallen und bewegte die Computermaus. Der Bildschirm leuchtete auf und er war froh zu sehen, dass das Chat-Fenster blinkte. Schnell klickte er darauf und sah die Nachricht von Mel. Er lächelte über ihren Kommentar und schrieb eine Antwort. Er chattete gern mit ihr. Sie war klug und lustig. Es war komisch, weil er keine Ahnung hatte, wie sie aussah oder wo sie lebte, aber sie hielt ihn bei Laune und lenkte ihn von anderen Dingen ab, die ihn beschäftigten.

Dreißig Minuten später beendete er widerwillig die Unterhaltung mit Mel. Er hatte Arbeit zu erledigen. Er wollte Hurst festnageln und musste herausfinden, wo sich der Mistkerl versteckte. Tex klickte auf das Symbol, um ein neues Browserfenster zu öffnen. Aus dem Augenwinkel sah er plötzlich das rote Licht auf seinem Handy blinken. Wann hatte er denn einen Anruf verpasst? Er erinnerte sich, dass er das Telefon auf seinen kleinen Spaziergang nicht mitgenommen hatte.

Er hörte Summers Nachricht ab und konnte den Unterton in ihrer Stimme vernehmen. Es war offensichtlich, dass sie sich mit der Situation unwohl fühlte, aber sie hatte keine Ahnung, wie sie da herauskommen sollte. Wenn sie sich nicht unwohl gefühlt hätte, hätte sie ihn nicht angerufen. Scheiße. Wenn Tex ans Telefon gegangen wäre, hätte er ihr ohne Zweifel gesagt, sie sollte nicht zu Joseph ins Auto steigen. Er hatte schon häufig die Erfahrung gemacht, dass sein Bauchgefühl richtiglag.

Tex schaute auf die Uhrzeit, wann die Nachricht hinterlassen worden war. Es war über eine halbe Stunde her, seit Summer ihn angerufen hatte. Scheiße. Tex drehte sich zu seinem Laptop und rief schnell die Überwachungskameras auf, mit denen er Summer und die anderen Frauen verfolgt hatte, als sie ausgegangen waren. Er spulte das Filmmaterial etwa fünfundzwanzig Minuten zurück und schaute alles gewissenhaft durch. Summer war auf keiner der Kameras zu sehen.

Verdammt. Er überprüfte schnell die anderen Kameras, in die er sich einhacken konnte. Wieder ohne Erfolg. Summer und der mysteriöse Joseph waren niemals in der Stadt angekommen.

Er überprüfte die Funkdurchsagen der Polizei vor Ort. In der letzten halben Stunde hatte es keine Verkehrsunfälle gegeben. Er hatte keine Ahnung, wohin Summer verschwunden war, aber er hatte das ungute Gefühl, dass sich der mysteriöse Joseph als der Mann herausstellen könnte, den sie jahrelang verfolgt hatten. Tex wusste nicht warum, aber mit jeder

Minute, die ohne eine Spur von Summer verging, wurde er sicherer. Ben Hurst war wieder da und Tex hatte keine Ahnung, wie Mozart auf die Tatsache reagieren würde, dass der Mann, der vor all den Jahren seine kleine Schwester getötet hatte, jetzt seine Frau entführt hatte.

Summer blinzelte langsam. Scheiße. Sie wusste sofort, dass sie in Schwierigkeiten steckte. Gerade als sie um die Ecke des Motels gefahren waren, hatte Joseph sie so hart ins Gesicht geschlagen, dass sie ohnmächtig geworden war. Ihr Kopf war gegen das Seitenfenster geprallt und sie hatte nur noch Sterne gesehen. Als Summer wieder zu sich gekommen war und versuchen wollte, die Tür zu öffnen, hatte Joseph sie bereits bewegungsunfähig gemacht. Er hatte auf einer Seitenstraße angehalten, ihre Hände hinter dem Rücken mit Handschellen gefesselt und sie geknebelt. Summer konnte sich nicht bewegen und sie konnte nicht sprechen. Als sie sich umgedreht und Joseph so fest wie möglich in die Rippen getreten hatte, hatte er sie erneut geschlagen. Diesmal hart genug, um sie für längere Zeit auszuschalten.

Jetzt war sie hier. Summer hatte keine Ahnung, *wo* sie war, aber sie wusste, dass sie nicht in Sicherheit war. Sie unterdrückte ein Schluchzen. Mit dem Knebel im Mund durfte sie jetzt nicht weinen. Sie hatte es so schon schwer genug zu atmen. Warum war sie nicht ihrem Instinkt gefolgt? Sie hatte Tex angerufen, weil sie wusste, dass mit Joseph etwas nicht stimmte, aber sie hatte nicht den Mut gehabt, Nein zu sagen. Sie stöhnte. Würde sie Mozart jemals wiedersehen? Würde sie jemals wieder *irgendjemanden* sehen?

Tex tippte verzweifelt auf seiner Computertastatur herum. Scheiße. Scheiße. Scheiße. Er musste Mozart und den Rest des Teams nach Hause holen. Tex schüttelte den Kopf. Er verbrachte mehr Zeit seines verdammten Lebens damit, diese SEALs zurück in die USA zu holen, als sie auf Missionen waren. Es war beinahe unheimlich, wie viel Pech ihre Frauen hatten. Aber Tex hatte jetzt keinen Zweifel mehr daran, dass es sich bei Joseph um Hurst handelte. Er hatte Henry im Motel angerufen und so viele Fragen wie möglich über den Handwerker gestellt, den er angeheuert hatte.

Henry wusste nicht viel über den Mann. Er wusste nicht, wo er lebte oder wie sein Nachname war. Henry hatte jemanden gebraucht, der im Motel aushalf, und Joseph war der einzige Bewerber gewesen. Henry bezahlte ihn in bar und war mit seiner Arbeit zufrieden.

Tex legte angewidert auf. Scheiße. Was jetzt? Er brauchte Leute vor Ort. Dieses Mal würde es nicht ausreichen, von Virginia aus am Computer zu arbeiten. Er musste Mozart nach Hause holen. Sofort.

»Ich habe auf dich gewartet, Summer.«

Summer starrte Joseph von der anderen Seite des Raumes an. Sie befand sich in einer Art Hütte, irgendwo in den Bergen. Sie versuchte, nicht darüber nachzudenken, sondern überlegte, wie zum Teufel sie aus dieser Situation herauskommen könnte.

»Ich kenne dich nicht einmal, Joseph. Warum solltest du auf mich warten?« Summer versuchte, in gleichmäßigem Ton zu sprechen, aber das Zittern in ihrer Stimme war nicht zu überhören. Joseph hatte den Knebel entfernt und ihr sogar etwas zu essen und zu trinken gegeben. Summer hatte es zunächst nur ungern genommen, aber nachdem Joseph selbst etwas davon verzehrt hatte, um zu zeigen, dass es nicht mit Drogen versetzt war, hatte sie nachgegeben. Sie wusste, dass sie ihre Kraft noch brauchen würde, wenn sie hier raus wollte.

»Du hast keine Ahnung, wer ich bin, oder?«

»Du bist Joseph.«

Er lachte böse. »Wie ich sehe, hat dein Freund dir nicht wirklich viel erzählt, oder? Ihr habt wohl nicht viel Zeit zum Reden gehabt. Ich frage mich, womit ihr dann eure Zeit verbracht habt«, spottete Joseph.

Summer sagte nichts und wartete darauf, dass Joseph mit dem weitermachte, was er ihr offensichtlich sagen wollte.

»Mein Name ist Benjamin Hurst.« Als Summer in keiner Weise reagierte, ging er näher darauf ein. »Vor Jahren habe ich Avery Reed entführt, vergewaltigt und getötet. Falls bei *diesem* Namen immer noch keine Glocken läuten, werde ich es genauer erklären. Ich bin der Mann, den dein Freund seit seiner Jugend jagt. Ich finde es ironisch, dass er hier hochgekommen ist, um mich zu finden, und mich stattdessen direkt zu dir geführt hat. Wenn er nicht zurückgekommen wäre, hätte ich bei Henry ein bisschen Geld verdient und wäre wieder aus der Stadt verschwunden, sobald der Schnee geschmolzen wäre. Aber ich habe ihn mit dir zusammen gesehen und da konnte ich nicht widerstehen.«

»Du hast seine Schwester getötet?«

»Oh ja. Aber nicht bevor ich sie vergewaltigt und gefoltert hatte. Es gibt nichts Schöneres als die Schreie eines Kindes, aber leider gibt es hier oben nicht sehr viele Kinder, also musst du dafür herhalten. Und fürs Protokoll, du *wirst* schreien, Summer. Ich werde dich auch foltern und vergewaltigen, bevor ich dich töte. Seit der kleinen Avery habe ich viel dazugelernt. Ich weiß genau, wie weit ich gehen kann. Ich möchte nicht, dass du stirbst, bevor ich bereit dazu bin.«

Summer bemühte sich, einen ernsten Gesichtsausdruck zu behalten. Jesus. Sie konnte nicht klar denken, sie wusste nicht, was sie sagen sollte. Sie hielt den Mund und sah nur zu, wie Joseph alias Ben mit dem Knebel in seiner Hand auf sie zukam. Sie versuchte, nicht zusammenzuzucken, konnte es aber nicht ändern. Sie hatte eine Scheißangst.

»Aber zuerst muss ich noch etwas erledigen, und da kann ich nicht riskieren, dass du so laut schreist, dass dich jemand hört, oder? Nicht dass hier jemand in der Nähe wäre. Wir sind so weit draußen im Wald, dass es schon ein Wunder bräuchte, um dich zu finden.«

Bevor er sie wieder knebeln konnte, platzte Summer heraus: »Mozart wird dich finden und töten. Du kannst mich foltern und am Ende umbringen, aber Mozart *wird* dich finden und du wirst dir wünschen, du wärst tot, wenn er das tut. Du wirst es noch bereuen, mich entführt zu haben, wenn das Letzte, was du siehst, Mozarts Gesicht ist, bevor er dich tötet.«

Ben packte ihren Kiefer und drückte ihn so fest zusammen, dass Summer ein Wimmern nicht unterdrücken konnte. Unwillkürlich öffnete sie den Mund und Ben schob das dreckige Stück Stoff hinein. Schnell wickelte er das Tuch um ihren Kopf, um den Knebel an Ort und Stelle zu halten. Als er fertig war, beugte er sich vor und flüsterte: »Ich kann es kaum erwarten zuzusehen, wie er zusammenbricht, wenn ich ihm zeige, was von deinem geschlagenen und geschundenen Körper übrig ist. Ich weiß, dass er ein Mörder ist, genau wie ich. Ich möchte sehen, wie er die Kontrolle verliert und aus Wut tötet. Er ist genau wie ich, ich muss ihm nur den Weg zeigen. Ihm zeigen, wie erlösend es sein kann, jemandem das Leben zu nehmen.«

Summer zitterte. Dieser Mann war verrückt. Sie senkte den Kopf. Es hatte keinen Sinn, mit ihm zu diskutieren. Sie war so gut wie tot.

KAPITEL FÜNFZEHN

Mozart umklammerte mit aller Kraft die Armlehnen des Sitzes im Militärflugzeug. Sie waren gerade dabei, sich auf den Rückflug vorzubereiten, als Wolf einen Anruf auf ihrem Notfallsatellitentelefon erhalten hatte. Das Telefon war für extreme Notfälle reserviert. Mozart und die anderen hatten gespannt darauf gewartet zu erfahren, worum es ging. Abe und Cookie hatten gehofft, dass es nichts mit ihren Frauen zu tun hatte. Mozart machte sich keine allzu großen Sorgen um Summer, sie war in Big Bear und arbeitete im Motel. Aber er machte sich Sorgen um seine Freunde.

Als Wolf zurückkam und unverblümt sagte, dass Summer verschwunden wäre, hatte Mozart zunächst nicht verstanden, worum es ging.

»Hast du mich gehört, Mozart?«, hatte Wolf ihn gefragt.

»Was meinst du, verschwunden? Woraus bestand die Nachricht?« Mozart dachte, dass sie vielleicht entschieden hatte, dass sie nicht mehr mit ihm zusammen sein wollte, und Big Bear verlassen hatte.

»Tex hat den Kommandanten angerufen. Summer hat Tex angerufen. Der Handwerker in dem Motel, in dem sie arbeitet, ist Hurst. Er hat sie entführt, Mozart.« Wolf redete nicht um den heißen Brei herum.

Bevor er Wolf anspringen und die Lügen aus ihm herausprügeln konnte, hielten Dude und Cookie seine Arme fest. »Nein! Nicht Summer! Das darf nicht wahr sein! Sag mir, dass es nicht wahr ist!«

»Es tut mir leid, Mozart. Wir machen uns sofort auf den Weg nach Hause. Er wird damit verdammt noch mal nicht durchkommen.«

Mozart biss die Zähne zusammen. Joseph war Hurst? Wusste er, dass Summer mit ihm zusammen war? Hatte er ihn im Motel gesehen? Hatte Hurst Summer seinetwegen ins Visier genommen? Tief in seinem Inneren kannte Mozart die Antwort. Er wusste es. Er war der Grund, warum Summer entführt worden war. Er würde sie zurückbekommen. Egal, was es kostete. Irgendwie wusste er, dass Hurst auf ihn warten würde. Er wollte ihn konfrontieren. Er wollte ihm die Sache mit Avery unter die Nase reiben. Mozart war bereit. Summer war alles, was jetzt zählte.

Summer saß stocksteif da und beobachtete, wie Ben jemanden über seiner Schulter in die Hütte trug. Er ließ die kleine Frau fallen, als wäre sie ein Sack Kartoffeln. Bei dem Geräusch, das ihr Körper machte, als er auf den Boden knallte, zuckte sie zusammen.

Ben drehte sich zu Summer um. »Sieh nur, was ich gefunden habe!« Er klang fröhlich. »Noch ein Spielzeug. Ich denke, ich werde zuerst damit spielen, bevor ich mit dir anfange. Ich möchte, dass du zusiehst und weißt, was dich erwartet. Ich möchte, dass du darüber nachdenkst und siehst, wie es zuerst jemand anderem passiert.« Ben hockte sich vor Summer hin. »Alles, was ich ihr antue, werde ich dir auch antun. Jeden Schrei, den sie macht, wirst du auch machen. Vorfreude ist die schönste Freude.«

Summer schauderte. Sie kannte die Frau nicht, die bewusstlos auf dem Boden lag, aber sie konnte sehen, wie Blut aus einer Wunde an ihrer Schläfe tropfte. Summer schloss die Augen. Sie wollte nicht hinsehen.

Bei einem Schlag auf die Seite ihres Kopfes öffnete sie blitzschnell die Augen. »Lass die Augen offen, Schlampe«, zischte Ben. »Wenn du sie schließt, werde ich es noch qualvoller machen. Merk dir das.« Summer nickte und wusste, dass sie genau das tun musste, was er sagte.

»Ich werde warten, bis sie zu sich kommt, dann fangen wir an.«

Eine Träne rollte über Summers Gesicht, bevor sie

sie aufhalten konnte. Dieser Mann würde keine weitere Träne von ihr bekommen. Er würde es zu sehr genießen. Sie musste sich zusammenreißen. Sie hatte Tex angerufen. Mozart würde kommen. Er musste kommen.

Sobald sie gelandet waren, schaltete Mozart sein Handy ein. Er musste nachsehen, ob Summer ihn angerufen hatte. Vielleicht war alles nur ein Missverständnis. Er hatte acht Nachrichten. Er hörte sie nacheinander ab. Tränen traten ihm in die Augen. Das letzte Mal hatte er bei Averys Beerdigung geweint, aber als er Summer hörte, wie sie munter darüber sprach, wie ihr Tag verlaufen war, und am Ende jeder Nachricht sagte, dass sie ihn vermisste, brachte ihn fast um.

Was ist, wenn deine Mailbox voll ist und dir jemand Wichtiges etwas zu sagen hat?

Jesus. Wusste Summer nicht, dass *sie* jemand Wichtiges war? Dass es niemanden gab, von dem er lieber hören würde, als von ihr?

. . .

Joseph hat daran gearbeitet, die Zimmer ein wenig zu modernisieren. Er ist eine große Hilfe.

Es zerriss Mozart das Herz, Summer so nett über Hurst sprechen zu hören, ohne zu wissen, wer er war, *was* er war.

Ich mag sie sehr. Ich mag alle von ihnen. Ich bin so froh, dass du Menschen hast, die auf dich aufpassen. Und nur damit du es weißt, ich mag dich auch. Ich werde mit dem umgehen können, was du tust. Ich kann mit deinem Job umgehen, wenn du wirklich mit mir zusammen sein willst. Ich werde da sein.

Als Mozart hörte, dass sie Fiona, Alabama und Caroline mochte, fühlte es sich gut an. Er wusste, dass Summer sie mögen würde. Und als er hörte, dass sie *ihn* mochte und dass sie mit seiner Arbeit umgehen könnte, hätte er sich wie der König der Welt gefühlt, wenn sie nicht gerade in den Fängen eines Verrückten gewesen wäre.

Fiona hielt Joseph für gruselig, doch ich habe ihr versichert, dass er nur ein harmloser Einzelgänger ist, so wie ich. Aber ich bin jetzt keine Einzelgängerin mehr. Ich habe dich.

Fiona hatte erkannt, dass er nicht vertrauenswürdig war. Sie wusste es. Warum zum Teufel hatte Summer es nicht gesehen?

Mit Joseph ist heute etwas Seltsames vorgefallen. Er hat mich gefragt, ob ich mit jemandem zusammen bin.

Mozart schloss die Augen. Hurst hatte es gewusst. Er *wusste*, dass Summer die Seine war. Mozart hatte es bereits geahnt, aber als er hörte, wie Summer es bestätigte, zerriss es ihm das Herz. Er ballte die Hände zu Fäusten. Er musste rechtzeitig dort sein. Er musste einfach. Mozart hatte alle Nachrichten von Summer gespeichert, um sie später erneut anzuhören. Er wollte ihnen noch einmal lauschen, wenn Summer wieder in seinen Armen lag. Er wollte sie aufheben, wie einen Schatz. Eine leise Stimme in seinem Kopf sagte ihm, dass er sie speicherte, um eine Erinnerung an Summer zu haben, falls sie sterben sollte, aber er weigerte sich, darauf zu hören. Sie würden rechtzeitig da sein. Hurst wollte ihn dort haben. Mozart war überzeugt davon.

Hurst würde Summer nicht töten, bevor er in Big Bear eintraf.

Summer behielt die Augen geöffnet, während Ben die arme Frau auf dem Boden vor sich folterte. Wie Summer war auch sie geknebelt. Ihre Hände hatte er zusammengebunden und sie an einen Pfahl auf dem Boden gefesselt. Ihre Beine wurden an den Knöcheln mit einem Strick zusammengehalten und waren dann an einem Haken in der Wand auf der anderen Seite des Raumes befestigt. Sie lag ausgestreckt auf dem harten, kalten Boden und war hilflos allem ausgesetzt, was Ben ihr antun wollte. Um es noch schlimmer zu machen, hatte Ben ihr auch die Kleider aufgeschnitten, sodass die Frau nackt und wimmernd auf dem Boden lag. Ben hatte seine Folter damit begonnen, dass er ihr mit der Hand Mund und Nase zuhielt und sie gleichzeitig mit der anderen würgte.

Ben lachte, als sie anfing, blau zu werden, ließ sie aber in letzter Minute los, um sie atmen zu lassen und bei Bewusstsein zu halten. Zwischendurch würgte und schlug er sie. Summer konnte am ganzen Körper der Frau bereits durch die Schläge verursachte Blutergüsse sehen. Während er die arme Frau folterte, sah Ben die ganze Zeit Summer an.

»Pass gut auf, süße Summer. Sieh gut zu, was ich

mache. Siehst du, wie sie nach Luft schnappt? Das bist du. Ich werde dich genauso leiden lassen wie sie. Dein Körper wird noch blauer werden als ihrer. Du wirst meine Spuren überall auf dir wiederfinden. Zuerst wirst du mich bitten, dich am Leben zu lassen, so wie sie es getan hat. Schließlich wirst du mich nur noch anflehen, dich zu töten. Und du wirst sterben, genau wie sie. Langsam und schmerzhaft. So wie ich es mag.«

Ben sah zum ersten Mal auf die Frau auf dem Boden. Er beugte sich zu ihr und flüsterte ihr etwas ins Ohr. Summer konnte nicht hören, was er sagte, aber sie sah, wie die Frau den Kopf schüttelte und ihr Mund das Wort »Nein« formte. Hurst lachte nur und erhob sich von ihrem schlaffen Körper. Was auch immer er gesagt hatte, schien der Frau den Rest gegeben zu haben, und sie kämpfte nicht länger.

Ben sah die Frau nicht einmal an, die blutend nach Luft schnappte. Er kam zu Summer und lehnte sich an sie. Seine Hände waren getränkt mit dem Blut der anderen Frau und er hatte einen wahnsinnigen Ausdruck in den Augen. Er kam ihr so nahe, dass es Summer die Luft zum Atmen nahm. Ben nahm ihr Gesicht in seine Hände und schmierte das Blut der Frau über ihre Wangen. Er beugte sich vor und Summer konnte ihn riechen. Sein Körpergeruch war widerlich. Er hatte geschwitzt und offensichtlich seit Tagen nicht mehr geduscht. Er leckte über Summers Hals und lachte, als sie zitterte und gegen ihre Fesseln ankämpfte.

Er legte seine Lippen an Summers Ohr und flüsterte innig, als wäre er ihr Liebhaber: »Ich habe ihr erzählt, dass du es genossen hast zuzusehen. Dass es deine Idee war. Ich habe ihr gesagt, dass *du* es warst, die wollte, dass ich sie verletze.«

Summer starrte Ben wütend an. Sie war entsetzt über seine Worte. Die mentale Folter, die er der anderen Frau zufügte, war ebenso brutal wie die körperliche Misshandlung. Sie versuchte jedoch, nicht auf das zu reagieren, was er von sich gab. Summer wusste, dass Ben das nur wollte, und den Gefallen würde sie ihm nicht tun.

Ben war offensichtlich sauer, dass Summer nicht reagierte. Er öffnete seine Hose, zog seinen faltigen, schlaffen Penis heraus und strich damit über ihren Körper, bis er halb hart wurde. Summer wandte angewidert den Blick ab. Als Ben mit der Hand an seiner Männlichkeit auf- und abfuhr, erzählte er Summer im Flüsterton, was er mit ihr machen würde, sobald sie an der Reihe war. Als er fast fertig war, legte er den Kopf in den Nacken und stöhnte. Ben zielte auf Summer und spritzte seinen Samen auf sie. Sein Sperma landete auf ihrem Schoß und lief an ihren gefesselten Beinen hinunter.

Ben hob den Kopf und lachte über den angewiderten Ausdruck auf Summers Gesicht. Er legte seine Hand in ihren Schoß und für eine Sekunde war

Summer verwirrt und dachte, er wollte sie säubern. Aber einen Augenblick später drückte Ben seine Hand an ihre Wange und schmierte ihr sein Sperma ins Gesicht. Er fuhr ihr sogar mit der Hand durch die Haare. Bei dem Geruch und dem Gefühl der Feuchtigkeit musste sie würgen. Ben legte seine Hand wieder an ihr Gesicht und drückte Summers Wangen so fest, dass sie vor Schmerz das Gesicht verzog. »Oh, Summer. Wann wirst du merken, dass ich immer gewinne?«

Ben drehte sich um und ging weg. Er ignorierte das erbärmliche Wimmern der gefesselten und geknebelten Frau auf dem kalten Boden. Summer wartete, bis er den Raum verlassen hatte, bevor sie die Augen schloss und sich von ihrer Verzweiflung überwältigen ließ.

Mozart stand mit dem Rücken zu seinen Freunden in dem Raum auf dem Stützpunkt und hörte zu, wie Tex über den Lautsprecher des Telefons erzählte, was er in den letzten anderthalb Tagen herausgefunden hatte. Frustriert biss er die Zähne zusammen. Er wollte oben am Big Bear Lake sein und nach Summer suchen. Er *musste* dort oben sein. Aber sie mussten abwarten und hören, was Tex herausgefunden hatte. Sie brauchten seine Informationen.

»Anscheinend hat Hurst in den vergangenen Sommern an verschiedenen Orten im Wald gewohnt. Im Winter hat er sich kleine Städte gesucht, wo er bleiben konnte. Hier und da hat er als Handwerker gearbeitet und sich ein paar Dollar verdient. An jedem Ort, an den ich ihn zurückverfolgt habe, wurde auch eine Leiche gefunden. Kinder, Jugendliche, erwachsene Frauen, es spielte keine Rolle, abgesehen davon, dass die Opfer immer weiblich waren. Jede einzelne der Leichen war gefoltert und vergewaltigt worden.«

»*Leichen*«, knurrte Mozart plötzlich von seinem Platz aus. »Jedes einzelne Opfer war gefoltert und vergewaltigt worden.« Er hatte sich nicht umgedreht und nicht einmal sehr laut gesprochen. Trotzdem hatte ihn jeder im Raum gehört.

»Entschuldige, Mozart. Ja. Alle gefundenen Opfer waren gefoltert worden, bevor sie getötet wurden. Es scheint, als hätte er sich diesen Winter für Big Bear Lake entschieden. Wir hatten recht, er war da draußen, und wie es aussieht, ist er auf dich aufmerksam geworden. Er hat kein Interesse an Summer gezeigt, bis du das zweite Mal hochgefahren bist. Danach hat er angefangen, sie ins Visier zu nehmen.«

Mozart ignorierte den Schmerz, den Tex' Worte in seinem Körper auslösten, und fragte: »Wohin hat er sie gebracht?«

»Ich weiß es nicht.«

Mozart verlor zum ersten Mal, seit er gehört hatte,

dass seine Summer entführt worden war, die Beherrschung, drehte sich um und schrie: »Wo zum Teufel ist sie? Er quält sie verdammt noch mal. Ich weiß es. Sie braucht mich und ich bin nicht da! Ich. Bin. Nicht. *Da!*«

»Wir werden sie finden, Mozart«, sagte Wolf mit leiser Stimme.

»Wann? Nachdem er sie vergewaltigt und ihr die Augen ausgestochen hat? Nachdem sie nichts weiter ist als die Hülle der Frau, die ich zurückgelassen habe? Wann, Wolf? *Wann* werden wir sie finden? Ich dachte, Tex könnte jeden ausfindig machen!«

»Das kann ich, Mozart, jeden, der moderne Technologie verwendet«, antwortete Tex ruhig und seine Stimme aus dem kleinen Lautsprecher des Telefons klang unheimlich. »Hurst verwendet aber keine Technologie. Er ist komplett offline. Kein Telefon, keine Stromrechnung, keine Kreditkarten. Er lebt irgendwo im Wald. Wo immer er deine Frau versteckt hat, es ist mitten im Nirgendwo. Es ist zu kalt, um sie im Freien an einen Baum zu binden, also muss es irgendwo eine Hütte oder so etwas geben.«

»Wir müssen da rauf, Wolf«, sagte Mozart heiser zu seinem Freund, ohne sich darum zu kümmern, wie er klang. »Summer braucht mich. Jetzt. Nicht in einer Stunde, nicht morgen. Jetzt.«

»Der Hubschrauber wird gerade startklar gemacht, Mozart. Wir brechen auf, sobald er bereit ist.«

Mozart nickte.

Im Raum wurde es für einen Moment ruhig, dann begann Tex, aufgeregt zu reden. »Heilige Scheiße. Wartet. Ich bekomme von den Polizeibeamten da oben gerade einen Bericht über eine weitere vermisste Frau. Elizabeth Parkins, zweiundzwanzig Jahre alt. Jemand hat beobachtet, wie sie direkt vor dem örtlichen Supermarkt entführt wurde. Moment ... okay, ich habe das Überwachungsvideo, das der Polizei übergeben wurde. Oh verdammt, es ist Hurst. Lasst mich schnell etwas überprüfen ...«

Die Männer hielten die Luft an. Sie konnten das Klappern der Tasten hören, als Tex verzweifelt auf seinem Computer tippte.

»Okay, Elizabeth hatte ihr Handy dabei und es war bis vor ungefähr drei Stunden noch eingeschaltet. Ihr Signal wurde von Sendemasten registriert, als sie über die Bundesstraße 38 und dann die Polique Canyon Road in Richtung Bertha Peak gefahren sind. Etwa zwölf Kilometer die Straße rauf ist das Signal abgebrochen. Er muss Elizabeth zu seinem Versteck gebracht haben. Und wenn er Elizabeth dort hat, ist die Wahrscheinlichkeit hoch, dass er Summer ebenfalls dort gefangen hält.«

Tex' Aufregung übertrug sich nicht auf die anderen SEALs im Raum. Sie wussten, dass Hurst Summer entweder bereits getötet hatte oder etwas anderes

Schreckliches vorhatte, wenn er so kurz nach ihrer Entführung eine weitere Frau entführte.

»Der Hubschrauber ist bereit«, sagte Benny leise in die plötzliche Stille hinein.

»Tex, wir bleiben in Kontakt. Lass mich wissen, wenn du neue Informationen bekommst«, befahl Wolf, als das Team aus dem Raum zu dem wartenden Hubschrauber eilte. Mozart führte die Gruppe an und sie wussten, dass er gerannt wäre, wenn das ihren Zeitplan für die Abreise beschleunigt hätte.

»Rettet sie, Wolf«, sagte Tex leise. Er hatte offensichtlich gewartet, bis die anderen den Raum verlassen hatten.

»Das ist der Plan, Tex«, erwiderte Wolf ebenso leise. Er beendete das Gespräch und folgte seinem Team durch die Tür. Sie mussten eine von ihnen finden und retten.

KAPITEL SECHZEHN

Summer konnte die Tränen nicht mehr zurückhalten. So lange sie konnte, war sie mutig gewesen, aber jetzt hatte sie verdammte Angst. Sie stöhnte und drehte die Handgelenke in ihren Fesseln. Sie waren bereits eng, aber bei ihren Bewegungen schnitten sie ihr ins Fleisch. Blut lief über ihre Hände und tropfte auf den Boden, doch Summer spürte nicht einmal mehr den Schmerz. Zu sehen, wie Ben die Frau vor ihr verletzte, hatte sie gebrochen.

»Mmmph, Bihe op. *Bihe.*« Der Knebel in Summers Mund hinderte sie daran zu artikulieren, was sie sagen wollte, aber es war offensichtlich, dass Ben ihre gemurmelten Worte verstand.

Er lachte und drückte die glühende Zigarette noch einmal auf die Brust der armen Frau. Sie war vor ungefähr zehn Minuten ohnmächtig geworden, aber Ben hatte nicht aufgehört. Er verbrannte weiterhin ihre Haut und machte nur Pausen, um die Zigarette wieder anzuzünden, nachdem sie auf der Haut der unglücklichen Frau ausgedrückt worden war. Ben sah Summer in die Augen, während er die Frau, die regungslos auf dem Boden lag, weiter verletzte.

»Ja, das höre ich gern. *Flehe* mich an aufzuhören, Schlampe.«

Summer sah entsetzt, dass er hart geworden war, als er die arme Frau gefoltert hatte. Was er tat, machte ihn an. Auch wenn Summer wusste, dass sie ihm direkt in die Hände spielte und genau das tat, was er von ihr wollte, konnte sie sich nicht davon abhalten, unter dem Knebel zu wimmern.

»Denk dran, das wirst bald du sein. Alles, was ich ihr antue, werde ich auch dir antun. Du willst, dass ich aufhöre? Du willst, dass ich warte, bis sie wieder bei Bewusstsein ist? Wie du willst, dann werde ich das tun.«

Summer schüttelte verzweifelt den Kopf. Jesus, nein. Wo war Mozart? Sie brauchte ihn mehr als jemals zuvor in ihrem ganzen Leben.

»Bist du sicher, dass du dich unter Kontrolle hast?«, fragte Wolf und musterte Mozart aufmerksam.

Mozart nickte nur ein Mal.

»Denn wenn nicht, bringst du sie in noch größere Gefahr.«

Mozart nickte erneut entschlossen, sagte aber immer noch kein Wort.

Wolf sah Mozart nur für eine Sekunde an und wandte sich dann dem Rest der Gruppe zu. Sie hatten die letzten dreißig Minuten damit verbracht, die Umgebung zu erkunden. Hursts Hütte befand sich auf einer kleinen Lichtung etwa drei Kilometer von der nächsten Schotterstraße entfernt. Vor der Tür parkte ein Quad, offensichtlich Hursts Transportmittel von und zur Straße. Sie hatten noch kein Auto gefunden, aber sie hatten auch nicht danach gesucht. Sie konzentrierten sich darauf, zu Summer und Elizabeth zu gelangen.

Die Hütte war ein heruntergekommenes Stück Scheiße. Sie war klein, nur ungefähr zwanzig Quadratmeter groß, und hatte zwei kleine Fenster. Eines hinten und eines an der Seite. Auf einer Seite befand sich eine schäbige Veranda.

Mozart ballte die Hände zu Fäusten. Hier zu stehen und Wolf zuzuhören, wie er dem Team ein letztes Mal den Plan erklärte, brachte ihn buchstäblich um. Sein Herz schlug zu schnell und er spürte, dass sein Atem viel zu flach war.

Er war für diese Art von Einsätzen ausgebildet. Sie alle waren es. Aber es war eine ganz andere Sache, wenn jemand, den man liebt, in Gefahr war. Mozart hielt einen Moment inne, um seine Gedanken zu sortieren. Ja, er liebte Summer. Sie kannten sich erst kurz, ja, aber es fühlte sich richtig an. Das Gefühl vertiefte sich in Mozarts Magen, ließ ihn aber nicht in Panik geraten und gab ihm auch nicht das Gefühl, gefangen zu sein. Er wusste jetzt, wie Wolf sich gefühlt haben musste, als Ice entführt worden war. Es war das schlimmste Gefühl der Welt. Er wusste, dass er tief durchatmen sollte, um seinen Herzschlag zu beruhigen und sich auf das vorzubereiten, was jetzt kommen würde, aber es war physisch einfach unmöglich.

Wolf, der anscheinend seine Gedanken lesen konnte, drehte sich zu ihm um. »Mozart, rede mit mir. Was ist deine Position?«

Mozart gefiel es, dass Wolf ihn nicht herumkommandierte, sondern seinem Urteilsvermögen vertraute, zu wissen, wo er am nützlichsten sein würde, und antwortete knapp: »Du übernimmst die Führung. Ich bin dicht hinter dir.« Wolf war in derselben Situation gewesen. Er hatte seine Teammitglieder die Führung übernehmen lassen, um Ice zu retten, und sie hatten sie sicher und gesund in seine Arme zurückgebracht. Wenn Wolf das geschafft hatte, dann könnte er es auch.

Wolf legte kurz seine Hand auf Mozarts Schulter, bevor er nickte und sich zu den anderen umdrehte.

»Okay, Dude, du übernimmst das Seitenfenster

und zündest die Blendgranate. Nachdem sie losgegangen ist, wird Cookie durch das hintere Fenster einsteigen und Benny durch die Seite. Mozart und ich stürmen die Haustür. Dude und Abe bleiben draußen für den Fall, dass Hurst abhaut. Unser oberstes Ziel ist es, die Frauen zu retten. Was auch immer dafür notwendig ist, verstanden?«

Alle Männer nickten ernst. Sie wussten, was Wolf nicht aussprach. Sie waren bereit.

»Ihr wisst, dass es für einen Moment verrückt zugehen wird. Die Hütte ist nicht groß genug für uns alle. Achtet also auf jede eurer Bewegungen.« Wolf machte eine kurze Pause und sagte dann: »Was auch immer wir vorfinden, verliert nicht die Nerven.«

»Scheiße«, sagte Mozart leise und wusste genau, was Wolf meinte. Er konnte sich nicht einmal vorstellen, dass Summer vielleicht verletzt war. Er wusste, dass er sich auch wegen der anderen Frau schlecht fühlen sollte, aber seine Gedanken drehten sich nur um Summer. Er hatte gesehen, wie sie versucht hatte, höflich zu sein, und dabei buchstäblich verhungert ist, ohne sich etwas anmerken zu lassen. Er erinnerte sich, wie sie beim Putzen der verdammten Hotelzimmer zusammen gelacht hatten. Mozart erinnerte sich sogar daran, wie sie sich in seinen Armen angefühlt hatte. Er hatte keine Ahnung, in welchem Zustand er sie vorfinden würde, und das machte ihn mehr fertig als alles andere.

»Mozart, du musst Hurst uns überlassen. Wenn er noch lebt, nachdem sich der Staub gelegt hat, darfst du nicht Amok laufen. Hörst du mich?«

Mozart zuckte zusammen und richtete den Blick auf seine Freunde. »Jesus, Wolf«, flüsterte er verblüfft, »ich habe nicht einmal an Hurst gedacht. Ich kann nur an Summer denken.«

»Gut«, erwiderte Wolf sofort. »Ich war mir nicht sicher. Du vertraust uns, nicht wahr?«

»Ja, mit meinem verdammten Leben und mit dem von Summer«, sagte Mozart, ohne zu zögern.

»Wir kümmern uns um Hurst. Er wird niemanden mehr verletzen. Ich gebe dir mein Wort.«

Mozart sah sich um. Die Männer sahen entschlossener aus denn je. Er entspannte sich. Zum ersten Mal in seinem Leben war etwas – jemand – wichtiger als seine Rache an Ben Hurst. Er richtete ein stilles Gebet an Avery und bat sie um Vergebung dafür, dass er Summer an erste Stelle setzte.

Als könnte er seine Gedanken lesen, sagte Abe: »Avery hätte gewollt, dass du weitermachst. Egal was passiert, sie hätte gewollt, dass du weitermachst.«

Mozart nickte. Sein Herzschlag beruhigte sich schließlich und er bekam das Adrenalin in den Griff, das durch seinen Körper schoss. Abe hatte recht. Avery wäre sauer auf ihn gewesen, wenn er sein Leben auf Eis gelegt hätte. Sie hätte ihm gesagt, dass Hurst die vielen Jahre, die er verschwendet hatte, nicht wert wäre. Sie hätte Summer gemocht.

»Jetzt lass uns das durchziehen.«

Die Männer nickten und alle außer Wolf und Mozart verschwanden lautlos im Wald, um sich in Position zu bringen.

Mozart musste noch etwas loswerden, bevor es losging, und wandte sich an Wolf: »Lass ihn dafür büßen.«

»Ich werde dafür sorgen, Sam«, entgegnete Wolf und benutzte zum ersten Mal seit langer Zeit Mozarts richtigen Namen. »Du kümmerst dich um deine Frau, wir kümmern uns um Hurst.«

Mozart sah seinem Freund kurz in die Augen und nickte dann. Es waren keine weiteren Worte nötig.

Die beiden Männer drehten sich zur Hütte um und warteten. Gleich würde es darauf ankommen.

Summer hatte die Augen geöffnet, aber sie sah nichts. Sie hatte ihr Gehirn ausgeschaltet, um sich selbst zu schützen. Ben Hurst war ein böser Mann. Er hatte die Frau, deren Name sie schließlich erfahren hatte, stundenlang gefoltert. Jedes Mal wenn Summer die Augen schloss, hatte Ben sie geschlagen, um sie zu zwingen, die Augen wieder zu öffnen. Als sie nicht aufhören wollte, die Augen zu schließen, hatte Ben ihre Augenlider schließlich mit Klebeband fixiert. Sie war nicht mehr in der Lage, sie zu schließen. Summer würde jedoch nicht aufgeben. Ben hatte es vielleicht geschafft, dass sie ihre Augen physisch offenlassen musste, aber er konnte sie nicht zwingen, wirklich zu *sehen*, was er tat.

Ben hatte keine Ahnung, dass Summer, obwohl sie die Augen geöffnet hatte, sich vorstellte, Mozart zu sehen. Anstatt der langen Schnittwunde, die Ben Elizabeth gerade zugefügt hatte, sah sie die überraschten Blicke der Schlampen, die Mozart beleidigt hatten, als sie ihn das erste Mal getroffen hatte. Summer erinnerte sich daran, wie sie mit ihren Händen über seine Brust gefahren war und dabei das Gefühl von Mozarts stahlhartem Körper und den Ausdruck von Eifersucht auf den Gesichtern der anderen Frauen genossen hatte.

Anstatt zuzusehen, wie Ben Elizabeths Brüste so grausam quetschte, bis sich Blutergüsse bildeten, stellte sich Summer den Ausdruck auf Mozarts Gesicht vor, als er ihre eigenen Brüste gestreichelt und ihre Brustwarze liebkost hatte. Der entrückte Ausdruck purer Lust auf Mozarts Gesicht war für immer in ihr Gehirn eingebrannt. Summer hätte nie gedacht, dass sich ein Mann bei ihr so fühlen könnte. Die Tatsache, dass sie sich nicht einmal dafür hatte ausziehen müssen, war umso erstaunlicher.

Anstatt Bens Drohungen über ihre bevorstehende

Folter zu hören, vernahm sie, wie Mozart sie »Sonnenschein« nannte. Sie lachte in Gedanken über sein verärgertes Murmeln, dass sie es ihm so schwer machen würde, und dachte darüber nach, wie sie ihn weiter zum Lachen bringen könnte.

Anstatt Ben darüber lamentieren zu hören, dass man ihre verstümmelte Leiche niemals finden würde, nachdem er sie tief im Wald vergraben hätte, erinnerte sich Summer daran, wie sicher sie sich in Mozarts Armen gefühlt hatte und wie er darauf bestanden hatte, auf der Seite des Bettes zu schlafen, die näher an der Tür war, nur damit er sie beschützen konnte.

Und anstatt Bens Schläge zu spüren, wenn er versuchte, sie mit seinen Drohungen einzuschüchtern, erinnerte Summer sich an das Gefühl von Mozarts Armen um ihren Körper, wenn er neben ihr ging, stand oder schlief.

Plötzlich brach Chaos in dem Raum aus. Weil ihre Augenlider festgeklebt waren, konnte sie sich nicht vor dem blendenden Lichtblitz schützen, der plötzlich den Raum erfüllte. Die Stille des Waldes, die Schläge, sowie das Stöhnen und Weinen, an das sie sich schon zu sehr gewöhnt hatte, wurden plötzlich von dem lautesten Knall übertönt, den sie jemals gehört hatte. Summer wünschte, sie könnte sich die Ohren zuhalten, aber ihre Hände waren immer noch sicher hinter ihrem Rücken gefesselt.

Sie war vollkommen blind von dem Lichtblitz, der

den lauten Knall begleitet hatte. Von dem furchtbaren Lärm wurde ihr plötzlich übel. Summer schüttelte den Kopf und versuchte, ihrer Sinne habhaft zu werden. Sie hatte keine Ahnung, was los war, aber sie wollte wieder an die Stelle in ihren Gedanken zurück, an der sie sich in Mozarts Armen so sicher gefühlt hatte.

Summer spürte Hände auf ihrem Gesicht, konnte aber nicht sehen, wer es war oder was um sie herum geschah. Sie versuchte, zur Seite zu rutschen, aber die Handschellen hielten sie am Stuhl fest. Sie wimmerte.

Schließlich nahm sie durch das Klingeln in ihren Ohren ein paar Wortfetzen wahr.

»... warte ... Sicherheit ... verdammt ... Hilfe ...«

Summer versuchte verzweifelt, etwas zu erkennen. Sie musste wissen, was zum Teufel vor sich ging. Langsam begann sie, erste Formen zu erkennen anstatt des einheitlichen Grautons, der ihr die Sicht genommen hatte, seit alles in die Luft gesprengt worden war ... nun ... oder was auch immer geschehen war.

Ihre Augen schmerzten und waren unglaublich trocken. Summer hatte gehofft, dass Mozart sie finden würde, aber sein Gesicht jetzt vor ihr zu sehen grenzte an ein Wunder. Sie war sich nicht sicher, ob sie ihren Sinnen trauen konnte, hoffte aber inständig, dass sie nicht halluzinierte. Summer zog erneut an ihren Armen und vergaß für einen Moment, dass ihre Hände immer noch gefesselt waren. Sie wollte sich in seine Arme werfen, konnte es aber nicht.

»Gott sei Dank«, hörte Summer Mozart sagen. Sein Gesicht wurde langsam immer schärfer.

»Bleib bei mir, Sonnenschein. Ich weiß, dass du Schmerzen hast. Die Blendgranate hat deine Sinne betäubt. Gib mir nur eine Minute, dann ist es sicher und ich kann dir helfen.«

Summer verstand nicht, wovon Mozart redete, sie war nur froh, dass er da war. Er würde sie beschützen. Er würde nicht zulassen, dass Ben sie verletzte. Plötzlich erinnerte sie sich an Elizabeth. »Mpsbth.«

Mozart antwortete, als hätte sie vollkommen deutlich gesprochen: »Cookie ist bei ihr. Es ist okay.«

Summer wandte den Blick keine Sekunde mehr von Mozart ab. Vage konnte sie hinter sich die Geräusche eines Kampfes wahrnehmen, aber im Moment war ihr alles egal. Dass Mozart hier war, was das Einzige, was sie kümmerte. Er war tatsächlich gekommen. Er würde nicht zulassen, dass Ben sie noch einmal berührte. Summer atmete schwer durch die Nase.

»Alles gesichert!«

Bei diesen Worten setzte sich Mozart in Bewegung. Mit einem Messer durchschnitt er den Knebel, der hinter ihrem Kopf festgebunden war. Sie wimmerte und versuchte, das Tuch aus ihrem Mund auszuspucken. Ihr Mund war aber viel zu trocken, daher konnte sie sich nicht selbst von dem dreckigen Stück Stoff befreien.

Mozart legte das Messer auf den Boden und nahm sanft Summers Kinn in seine Hand. »Halt still, Sonnenschein. Lass mich dir helfen.«

Vorsichtig griff er mit seinen Fingern zwischen ihre trockenen, rissigen Lippen und zog das Tuch aus ihrem Mund. Mozart machte sich nicht einmal die Mühe, es anzusehen, bevor er es auf den Boden warf. Er versuchte, die Art, wie sie nach Luft schnappte, für den Moment zu ignorieren. Er konnte nicht zulassen, dass er die Fassung verlor. Es gab zu viele andere Dinge, um die er sich zuerst kümmern musste, um ihr zu helfen.

»Ich muss das Klebeband von deinen Augen entfernen, Sonnenschein«, flüsterte er. »Es wird wehtun. Es tut mir leid. Es tut mir leid. Es wird nur einen Moment ziehen, dann wird es sich besser anfühlen und du kannst deine Augen wieder schließen, okay? Hast du mich verstanden?«

Bei ihrem kurzen Nicken griff Mozart nach dem Klebeband über ihrem rechten Auge. Er hatte keine Ahnung, ob Hurst es beabsichtigt hatte, aber er hatte es geschafft, das Klebeband so zu befestigen, dass es an ihren Wimpern, Augenbrauen und sogar an ihren Haaren klebte. Mozart hatte nicht übertrieben. Es würde wirklich wehtun, aber er konnte nicht warten, bis sie im Krankenhaus waren. Ihre Augen waren blutunterlaufen und die Pupillen stark geweitet. Sie stand unter Schock und es musste jetzt getan werden.

Mozart war sich nicht sicher, ob es besser wäre, es schnell wie ein Pflaster abzureißen, aber er beschloss schließlich, langsam und vorsichtig zu verfahren. Als Summer keinen Mucks von sich gab, als mit dem Klebeband Augenbrauen und Wimpern herausgerissen wurden, wusste er, dass ihr Schock schlimmer sein musste, als er vermutete hatte. Der Anblick der Haare auf dem Klebeband schmerzte ihn selbst. Summer hatte während der gesamten Tortur nicht einmal geweint. Sobald das letzte Stück Klebeband entfernt war, sah Mozart, wie sie die Augen schloss und seufzte.

Mozart stand auf und sagte: »Okay, Sonnenschein, das machst du großartig. Ich werde jetzt die Handschellen abnehmen, dann können wir von hier verschwinden.«

»Fass mich nicht an.«

Mozart trat einen Schritt zurück, als hätte Summer ihn geschlagen. Er wollte ihre Stimme hören, er wollte hören, wie sie ihm versicherte, dass es ihr gut ging. Er hatte nicht erwartet, dass sie ihm mit ihren ersten Worten sagen würde, er sollte verschwinden. »Was?« Das Wort rutschte heraus, bevor Mozart es sich besser überlegen konnte.

»Fass mich nicht an«, wiederholte Summer.

Mozart ignorierte, was hinter ihm geschah. Er

konnte sich im Moment nicht um Hurst kümmern. Sein Fokus lag auf Summer und nur auf Summer. Wer wusste, was zum Teufel Hurst ihr angetan hatte, während sie versucht hatten, sie zu finden. Er hatte nur einen kurzen Blick auf die junge Frau auf dem Boden geworfen, aber wenn Summer dasselbe durchgemacht hatte, war es kein Wunder, dass sie nicht berührt werden wollte.

»Sonnenschein, ich muss dich anfassen, um die Handschellen abzunehmen.«

Mozart sah, wie sie ihre Augen einen Spaltbreit öffnete. Ihre Worte durchbohrten ihn.

»Ich bin nicht sauber. Er hat sich auf mir einen runtergeholt. Er hat ihr Blut an mir abgewischt. Er hat mich angespuckt und sein verdammtes Sperma auf mein Gesicht und in meine Haare geschmiert. Ich will nicht, dass irgendetwas von ihm auf dir landet.«

Mozart drehte sich der Magen um. Scheiße. Er legte seine Hand auf ihr Gesicht und leicht über ihre Augen. »Sonnenschein, lass die Augen zu, ich weiß, dass sie wehtun. Ich scheiß drauf, was er auf dich geschmiert hat. Ich bin jetzt hier und ich werde auf dich aufpassen. Ich werde mich um dich kümmern.«

»Ich ... okay.« Summers Stimme war so leise, dass Mozart sie kaum hören konnte, aber er *hatte* sie gehört. Er strich kurz mit den Fingern über ihre Wange, bevor er wieder aufstand. Er zog ein Bund Handschellenschlüssel aus der Tasche. Handschellenschlüssel gehörten zur Standardausrüstung des Teams, die sie immer dabeihatten. Es hatte sich schon in der Vergangenheit als sehr nützlich erwiesen, wenn sie in schwierige Situationen geraten waren oder Geiseln befreien mussten.

Mozart machte sich schnell an die Arbeit, die Handschellen zu öffnen, und zuckte beim Anblick von Summers Handgelenken zusammen. Sie waren blutüberströmt und er konnte tiefe Einschnitte erkennen, die davon herrühren mussten, dass sie gegen die Fesseln angekämpft hatte. Mozart ließ die Handschellen auf den Boden fallen und griff nach Summers Händen. Er ging um sie herum und achtete darauf, sie nicht zu erschrecken. Er kniete sich wieder vor sie.

»Sonnenschein, ich werde dich jetzt hochheben und dann nach draußen und von hier wegbringen. Ich möchte, dass du dich an mir festhältst, nicht loslässt und die Augen geschlossen lässt. Draußen ist es sehr hell und das grelle Licht wird in deinen Augen schmerzen.«

Er sah, wie Summer nickte, dann drückte sie seine Hände.

»Wird es Elizabeth gut gehen?«

Mozart überlegte kurz, sie anzulügen, entschied aber, dass es besser war, ihr die Wahrheit zu sagen. »Ich weiß es nicht. Ich habe mich bisher nur um dich gekümmert.«

Er beugte sich vor, hob Summer hoch und nahm

sie auf seine Arme. Sie lehnte sofort den Kopf an seine Schulter und schlang die Arme um seinen Hals.

»Er heißt nicht Joseph.«

»Ich weiß.«

»Sein Name ist Ben Hurst und er hat gesagt, dass er seit Jahren Frauen und Kinder foltert.«

»Schhhh, ich weiß, Summer.«

»Er hat gesagt ...«

»Sonnenschein«, sagte Mozart etwas energischer, während er sie durch die Tür der kleinen Hütte manövrierte, »ich *weiß*.«

Mozart schaute zum ersten Mal zurück in den Raum. Cookie hatte Elizabeth befreit und versuchte, sich um ihre Verletzungen zu kümmern. Benny und Dude hielten einen kleinlauten Hurst fest. Seine Hose hing ihm in den Kniekehlen und sein Gesicht war blutverschmiert. Wolf stand neben Hurst und hielt ihm seine Pistole an den Kopf. Wolf sah Mozart in die Augen, als der in der Tür stehen blieb.

Mozart wusste, was Wolf von ihm wissen wollte, aber er fühlte sich nicht dazu in der Lage, diese Entscheidung zu treffen. All die Jahre war er es gewesen, der neben Hurst stehen und ihn um sein Leben betteln hören wollte, aber jetzt war es ihm einfach egal.

Selbst mit seiner verletzten und traumatisierten Summer in den Armen fühlte er sich befreit. Er hatte das Gefühl, als könnte er endlich all seine Wut und

Angst hinter sich lassen, die ihn seit seinem fünfzehnten Lebensjahr verfolgt hatte. Auf seltsame Weise hatte Hurst ihn und Summer zusammengebracht. Wenn Hurst sich nicht in Big Bear versteckt hätte, hätte er Summer nie getroffen.

Mozart wollte Summer nur noch aus der Hütte an die frische Luft bringen. Er musste sie in ein Krankenhaus bringen und er musste dafür sorgen, dass es ihr gut ging. Im Moment gab es nichts Wichtigeres. Nicht einmal Hurst.

Mozart wandte sich von Wolf ab und verließ die Hütte. Er hörte, wie Hurst ihm hinterherschrie, als er durch die Tür ging, aber Mozart ignorierte ihn. Was auch immer dieses Monster zu sagen hatte, es war nicht mehr wichtig.

Mozart sah Abe draußen stehen. Er schaute ihm in die Augen und ging auf ihn zu.

»Wir müssen sie in ein Krankenhaus bringen.«

»Ich habe das Quad fertig gemacht. Es sieht so aus, als wäre ausreichend Benzin im Tank. Aber du kannst nicht gleichzeitig fahren und Summer festhalten, und für drei Personen ist es zu klein. Wir müssen auch Hilfe für Elizabeth holen. Ich fahre runter zum Wagen und informiere Tex. Er wird einen Hubschrauber raufschicken.«

Mozart ließ Summer nicht los. Nicht solange er nicht musste. »Ich werde sie nicht verlassen.«

»Natürlich nicht. Mach dir keine Sorgen, Mozart.

Sie hat es bis hierher geschafft, es wird ihr gut gehen. Ich werde dafür sorgen, dass Tex Bescheid weiß, dass der Hubschrauber drei Personen abholen muss.«

»Danke!« Er drehte sich um und entfernte sich weiter von der Hütte, um Summer in den Schatten unter den Bäumen zu bringen.

Abe drehte sich um und wollte gerade gehen, als ein Schuss aus der Hütte hinter ihnen ertönte. Abe blieb stehen, drehte sich um und sah Mozart an. Mozart war nicht von seinem Weg abgewichen und hatte sich nicht einmal umgeschaut. Abe schüttelte grimmig den Kopf. Er wusste, was der Schuss bedeutete. Hurst würde nie wieder jemanden verletzen.

Schließlich zuckte er die Achseln und machte sich auf den Weg zum Wagen. Er musste Tex erreichen. Die Frauen mussten sofort in ein Krankenhaus. Mit Hurst und den Folgen ihres Einsatzes würden sie sich später befassen.

KAPITEL SIEBZEHN

Mozart saß neben Summers Bett im Krankenhaus. Er hatte die Füße auf das Ende ihrer Matratze gelegt und sah zu, wie sie atmete. Er beobachtete, wie sich Summers Brust langsam hob und wieder senkte und zählte ihre Atemzüge. Sie atmete ungefähr sechzehn Mal pro Minute, was im normalen Bereich lag, allerdings am oberen Ende der Skala.

Sie hatte ihn fast zu Tode erschreckt und Mozart scheute sich nicht, es zuzugeben. Tex hatte schnell reagiert und dafür gesorgt, dass sie ins Gemeindekrankenhaus von San Bernardino gebracht wurde, die Big Bear am nächsten gelegene Traumaklinik. Innerhalb weniger Stunden waren Ice, Alabama und Fiona zusammen mit dem Rest des Teams eingetroffen.

Mozart war nicht von Summers Seite gewichen. Er hatte sich geweigert zu gehen. Er hatte dem Arzt erzählt, Summer wäre seine Verlobte, und seine Teammitglieder hatten es bestätigt. Nicht einmal Summer hatte ihm widersprochen. Er durfte bleiben, während sie untersucht wurde. Ihre Kleidung war als Beweismittel für die Polizei in Plastiktüten verstaut worden und Kriminologen hatten ihre Verletzungen fotografiert.

Mozart war die ganze Zeit in ihrem Zimmer geblieben, auch als eine Krankenschwester versucht hatte, ihn zu verjagen, als sie sie waschen wollte. Er hatte sich umgedreht, um Summer nicht in Verlegenheit zu bringen, aber er war nicht gegangen.

Summer hatte während der Untersuchungen nicht viel gesagt, aber Mozart hatte bemerkt, dass sie ständig prüfte, wo er war. Es verging kaum eine Minute, in der sie sich nicht nach ihm umsah. Mozart achtete darauf, in ihrem Sichtfeld zu bleiben. Wenn der Arzt Summer die Sicht auf ihn versperrte, trat Mozart einen Schritt zur Seite, damit sie ihn wieder sehen konnte. Jemand anderes hätte es vielleicht nicht einmal bemerkt, aber er hatte es bemerkt und dafür gesorgt, dass sie sich während der unangenehmen Untersuchung so wohl wie möglich fühlte.

Während die Ärzte ihre Augen untersuchten, hatte Mozart Summers Hand gehalten und keinen Ton von sich gegeben, als sie ihre Fingernägel in seine Haut bohrte. Erst bei dem Anblick ihrer verletzten Handgelenke war er zusammengebrochen. Mozart hatte die

Tränen, die lautlos über sein Gesicht gelaufen waren, nicht zurückhalten können. Er hatte in seinem Leben schon schlimmere Verletzungen gesehen, aber der Gedanke an den Grund für die tiefen Einschnitte war es, der ihn dazu brachte, die Fassung zu verlieren.

Er wusste, dass Summer gekämpft hatte. Sie hatte gegen das gekämpft, was Hurst Elizabeth angetan hatte. Sie hatte versucht zu fliehen. Mozart wusste, dass sie nicht aufgehört hatte zu versuchen, ihren Fesseln zu entkommen, auch wenn es offensichtlich aussichtslos gewesen war. Selbst als Blut über ihre Hände floss und auf den Boden tropfte, hatte sie weitergekämpft.

Summer hatte seine Tränen bemerkt und sich an ihn gelehnt. Sie hatte ihn nicht berühren können, da die Krankenschwester ihre Handgelenke säuberte und nähte, aber sie hatte trotzdem einen Weg gefunden, ihn zu trösten. Sie hatte den Kopf zu ihm gedreht und sich an seinen Hals gekuschelt, als er zu weinen angefangen hatte. Sie hatte geseufzt, als Mozart sie fest in seine Arme nahm. Summer hatte nur geflüstert: »Mir geht es gut, Mozart«, und sich weiter an ihn gelehnt, bis die Krankenschwester fertig war. Sie hatte eine Spritze gegen die Schmerzen bekommen und das Letzte, was sie zu ihm gesagt hatte, war: »Bitte geh nicht.«

Also blieb er hier sitzen. Sie hatte ihn gebeten, nicht zu gehen, und nichts auf der Welt würde ihn dazu bringen, sie zu verlassen. Nicht sein Kommandant, nicht die United States Navy, nicht einmal der verdammte Präsident der Vereinigten Staaten. Mozart würde hier sitzen bleiben, bis die Hölle zufror, wenn es sein musste.

Die Mädchen waren auf Zehenspitzen in den Raum gekommen, um zu sehen, wie es Summer ging. Sie kannten sich noch nicht lange, aber sie hatte sie offensichtlich beeindruckt. Summer hatte während der Besuche geschlafen. Die Mädchen hatten versprochen, am nächsten Tag wiederzukommen, wenn Summer hoffentlich wach sein würde.

Caroline musste zurück nach Riverton. Sie war mitten in einem wichtigen Projekt bei der Arbeit und konnte es sich kaum leisten, einen einzigen Tag freizunehmen. Trotzdem hatte sie darauf bestanden, Summer zu besuchen. Für Mozart bedeutete es umso mehr, weil er genau wusste, wie sehr Ice Krankenhäuser hasste. Mozart hatte sie zur Seite genommen, um sie um einen Gefallen zu bitten. Natürlich hatte Caroline sofort zugestimmt. Mozart erinnerte sich und musste lächeln. Caroline wäre wahrscheinlich sauer gewesen, wenn er sie *nicht* um Hilfe gebeten hätte.

Ice hatte ihn fest umarmt und zu ihm gesagt: »Es wird ihr gut gehen, Mozart. Sie will dich bei ihr haben. Wir sehen uns, wenn ihr wieder zu Hause seid.«

Mozart dachte an die Zeit zurück, als Ice im Krankenhaus gelegen hatte. Sie war auch entführt und gefoltert worden. Er hoffte, dass Summer es genauso gut überstehen würde wie Ice. Er wusste, dass Ice immer noch Albträume hatte. Er und Wolf hatten einmal darüber gesprochen. Aber Gott sei Dank kam sie langsam darüber hinweg.

Endlich regte sich Summer. Mozart nahm die Füße vom Bett und stand auf. Er setzte sich neben sie auf das Bett und beugte sich über sie, wobei er darauf achtete, sie nicht zu stoßen. Er wollte nicht, dass sie sich erschreckte, aber er wollte ganz nahe bei ihr sein, damit sie wusste, dass er bei ihr war, wenn sie die Augen öffnete. Mit seinen Händen stützte er sich neben ihren Hüften ab und umgab sie mit seiner Hitze. Er beugte sich vor, während Summer langsam zu sich kam.

Summer drehte sich auf dem Bett und wollte nicht aufwachen. Sie wusste, wenn sie die Augen öffnete, würde sie sich mit all dem Mist auseinandersetzen müssen, der in den letzten Tagen passiert war. Sie erinnerte sich an fast jede Sekunde, die sie in der Berghütte festgehalten worden war. So sehr sie es sich auch wünschte, Summer wusste, dass sie es nie vergessen würde. Jeder einzelne Teil ihres Körpers tat weh, aber sie lebte. Das versuchte sie sich immer wieder zu sagen.

Summer öffnete die Augen nur einen Spaltbreit, um keine Panik zu bekommen. Sie wusste, dass es lange dauern würde, bis sie sich wieder sicher fühlen würde. Summer zuckte zusammen, als sie ein Paar dunkle Augen direkt über ihrem Kopf sah, entspannte sich aber sofort. Sie würde Mozarts Augen überall erkennen.

»Hi«, sagte sie leise, erleichtert, ihn zu sehen.

»Hallo. Wie fühlst du dich?«

»Willst du die Wahrheit hören oder die geschönte Version?«

»Immer die Wahrheit, Sonnenschein. Immer.«

»Meine Handgelenke tun weh. Meine Augen brennen, ich fühle mich schmutzig und ich mache mir Sorgen um Elizabeth. Aber ich bin so erleichtert, dass du hier bist. Ich bin mir nicht sicher, ob ich es in Worte fassen kann. Alle anderen Dinge treten dadurch in den Hintergrund.« Summer sah, wie Mozart das Gesicht bei ihren Worten zuerst anspannte, dann aber wieder entspannte.

»Es gibt keinen Ort, an dem ich lieber wäre.«

»Ich habe Tex angerufen, wie du es mir gesagt hast.«

»Willst du jetzt darüber reden oder brauchst du noch Zeit?«

»Ich will lieber jetzt darüber reden. Ich glaube nicht, dass ich es lange vor mir herschieben kann. Es frisst mich auf.«

»Soll ich einen Psychiater holen? Ich weiß, dass Ice immer noch regelmäßig Sitzungen hat. Es hat ihr sehr geholfen.«

»Nein, ich will nur dich.«

»Du hast mich, Sonnenschein. Rutsch rüber.«

Mozart wartete, bis Summer etwas nach rechts gerutscht war, dann legte er sich neben sie und nahm sie vorsichtig in die Arme. Er hörte, wie sie zufrieden seufzte.

»Dürfen wir das?«

»Ist mir egal.«

Summer lächelte bei Mozarts Worten. Sie wusste, dass ihm die Krankenhausregeln wirklich egal waren. Sie wurde wieder ernst. »Daran habe ich gedacht, als er mich gezwungen hat zuzusehen. Ich habe weder gesehen noch gehört, was er tat oder sagte, sondern ich habe mich daran erinnert, wie sicher ich mich in deinen Armen gefühlt habe.«

»Es war gut, dass du Tex angerufen hast, aber verdammt, Summer, das muss ich loswerden, du hättest gar nicht erst zu Hurst in dieses verdammte Auto steigen dürfen.«

»Ich weiß.«

Mozart machte eine Pause. Er war bereit, ihr eine sanfte, aber ernste Standpauke zu geben, aber Summer nahm ihm den Wind aus den Segeln.

Sie fuhr fort: »Ich hatte ein schlechtes Bauchgefühl. Deshalb habe ich Tex angerufen. Es war dumm von mir. Ich hätte mich nicht von Henry überreden lassen sollen. Es tut mir nur leid, dass die andere Frau mit hineingezogen wurde. Und es tut mir auch so leid für dich. Wenn ich schlauer gewesen wäre, hättest du das nicht alles noch einmal durchmachen müssen und wärst nicht an deine Schwester erinnert worden.«

Mozart lächelte. »Du bist die erste Person, die sich bei mir entschuldigt, nachdem sie entführt und gefoltert wurde.« Dann sagte er ernst: »Sonnenschein, ich geben einen Scheiß auf Hurst.«

»Aber ...«

»Nein, lass mich ausreden.« Als Summer nickte, zog Mozart sie fester in seine Arme und legte seinen Kopf auf ihren. »Einen Großteil meines Lebens habe ich damit verbracht, diesen Mann zu jagen. Er ist der Grund, warum ich ein SEAL geworden bin. Ich wollte mich für Avery rächen. Ihn zu töten war mir sogar wichtiger, als meinem Land zu dienen, wichtiger als Menschen zu retten, wichtiger als alles andere. Es hat mich mein ganzes Leben lang verfolgt. Der einzige Grund, warum ich das erste Mal überhaupt nach Big Bear gefahren bin, bestand darin, dass Tex dort Hursts Spur aufgenommen hatte. Aber weißt du was? Als wir bei dieser Hütte ankamen und endlich die langersehnte Rache in Sicht war, war er mir plötzlich egal. Das *Einzige*, was mir noch wichtig war, warst du. Ich habe weder Elizabeth noch Hurst gesehen. Ich habe meine Teamkollegen nicht gesehen. Ich habe nur noch *dich* gesehen. Ich bin so schnell wie möglich zu dir gelaufen und habe festgestellt, dass es mir egal ist, was mit diesem Arschloch passiert. Ich wusste, dass sich meine Teamkollegen darum kümmern würden, dass er nicht entkommt. Das genügte.«

»Was ist mit ihm passiert?«

»Er wird nie wieder jemanden verletzen.«

»Werdet ihr Ärger bekommen? Ich werde der Polizei und der Navy sagen, was nötig ist, damit ihr nicht in Schwierigkeiten geratet.«

Mozart merkte, dass Summer aufregt war, und versuchte, sie zu beruhigen.

»Nein, wir werden keine Probleme bekommen, Sonnenschein. Unser Kommandant wusste, wo wir waren und warum. Die Polizei ist oben in der Hütte, macht Fotos und dokumentiert die Beweise. Tex hat ihnen alles geschickt, was er im Laufe der Jahre an Material über Hurst gesammelt hat. Sie wissen, dass er ein Psychopath war. Wir werden keine Probleme bekommen.«

Er entspannte sich, als er spürte, wie Summers Anspannung nachließ. Einen Moment später flüsterte sie mit so leiser Stimme, dass Mozart sie fast nicht hören konnte: »Ich hatte solche Angst.«

»Ach, Sonnenschein.«

»Ich habe Tex angerufen, weil du auf einer Mission außer Landes warst. Ich habe versucht, stark zu bleiben. Ich habe mir eingeredet, dass Tex alles herausfinden und mir helfen würde, aber ich wusste nicht wie.«

»Erzähl mir alles, was passiert ist. Du musst es

rauslassen. Ich bin kein Psychiater, den du wahrscheinlich brauchst, aber ich möchte, dass du auch mit mir sprichst.«

»Ich habe Angst.«

»Wovor? Vor mir?«

»Nein. Na ja, irgendwie schon.«

Mozart lockerte seine Arme. Scheiße. Sie hatte Angst vor ihm? Er bereitete sich darauf vor, aus dem Bett zu steigen und Summer etwas Freiraum zu geben.

»Nein! Bitte. So habe ich es nicht gemeint.« Summer hielt Mozart fest und hinderte ihn daran, sich von ihr zu entfernen. »Ich habe keine Angst vor *dir*. Ich habe Angst, dass du anders über mich denkst, wenn ich dir erzähle, was passiert ist. Dass du denkst, ich bin schwach. Ich bin nicht wie die Frauen deiner Freunde. Caroline macht einen so gefestigten Eindruck. Ihr ist etwas Ähnliches passiert, aber sie ist so stark.«

»Summer, Ice ist so stark wegen Wolf. Nach dem, was ihr zugestoßen war, war sie ein Häufchen Elend. Verdammt, gib dir selbst etwas Zeit. Es sind noch nicht einmal vierundzwanzig Stunden vergangen, Sonnenschein. Und du hast recht, ich werde wahrscheinlich anders über dich denken, nachdem du mir alles erzählt hast.« Als Summer in seinen Armen zusammenzuckte und versuchte, sich wegzudrehen, war Mozart derjenige, der sie festhielt und ihren Kopf zu sich drehte, damit er ihr in die Augen sehen konnte. »Ich werde noch stolzer auf dich sein, als ich es jetzt schon bin. Ich werde denken, dass du noch viel stärker bist, als ich vermutet habe. Ich werde dich noch mehr lieben als zuvor.«

Summer konnte Mozart nur verwirrt anstarren. »W-w-was?«

»Ja, ich liebe dich. Das habe ich in meinem ganzen Leben noch nie zu einer Frau gesagt. Bevor ich dich getroffen habe, habe ich nicht an Liebe auf den ersten Blick geglaubt. Ich weiß, dass es verrückt klingt, aber verdammt, ich war noch nicht einmal in dir und ich liebe dich. Wenn dir etwas passiert wäre, weiß ich nicht, was ich getan hätte. Jetzt erzähl mir, was passiert ist. Erzähl mir alles. Lass mich dir dabei helfen.« Er zog ihren Kopf zurück an seine Brust. »Schließ die Augen, ich weiß, dass sie wehtun. Entspann dich, in meinen Armen bist du in Sicherheit. Jetzt erzähl es mir.«

»Herrisch, wie immer«, neckte Summer ihn und legte ihre Hand an sein Gesicht. Mit dem Daumen strich sie über seine Wange und stellte fest, dass er selbst schon so oft die Hölle durchgemacht hatte, dass er ihr vielleicht wirklich helfen konnte zu verarbeiten, was passiert war.

Leise und in monotonem Ton beschrieb sie, was bis zu dem Punkt passiert war, als Hurst ihre Augenlider festgeklebt hatte. Ihre Stimme zitterte. »Er wollte, dass ich zusehe. Ich konnte einfach nicht mehr. Er war sauer und sagte, er würde dafür sorgen, dass ich zusehen muss. Ich wollte es nicht sehen. Er konnte mich zwingen, die Augen geöffnet zu lassen, aber er konnte mich nicht zwingen *zuzusehen*. Ich habe an dich gedacht. Deine Berührungen, deine Worte, wie es sich anhört, wenn du mich ›Sonnenschein‹ nennst. Meine Augen waren so trocken und brannten. Das Klebeband zog an meinen Haaren.«

Mozart konnte nicht anders. »Schhhhh, Sonnenschein. Ich bin bei dir. Alles ist in Ordnung.«

»Als der Lichtblitz erlosch, dachte ich, ich wäre blind. Ich hatte solche Angst.«

»Es tut mir leid ...«

»Nein, du verstehst nicht. Als ich endlich wieder sehen konnte, warst *du* das Erste, was ich erblickt habe. Du hast alles andere ausgeblendet. Zuerst dachte ich, ich fantasiere noch. Dann wolltest du mich berühren und ich wollte nicht, dass sein Dreck dich verunreinigt. Du stehst für alles Gute und Saubere. Ich wollte nicht, dass du seinen Schmutz berührst.«

»Sonnenschein, es gefällt mir, dass du so über mich denkst, aber ich bin nicht sauber und gut.«

»Doch, das bist du. Du hast mich Dinge fühlen lassen, die ich in meinem ganzen Leben noch nicht gefühlt habe. Wenn du da bist, vergesse ich alles andere. Ich habe Tex angerufen, weil ich wusste, dass er dich finden würde. Irgendwie, egal wie verrückt es war, ich wusste, dass du für mich zurückkommen würdest. Du hast mir versprochen, dass du immer für mich zurückkommen wirst.«

»Scheiße, Sonnenschein, das stimmt. Ich werde immer für dich zurückkommen. Aber bitte, bei Gott, steig nicht mehr zu einem Serienmörder ins Auto, der es darauf abgesehen hat, mich zu demütigen.«

Mozart schloss die Augen, als er Summer kichern hörte. Wie zum Teufel sie nach allem, was sie durchgemacht hatte, noch lachen konnte, war ihm ein Rätsel.

»Gibt es denn da draußen noch mehr Serienmörder, die mich entführen wollen, nur um dich zu demütigen?«

»Verdammt, nein.«

»Na, dann werde ich zu keinem mehr ins Auto steigen.« Summer hob den Kopf und sah Mozart ernst an. »Ich liebe dich, Sam Reed.«

»Gott sei Dank.« Mozart drückte Summer erneut an seine Brust, als eine Krankenschwester den Raum betrat.

»Was denken Sie eigentlich, was Sie da tun? Sie dürfen nicht zu der Patientin ins Bett.«

Mozart zuckte nicht einmal. Er rührte sich nicht vom Fleck.

»Mister? Haben Sie mich gehört?«

»Ja, ich habe Sie gehört, aber ich ignoriere Sie.«

»Sie dürfen mich nicht ignorieren. Ich werde den Sicherheitsdienst rufen!«

Mozart spürte, wie Summer versuchte aufzustehen. Er wusste, dass er etwas sagen musste, um die garstige Krankenschwester zu besänftigen, bevor sie Summer weiter beunruhigte.

Er hob den Kopf, hielt Summer aber immer noch fest. Mozart sah die Krankenschwester an und sagte ruhig: »Meine Frau wurde von einem Serienmörder entführt und gefoltert, der es darauf abgesehen hatte, mich zu zerstören. In den letzten dreißig Minuten hat sie mir erzählt, wie dieses kranke Arschloch sie gequält hat, indem er ihre Augenlieder festgeklebt und sein Sperma auf ihr verteilt hat. Ich gebe einen Scheiß darauf, dass es gegen die Krankenhausregeln verstößt, dass ich sie in den Armen halten wollte, während sie das noch einmal durchmachen musste. Es tut mir leid, wenn Sie ein Problem damit haben, aber ich werde mich nicht vom Fleck rühren, bis ich sicher bin, dass es ihr gut geht und ich mich wohl dabei fühle, aus diesem Bett aufzustehen.«

Mozart legte den Kopf wieder zurück aufs Kissen und wartete darauf, dass die Schwester explodieren würde. Er war nicht gerade diplomatisch gewesen.

»Äh, okay, dann komme ich später wieder.«

Summer und Mozart hörten, wie sie das Zimmer verließ und die Tür hinter sich schloss. Summer unterbrach die Stille, indem sie erneut kicherte. »Ähm, war das wirklich notwendig?«

»Ja.« Mozart war noch nicht bereit, das Thema fallen zu lassen.

»Ich liebe dich, Mozart. Ich glaube nicht, dass wir ein einfaches und ruhiges Leben haben werden.«

»Doch, das werden wir. So etwas kann ich nicht noch einmal durchmachen. Oh, und du solltest wissen, Ice sorgt dafür, dass deine Sachen von Big Bear in meine Wohnung gebracht werden. Ich habe ihr außerdem einen Freibrief gegeben, dir ein paar neue Sachen zu besorgen, von denen sie meint, dass du sie gebrauchen kannst. Ich muss dich warnen, Sonnenschein, höchstwahrscheinlich wirst du einen Haufen neuer Kleider und Schuhe haben, wenn wir nach Hause kommen.«

Mozart wusste nicht, wie sie auf seine Ankündigung reagieren würde, und spannte sich an. Er wusste, dass Summer unabhängig war und es nicht mochte, wenn er ihr einfach Sachen kaufte. Ihr zu sagen, dass sie in seine Wohnung in einer anderen Stadt ziehen sollte, ging weit über das »Kaufen neuer Sachen« hinaus.

»Okay.«

Mozart war sprachlos. »Okay?« Er hob Summers Kinn, damit er ihr in die Augen sehen konnte.

»Okay«, wiederholte Summer.

»Du flippst nicht aus? Sollte ich mich darauf vorbereiten, dass du später ausflippst, wenn du wieder mehr du selbst bist?«

»Mozart, ich habe gerade das Schlimmste durchgemacht, was ich jemals in meinem Leben durchgemacht habe. Ich hatte so große Angst, dich nie wiederzusehen. Ich hatte Angst, dass Ben mich vergewaltigen, foltern und töten würde, bevor ich dir sagen könnte, wie viel du mir bedeutest. Ich mochte meinen Job ohnehin nicht und hatte bereits Pläne zu kündigen, sobald der Winter vorbei wäre. Ich bin mehr als glücklich, zu dir nach Riverton zu ziehen. Ich werde bei dir bleiben, solange du mich willst.«

»Du bist verrückt.«

Summer lächelte ihn nur an.

»Küss mich!«

»Gern.«

Mozart drehte sich auf die Seite, bis er mit seinem Kopf über Summer war. Er beugte sich vor und küsste sanft ihre Lippen. Er nahm sich Zeit, probierte und knabberte. Als er spürte, wie ihre Zunge nach seiner suchte, vertiefte er den Kuss, legte seine Hand auf ihre Wange und hielt sie fest, während der Kuss leidenschaftlich wurde.

Bevor der Kuss zu Ende war, hörten sie, wie die Tür wieder geöffnet wurde. Mozart hob widerwillig den Kopf, wandte den Blick jedoch nicht von Summers Augen ab, sondern streichelte mit seiner Hand über ihren Kopf und strich eine Haarsträhne hinter ihr Ohr. Er küsste sie auf die Augen, die Augenbrauen und schließlich ihre Stirn, bevor er den Kopf drehte, um zu sehen, wer den Raum betreten hatte.

Als Mozart sah, dass es der Arzt war, der sich

lächelnd an den Türpfosten lehnte, schüttelte er den Kopf und lächelte zurück. Er rutschte herum, bis er seine Beine über die Bettkannte baumeln lassen konnte, und stand auf. Er zog den Stuhl an die Seite des Bettes und nahm Summers Hand in seine, bevor er sich setzte.

»Doktor, schön Sie zu sehen«, sagte er sarkastisch.

Der Arzt lachte und kam von der Tür zum Bett hinüber. »Ja, das kann ich mir vorstellen. Aber ich habe gute Nachrichten.« Er sah Summer an. »Sie werden heute entlassen. Ihre Augen werden bald wieder in Ordnung sein. Ich verschreibe Ihnen Augentropfen gegen die Trockenheit. In ein paar Tagen werden Sie feststellen, dass alles wieder normal ist. Ihre anderen Verletzungen brauchen nur ein wenig Zeit, um zu heilen. Ich werde Ihnen ein Schmerzmittel aufschreiben, dass Sie nehmen können, wenn die Schmerzen zu stark sind. Versuchen Sie nicht, die Heldin zu spielen. Entspannen Sie sich, ruhen Sie sich aus, und dann werden Sie bald wieder so gut wie neu sein.« Er machte eine Pause. Offensichtlich wollte er noch etwas sagen, wusste aber nicht, wie er anfangen sollte.

Schließlich platzte es einfach aus ihm heraus. »Außerdem wäre es eine gute Idee, wenn Sie mit jemandem über das sprechen, was passiert ist. Ich kann Ihnen jemanden empfehlen, wenn Sie möchten.«

»Ich habe es unter Kontrolle, Doktor«, sagte Mozart ernst.

Als es so aussah, als würde der Arzt protestieren, unterbrach Summer ihn. »Das werde ich. Ich verspreche es. Mozart ist ein Navy SEAL, auf dem Stützpunkt gibt es viele Ärzte, mit denen ich sprechen kann. Er wird es für mich organisieren.«

»Alles klar. In Ordnung. Ich wünsche Ihnen alles Gute. Ich würde empfehlen, sich mit Ihrem Hausarzt in Verbindung zu setzen, wenn Sie nach Hause kommen, um sicherzugehen, dass alles so verheilt, wie es soll. Ein Besuch beim Augenarzt wäre auch empfehlenswert, um sich zu vergewissern, dass alles in Ordnung ist.«

»Wird gemacht«, antwortete Mozart. »Ich werde alles für nächste Woche arrangieren.«

Der Arzt streckte Mozart die Hand entgegen. »Es war nett, Sie kennenzulernen, Mr. Reed. Vielen Dank für Ihren Dienst für unser Land. Dank des Jobs, den Sie machen, sind wir alle besser dran.« Sichtlich irritiert schüttelte Mozart ihm die Hand. Summer kicherte erneut über sein Unbehagen. Und so was wollte ein böser SEAL sein.

Der Arzt wandte sich wieder Summer zu und streckte ihr die Hand entgegen. Er schüttelte ihre und sagte feierlich: »Und alles Gute für Sie, Summer. Sie sind eine tolle Frau und ich bin froh, dass Sie es diesem Hurensohn gezeigt haben.«

Sie wurde rot und sagte nichts.

»Sie können sich anziehen und Ihre Sachen zusammensuchen. Wir werden Sie so schnell wie möglich entlassen. Manchmal geht es hier etwas hektisch zu, aber wir wissen, dass es der angenehmere Teil ist, entlassen zu werden.« Er lachte über seinen eigenen Witz und drehte sich um, um zu gehen.

»Doktor?« Summers Stimme schallte durch den Raum.

»Ja, Summer?«

»Können Sie mir sagen, wie es Elizabeth geht?« Bei dem Ausdruck auf dem Gesicht des Arztes zog sich Summer der Magen zusammen.

»Ich wünschte, ich könnte, wenn da nicht die Schweigepflicht wäre.«

»Oh. Okay. Ich dachte nur …«

Mozart legte seine Hand auf Summers Wange und drehte ihren Kopf zu ihm. »Ich werde es für dich herausfinden, Sonnenschein.«

»Ich wollte nur, dass sie weiß …«

Als sie nichts weiter sagte, forderte Mozart sie auf fortzufahren. »Dass sie was weiß?«

»Dass ich es nicht genossen habe, dabei zuzusehen, was er ihr angetan hat.«

»Was zum Teufel?« Mozart hatte die Worte nicht zurückhalten können.

Summer fuhr schnell fort: »Das ist es, was er ihr erzählt hat. Er hat ihr gesagt, dass er sie gefoltert hat, weil ich ihn darum gebeten habe. Dass ich es gewollt habe.«

»Sonnenschein, ich bin sicher, dass sie ihm nicht geglaubt hat.«

»Aber was, wenn doch, Mozart?«

»Das hat sie nicht«, sagte jetzt der Arzt neben Summers Bett. Er war zurückgekommen und sprach mit leiser Stimme. »Es geht ihr nicht so gut wie Ihnen, Summer. Sie brauchte jemanden, mit dem sie über die Vorfälle reden konnte. Ich war bei ihrer ersten Sitzung mit dem Psychiater dabei. Sie weiß, dass er Sie auch gefoltert hat. Sie hat gesagt, dass sie Mitleid mit *Ihnen* hatte.«

Summers Augen brannten von den Tränen, die ihr jetzt übers Gesicht liefen. »Danke, dass Sie mir das gesagt haben.«

»Keine Ursache. Jetzt ziehen Sie sich an und verschwinden Sie aus meinem Krankenhaus.« Er lächelte, als er das sagte, damit Summer wusste, dass er einen Scherz machte.

Mozart wartete, bis er die Tür hinter sich geschlossen hatte. »Tu das nicht.«

»Was?«

»Fühle dich nicht schuldig. Was er dir angetan hat war genauso schlimm wie das, was er ihr angetan hat. Ihr wart beide unschuldig.«

»Ich weiß. Ich fühle mich nur so … ich weiß nicht, wie ich mich fühle.«

»Sei froh, dass du da raus bist. Fühle die Erleichterung, dass er nie wieder jemanden verletzen kann. Sei froh darüber, dass du mit mir nach Hause kommst.«

»Ja, Mozart, das bin ich.«

»Alles klar. Dann lass uns nach Hause gehen.«

KAPITEL ACHTZEHN

Summer saß mit gekreuzten Beinen auf dem Bett, als Caroline, Alabama und Fiona zu ihr ins Bett stiegen.

»Wie geht es dir wirklich, Summer?«, fragte Caroline düster.

»Mir geht es gut. Wirklich. Vielen Dank, dass du mir den Namen deines Arztes gegeben hast. Ich dachte, ich hätte alles im Griff, wenn ich mit Mozart reden kann, aber mir wurde klar, dass ich mich zurückgehalten habe, um ihn nicht zu verletzen. Und ich wusste, dass es ihm jedes Mal wehtat, wenn ich einen Albtraum hatte.«

»Ich weiß. Ich fühle mich manchmal immer noch so. Es ist wirklich wichtig, mit einer unvoreingenommenen Person sprechen zu können, von der man weiß, dass man sie nicht verletzt, wenn man über seine

Ängste und Gedanken redet.« Caroline tätschelte Summers Knie.

»Ich bin mir immer noch nicht sicher, wie wir so viel Glück haben konnten, aber ich sage dir eins. Ich danke jeden Tag meinem Glücksstern, dass ich von diesen Sexhändlern entführt wurde«, sagte Fiona unerwartet.

»Was zum Teufel?«, rief Alabama aus und schlug Fiona leicht auf die Schulter. »Wie kannst du so etwas sagen?«

»Wenn ich nicht dort unten in Mexiko als Geisel gehalten worden wäre, hätte ich niemals Hunter getroffen. Ich würde immer noch ein langweiliges Leben in El Paso führen.«

»Ja, aber ...«

»Nein, kein Aber. Ich habe viel Zeit damit verbracht, darüber nachzudenken. Dinge in unserem Leben passieren aus einem Grund. Caroline, du warst in diesem Flugzeug, damit du das mit Drogen versetzte Eis riechen konntest. Matthew hat neben dir gesessen, damit er allen an Bord das Leben retten konnte. Alabama, du hast Christopher auf dieser Party das Leben gerettet. Wenn du nicht dort gewesen wärst, um ihn in Sicherheit zu bringen, wäre er heute möglicherweise tot. Ja, was du mit ihm durchmachen musstest, ist scheiße, aber unterm Strich ist er heute nur deinetwegen am Leben. Ich habe Hunter als direkte Folge von meiner

Entführung nach Mexiko getroffen. Und Summer, es gibt so viele Möglichkeiten zu deuten, was mit dir passiert ist, aber du hättest Sam niemals getroffen, wenn die arme kleine Avery nicht getötet worden wäre, als sie noch klein war, und Ben Hurst wäre immer noch da draußen und würde weiter Menschen umbringen.« Fiona ließ ihre Worte wirken, bevor sie fortfuhr: »Wir können uns selbst dafür bemitleiden, welche Hölle wir in unserem Leben durchmachen mussten, aber unterm Strich wären wir heute nicht mit unseren Männern zusammen, wenn unser Leben anders verlaufen wäre. Ich arbeite daran, meine Probleme zu bewältigen, und ihr arbeitet an euren, aber immerhin können wir in den Armen unserer Männer einschlafen ... und ich würde keine Minute meines Lebens ändern wollen, wenn es bedeuten würde, das aufgeben zu müssen.«

»Beeindruckend.« Summer konnte Fiona nicht wirklich widersprechen. Sie hatte recht. Es half ihr dabei, alles in die richtige Perspektive zu rücken, und zwar auf eine Art, die sie sich niemals selbst hätte ausdenken können. Sie sprach ein stilles Gebet für Avery. Sie würde nie die Gelegenheit haben, sie kennenzulernen, aber sie würde für den Rest ihres Lebens dankbar sein.

Als niemand mehr etwas sagte, unterbrach Fiona endlich die Stille. »Okay, genug davon. Caroline, hol die Getränke raus. Wir müssen feiern.«

Alle lachten. Caroline hatte solange auf Matthew

eingeredet, bis er zugestimmt hatte, dass sie ihre kleine Feier in der Kellerwohnung in ihrem Haus haben konnten. Alabama hatte viel Zeit dort verbracht, nachdem sie verhaftet worden war und Christopher seinen Arsch nicht hochbekommen hatte. Dieser Ort war zu einem festen Treffpunkt für die Frauen geworden, wenn sie reden und sich gehen lassen wollten. Ihre Männer fühlten sich nicht wohl dabei, wenn sie ausgingen, und um sie zu beruhigen, verlegten sie ihre Treffen in den Keller, während die SEALs oben auf sie warteten.

Alabama und Christopher übernachteten meistens im Gästeschlafzimmer im Keller, nachdem Hunter und Fiona nach Hause gefahren waren. Da es das erste Mal war, dass Summer dabei war, war sie sich nicht sicher, was Mozart tun würde. Sie glaubte aber zu wissen, dass er sie nach Hause schleifen würde, sobald sie den Kopf durch die Tür steckte. Er war überfürsorglich gewesen, aber insgeheim liebte Summer jede Sekunde seines Alphatier-Gehabes. Manchmal sah sie sich immer noch um und dachte, sie hätte Ben gesehen, obwohl sie wusste, dass er tot war.

Auf dem Heimweg vom Krankenhaus hatte Mozart ihr erzählt, was in der Hütte in den Bergen passiert war. Wolf hatte beschlossen, Hurst der Justiz zu übergeben, weil er im Laufe der Jahre nicht nur Elizabeth und Summer, sondern noch vielen weiteren Frauen und Kindern etwas angetan hatte. Wolf wusste, dass seine Teamkollegen Hurst die Kehle durchschneiden wollten, nicht nur wegen dem, was er Mozarts Frau und seiner Schwester angetan hatte, sondern auch wegen all der anderen Frauen und Kinder, die er im Laufe der Jahre gefoltert hatte. Aber als sie ihn aus der Hütte führen wollten, hatte er sich ein Messer aus Bennys Gürtel geschnappt und versucht, ihn anzugreifen. Wolf hatte ihm einen Schuss zwischen die Augen verpasst und Hurst war tot umgefallen.

Sie waren alle ein bisschen sauer, dass der Mann nicht länger gelitten hatte, aber es wurde als Selbstverteidigung angesehen. Es gab ohnehin kaum die Möglichkeit, ein SEAL-Team wegen Mordes an den Pranger zu stellen, vor allem nicht angesichts Hursts Vergangenheit und mit den Zeugenaussagen von Summer und Elizabeth über das, was in der Hütte in den Bergen vorgefallen war.

Summer hatte sich nie sicherer gefühlt als in diesem Moment, mit einem Cocktail in der Hand im Keller von Carolines Haus. Sie wusste, dass ihr Partner und die drei anderen SEALs oben ungeduldig darauf warteten, dass sie mit ihren Frauengesprächen fertig wurden. Sie könnten sich darüber beschweren, aber sie alle wussten, dass sie ihren Frauen alles geben würden, wonach sie verlangten.

Zwei Stunden später hatten die Frauen endlich Mitleid mit ihren Männern, zumindest behaupteten sie das. Summer kicherte. Sie kannte die anderen

Frauen bereits gut genug, um zu wissen, dass sie nur verdammt scharf waren und nichts weiter wollten, als mit ihren Männern ins Bett zu gehen.

Mozart hatte sie nicht bedrängt und sie hatten noch nicht miteinander geschlafen, aber Summer hoffte, dass es heute Nacht so weit wäre. Sie war mehr als bereit dazu. Sie hatten in den letzten zwei Wochen ein paarmal ziemlich intensiv rumgemacht, aber sie wollte mehr. Sie war sich nicht sicher, worauf Mozart wartete, aber sie war entschlossen, seine Enthaltsamkeit heute Abend auf die Probe zu stellen.

Die Frauen stolperten lachend die Treppe hinauf. Sie stürmten durch die Kellertür in die Küche und lachten über die Gesichter der Männer. Sie stolperten zu ihren Männern hinüber.

Summer liebte das Lächeln auf Mozarts Gesicht. Er hatte sich auf seinem Sitz umgedreht, sobald er sie gesehen hatte, und zog sie jetzt zwischen seine Beine an sich.

»Hattest du Spaß, Sonnenschein?«

»Ja, du hast tolle Freundinnen.«

»Sie sind auch deine Freundinnen, Summer.«

»Oh ja, *wir* haben tolle Freundinnen.« Summer strahlte Mozart an.

»Allerdings. Bist du bereit zum Aufbruch?« Mozart sah sich zu seinen Teamkollegen um. Ja, sie sollten sich jetzt auf den Weg machen. Wolf und Ice hatten die anderen offenbar schon vergessen. Sie lagen sich in den Armen und würden in den nächsten fünf Minuten wahrscheinlich auf dem Tisch übereinander herfallen. Abe hatte Alabama in seine Arme gezogen und ging mit ihr zur Kellertür. Mozart wettete, dass sie auch innerhalb der nächsten fünf Minuten unten im Bett landen würden.

Er begegnete Cookies Blick auf der anderen Seite des Tisches und sie lächelten sich an. Sie mussten in den sauren Apfel beißen und erst noch nach Hause fahren. Es würde noch mindestens eine halbe Stunde dauern, bis sie mit ihren Frauen ins Bett kriechen konnten.

»Du hast einen Schlüssel, oder? Wolf ist immer zu beschäftigt, um die Tür hinter uns abzuschließen«, fragte Mozart fast rhetorisch.

»Ja, habe ich. Geh ruhig schon los und bring Summer nach Hause. Ich kümmere mich darum.«

Mozart lachte. Fiona saß auf Cookies Schoß und küsste abwechselnd seinen Hals und saugte an seinem Ohrläppchen.

»Gott, ich liebe es, wenn die Mädchen sich hier treffen«, sagte Cookie und neigte den Kopf, damit Fiona mehr Platz hatte.

Mozart schüttelte nur den Kopf und sah zurück zu Summer.

»Bereit zu gehen?«

»Ja. Ich bin bereit.«

Bei dem seltsamen Ton in Summers Stimme

schaute Mozart sie etwas genauer an. Sie grinste ihn ein wenig schief an. Er konnte sehen, dass sie beschwipst war, aber sie war nicht betrunken. »Was?«

»Nichts, lass uns gehen.« Summer trat einen Schritt zurück und zog an seiner Hand. Mozart stand auf und folgte ihr zur Haustür. Sie gingen hinaus zu seinem Geländewagen.

Er sah, wie sie sich umschaute, während er um das Fahrzeug herum zur Fahrerseite ging. Er hasste es, dass sie immer noch unsicher war und sich in der Öffentlichkeit stets umsehen musste. Wenn sie nicht diese Scheiße mit Hurst durchgemacht hätte, wäre Mozart wahrscheinlich stolz auf sie, weil sie so umsichtig war, aber so machte es ihn nur sauer. Er wusste, dass er nicht alle ihre Erinnerungen an diese Nacht auslöschen konnte, aber er hasste es, sie ängstlich zu sehen.

Mozart stieg ein und schnallte sich an, bevor er den Motor startete. Er fühlte Summers Hand auf seiner, als er sie auf den Schaltknüppel legte.

»Mir geht es gut, Mozart, wirklich.«

Er hob ihre Hand und küsste sie. »Dir geht es mehr als gut, Sonnenschein. Lass uns nach Hause fahren.«

Auf dem ganzen Weg zurück zu ihrer Wohnung war es still im Wagen. Sowohl Summer als auch Mozart waren in Gedanken versunken. Nachdem Mozart das Fahrzeug geparkt hatte, küsste er Summer erneut auf die Hand.

»Bleib sitzen, Sonnenschein.«

Summer nickte, sie kannte die Routine.

Mozart kam um den Wagen herum und öffnete ihre Tür. Sie rutschte vom Sitz und legte ihre Hand in seine. Sie gingen in den zweiten Stock zu seiner Wohnung. Mozart ließ Summers Hand nicht los, während er die Tür aufschloss und sie eintraten. Er blieb, wie üblich, kurz stehen, legte den Kopf schief und hörte sich in der ruhigen Wohnung um. Als er nichts Ungewöhnliches vernahm und keine bösen Schwingungen spürte, ließ er seinen Schlüssel auf den Tisch neben der Tür fallen und schloss die Tür hinter sich.

Summer drehte sich in seine Arme und sah zu ihm auf. Mozart versicherte ihr immer, dass sie ihm alles erzählen könnte, und bat sie stets, ehrlich zu ihm zu sein. Nun, heute Nacht würde sie ehrlich sein. Der Alkohol half ein bisschen dabei, aber es waren ihre eigenen Worte.

»Es ist an der Zeit. Ich will dich.«

»Summer, du hast getrunken.«

»Das ist mir egal. Ich bin nicht betrunken. Nicht einmal annähernd. Ich fühle mich gut. Ich fühle mich sicher. Ich will dich, Mozart. Ich will dich in meinen Armen. Ich will dich in mir. Ich fange an, mir Sorgen zu machen, dass du mich nicht auf diese Art willst ...« Sie war selbst überrascht über die Worte, die aus ihrem Mund kamen. Sie hatte tatsächlich das Gefühl, dass er sie möglicherweise nicht mehr so sah wie vor ihrer Entführung. Vielleicht war es ihm zu viel, dass sie in Hursts Fängen gewesen war.

Noch bevor das letzte Wort ihren Mund verlassen hatte, bedeckte Mozart ihre Lippen mit seinen. Er riss sie in seine Arme. Eine Hand schob er an ihrem Rücken nach oben, um ihren Oberkörper an sich zu drücken, mit der anderen glitt er in ihr Haar und hielt ihren Kopf fest, um sie für seinen sinnlichen Angriff festzuhalten.

Nachdem er sie in seinen Armen zum Schwanken gebracht hatte, hob er den Kopf und knurrte: »Dich nicht wollen? Jesus, Sonnenschein, seit wir das Krankenhaus verlassen haben, muss ich mir jeden Morgen unter der Dusche einen runterholen. Das Gefühl von dir neben mir im Bett, dein Geruch auf meiner Haut und an meiner Bettwäsche, wie du lachst und wieder auf die Beine gekommen bist, nach dem, was du durchgemacht hast ... es war fast zu viel für mich.«

Als Summer in seinen Armen zuckte, weigerte sich Mozart, seinen Griff zu lockern. »Ich möchte nur, dass du dir sicher bist. Ich möchte, dass du für mich bereit bist. Ich kann nicht in dich eindringen und dich dann gehen lassen. Wenn wir das tun, werde ich dich nie mehr gehen lassen.«

»Ich möchte nicht, dass du mich gehen lässt.«

»Bist du sicher, dass du dafür bereit bist?«

»Ja, ich war in meinem ganzen Leben noch nie so

bereit.« Summer hielt einen Moment inne. »Hast du wirklich ... du weißt schon ... unter der Dusche?«

»Ja. Aber es hilft nicht viel. Wenn ich zurück ins Schlafzimmer komme und dich in meinem Bett sehe, werde ich sofort wieder hart.«

»Ich auch.«

»Was?« Mozart verstand nicht, was Summer meinte.

»Ich habe auch ... unter der Dusche ... immer, wenn du zur Arbeit gegangen bist ...«

Mozart beugte sich vor und hob Summer hoch. Ohne ein weiteres Wort trug er sie in ihr Schlafzimmer und setzte sie neben dem Bett wieder ab.

»Kleider. Aus.«

Summer grinste, als er anfing, wie ein Höhlenmensch zu sprechen, und zog sich langsam ihr Hemd über den Kopf. Sie sah, wie Mozarts Augen sich weiteten und er stockstill stand, die Hände regungslos am Knopf seiner Jeans. Summer genoss die Tatsache, dass ihr Striptease ihn bewegungsunfähig machte. Sie beugte sich so tief nach unten, um ihre Schuhe auszuziehen, dass er ihr in den Ausschnitt sehen konnte. Als Nächstes zog sie ihre Socken aus und öffnete dann ihre Jeans.

Summer wollte, dass Mozart in Aktion trat, und fragte frech: »Bin ich die Einzige, die heute Abend nackt sein wird?«

»Scheiße, nein.« Schließlich setzte sich Mozart in

Bewegung. Er zog sich das Hemd über den Kopf und ließ es, ohne nachzudenken, hinter sich fallen. Dann riss er den Knopf seiner Jeans auf und schob die Hose hinunter.

Summer grinste und zog ihre eigene Jeans aus. Schließlich standen sie sich nur in Unterwäsche gegenüber und starrten sich an. Summer konnte spüren, wie feucht sie bereits war. Sie konnte sehen, dass Mozart ebenfalls erregt war. Er war so groß, sie konnte die Umrisse seiner Männlichkeit deutlich durch seinen Baumwollslip sehen. Sie griff hinter sich und löste ihren BH. Sie ließ ihn nach vorne über die Arme rutschen und zu ihren Füßen fallen. Anscheinend reichte das, um Mozart endgültig in Fahrt zu bringen.

Als Mozart einen Schritt auf sie zu machte, trat sie zurück. Schließlich berührten sich ihre Körper fast und Summer spürte das Bett in ihren Kniekehlen. Mit dem nächsten Schritt setzte sie sich auf die Matratze. Mozart ging sofort vor ihr auf die Knie. Er nahm ihr Höschen zwischen seine Finger und knurrte: »Heb den Po an.«

Summer hob die Hüften, damit Mozart sie von ihrer Unterwäsche befreien konnte. Er verschwendete keine Zeit. Sobald das Stück Baumwolle über ihre Knöchel rutschte, stand er auf und drückte sie mit einer Hand an ihrem Oberkörper auf das Bett.

»Rutsch nach hinten.« Als Summer sich rückwärts

aufs Bett legte, riss Mozart sich seine Boxershorts vom Leib und stieg zu ihr aufs Bett. Auf allen vieren kroch er über sie, während sie weiter nach oben rutschte.

Mozart war schließlich mit ihrer Position zufrieden, ließ seine Hüften auf ihre fallen und drückte sie nach unten. Summer konnte seine Länge an ihrem heißen, feuchten Unterleib und ihrem Bauch spüren.

»Ich möchte es langsam angehen lassen, bin mir aber nicht sicher, ob ich das aushalte.« Mozart legte seine Stirn auf ihre und holte tief Luft. »Du darfst mich nicht berühren. Wenn das funktionieren soll, darfst du mich nicht berühren.«

»Vergiss es!«, erwiderte Summer sofort. Sie legte ihre Hand an seine vernarbte Wange. »Mozart, wir haben alle Zeit der Welt. Es ist mir egal, ob unser erstes Mal fünf Minuten oder fünf Stunden dauert, da ich weiß, dass es nach dem ersten Mal ein zweites Mal geben wird. Und nach dem zweiten wird es ein drittes Mal geben. Nach dem dritten wird es ein viertes Mal geben. Und irgendwann werden wir es schaffen, uns unter der Dusche gegenseitig das zu geben, was wir bisher nur allein getan haben. Es gibt nicht viele Zimmer in dieser Wohnung, aber du hast eine Menge Möbel, mit denen wir sicher kreativ werden können. Verstehst du es nicht, Mozart? Ich bin froh, hier bei dir zu sein. Ich möchte dich berühren und ich möchte, dass du mich berührst. Mach es nicht so kompliziert.«

Mozart lachte. »Du hast recht.« Er zog sich für den

Bruchteil einer Sekunde zurück, bevor er langsam seine Hüften wieder gegen ihre drückte und in sie eindrang. Beide stöhnten sie. »Ist das in Ordnung so? Scheiße, sag mir, dass es in Ordnung ist.«

»Es ist wunderbar. Fantastisch. Wenn du aufhörst, schlage ich dich!« Summer legte ihre Hände auf Mozarts Hintern und zog ihn tiefer in sich hinein, bis sie sich so nahe wie möglich waren. Beide stöhnten wieder.

»Als wir uns kennengelernt haben, hast du damit geprahlt, dass ich dir vor dem Abendessen drei Orgasmen beschert habe ... Nun, das kann ich dir leider nicht versprechen, weil es schon nach dem Abendessen ist, aber ich verspreche dir diese drei Orgasmen.«

Summer lachte und dann stöhnten beide wieder.

»Ich kann spüren, wie du dich zusammenziehst, wenn du lachst. So etwas habe ich noch nie erlebt.« Plötzlich hörte Mozart auf. »Oh verdammt. Sonnenschein. Ich kann nicht. Du musst aufhören.«

Summer massierte weiter seine Länge mit ihren inneren Muskeln, so fest sie konnte. »Hör nicht auf, Mozart. Bitte hör nicht auf.«

»Ich habe noch kein Kondom übergezogen, Baby.«

»Das ist mir egal.«

Mozart bäumte sich so weit auf, dass nur noch die Spitze seines Schwanzes in ihr war. »Sonnenschein, nimmst du die Pille?«

»Nein, meine Dreimonatsspritze ist überfällig, aber ich denke, es ist noch in Ordnung.«

»Ich gehe lieber nicht das Risiko ein, wenn du ›denkst‹, dass es in Ordnung ist.«

Tränen traten in Summers Augen und Mozart beugte sich vor, um sie wegzuküssen.

»Weine nicht, Liebes, weine nicht.«

»Willst du kein Baby mit mir?«

»Ich will *dich*, Summer. Wenn wir später entscheiden, dass wir ein Baby wollen, dann planen wir es und machen es mit Absicht. Aber jetzt? Nein, ich will jetzt kein Baby. Ich will nur dich. Ich möchte Zeit nur mit dir verbringen, um *dich* kennenzulernen. Ich möchte in der Lage sein, zum Abendessen mit dir auszugehen, ohne mir Sorgen um unser Kind machen zu müssen. Ich möchte Ausflüge mit dir unternehmen. Ich möchte dich nicht mit unserem Kind allein lassen, wenn ich auf eine Mission muss.«

Summer holte tief Luft. Er hatte recht. Sie war auch noch nicht bereit für ein Baby. »Ich möchte, dass wir bei unserem ersten Mal miteinander verbunden sind, ohne Latex dazwischen.«

Mozart holte tief Luft. »Ich bin gesund, das schwöre ich. Ich weiß, ich war in der Vergangenheit mit viel zu vielen Frauen zusammen, aber das ist jetzt vorbei. Ich war mit niemandem zusammen, seit ich dich zum ersten Mal getroffen habe, und ich werde regelmäßig von der Navy getestet.«

»Okay, Mozart, ich bin auch gesund.«

Mozart lachte. Dass Summer extra erwähnte, dass sie gesund war, war fast ein Witz. Natürlich war sie es. »Natürlich bist du das, Sonnenschein. Okay, Verhütung. Wann war deine letzte Periode?« Mozart lachte, als Summer rot wurde. »Sonnenschein, du sprichst mit mir über ganz andere Dinge, das sollte dir nicht peinlich sein.«

»Aber das ist es.«

Mozart schob sich langsam und unerbittlich in Summer hinein, bis er nicht weiter in sie eindringen konnte. Dann zog er sich wieder zurück, bis nur seine Spitze in ihr war. »Sag es mir.«

»Herrisch wie immer«, sagte Summer mit einem Lächeln. »In ein paar Tagen werde ich wieder meine Periode bekommen.«

»Das sollte sicher sein. Wenn es keine schlechten Erinnerungen in dir weckt, werde ich ihn rausziehen, bevor ich komme.« Mozart musste an das denken, was Hurst ihr in der Berghütte angetan hatte.

»Das ist okay. Das ist überhaupt nicht dasselbe. Ich möchte dich sehen, dich in mir fühlen, aber Mozart, es besteht immer noch ein Risiko.« Summer lächelte, damit Mozart wusste, dass sie nicht sauer auf ihn war.

Bei ihrem Lächeln grinste Mozart zurück. »Ich weiß, dass es nicht leicht ist, aber es ist besser als nichts. Und du hast recht, ich möchte, dass bei unserem ersten Mal nichts zwischen uns ist. Jetzt leg dich wieder hin und lass mich meine Arbeit machen, Frau.«

Summer kicherte und lächelte wieder, als Mozart stöhnte. Ihr Kichern verwandelte sich schnell in Stöhnen, als er sich wieder in sie hineindrückte. Das Lachen war schnell vergessen, als Mozart daran »arbeitete«, sie verrückt zu machen. Erst nachdem Summer das zweite Mal ihren Höhepunkt erreicht hatte, begann Mozart, härter in sie einzudringen.

»Ja, Baby, das ist es. Nimm mich. Ich gehöre dir.«

Bei ihren Worten verlor Mozart die Beherrschung. Schnell zog er sich zurück und ergoss sich auf Summers Bauch. Fassungslos spürte er, wie Summer mit ihrer weichen, kleinen Hand um seine Männlichkeit griff, um mehr von seinem Sperma herauszuholen. Er beobachtete, wie Summer mit einer Hand über seine Länge strich und mit der anderen seinen Erguss auf ihrer Haut verteilte.

»Jesus, du bringst mich um, Sonnenschein.«

»Ich liebe das Gefühl von dir auf mir.«

Mozart ließ sich auf Summer nieder. Sie schob ihre Arme zwischen sich und Mozart spürte, wie sie mit seiner Nässe an ihren Fingerspitzen seine Brust streichelte.

»Ich liebe dich.«

»Ich liebe dich auch.«

Ein paar Minuten lagen sie so auf dem Bett, bevor Summer die Stille durchbrach. »Ich werde bald zum

Arzt gehen und mir die Dreimonatsspritze geben lassen.«

»Okay, Sonnenschein.«

»Ich möchte spüren, wie du in mir kommst.«

»*Ja*. Das will ich auch.«

Mozart hob seine klebrige Brust von Summer und lächelte, als sie erneut kicherte.

»Äh, ich denke, wir brauchen eine Dusche.«

»Ich erinnere mich, dass du dasselbe gesagt hast, als wir uns das erste Mal getroffen haben. Hast du mir nicht ›noch eine Runde unter der Dusche‹ versprochen?«

»Das wirst du mir wohl für den Rest meines Lebens vorhalten, oder?«

»Das war der beste Tag meines Lebens, Sonnenschein. Ich hoffe, keiner von uns wird das jemals vergessen.«

»Ich auch.«

»Dann lass uns gegenseitig unsere Welt auf den Kopf stellen.«

Summer lächelte und nahm Mozarts Hand, die er ihr entgegensteckte, als er neben dem Bett stand. Sie dachte an das zurück, was Fiona früher in diesem Abend gesagt hatte. Die Dinge in unserem Leben passieren aus einem Grund. Obwohl es kein Vergnügen gewesen war, von Ben Hurst entführt und gefoltert worden zu sein, war es ein Teil ihrer Vergangenheit, jetzt dort zu sein, wo sie sich gerade befand.

Summer liebte Mozart so sehr, dass sie sich ein Leben ohne ihn nicht mehr vorstellen konnte.

Sie nahm Mozarts Hand und lächelte auf dem Weg ins Badezimmer, bereit, seine Welt auf den Kopf zu stellen und ihn im Gegenzug ihre auf den Kopf stellen zu lassen.

EPILOG

Das Team saß um den Tisch in *Aces Bar and Grill* und genoss die gemütliche Runde.

Jess, wie gewohnt ihre Kellnerin, stellte gerade eine Runde Bier ab.

»Hier, Jungs.«

»Danke, Jess. Hey, hast du eine neue Frisur?«, fragte Benny.

Jess sah überrascht zu den gut aussehenden Männern hinüber und starrte Benny an.

»Äh ja, es ... äh ... die Haare hingen mir immer ins Gesicht.« Jess strich sich nervös eine Haarsträhne hinters Ohr.

»Hmm, ich glaube, ich habe es noch nie offen gesehen. Du hattest es immer zusammengebunden, wenn ich dich hier gesehen habe.«

»Ja, nun, ich brauchte eine Veränderung.«

Als Jess hörte, wie der Barkeeper ihren Namen rief, sah sie hinüber und bemerkte, wie er auf sie deutete. Sie drehte sich zurück zum Tisch und sagte: »Ich bin gleich wieder da.« Dann drehte sie sich um und humpelte zur Bar, um eine weitere Bestellung abzuholen.

Dude kam wieder auf das Thema zurück, über das sie gesprochen hatten, bevor ihre Getränke serviert worden waren. »Wie ich schon sagte, ihr seid erbärmlich.« Er verdrehte die Augen zu den Männern, die am Tisch saßen. »Im Ernst, ihr wollt nicht mehr ausgehen, ihr bleibt die ganze Zeit zu Hause. Ihr seid alle ein Haufen Muttersöhnchen geworden, seit ihr Frauen habt.«

»Hey, du bist nur eifersüchtig«, gab Mozart zurück und lachte über seinen Freund.

Dude würde es nicht zugeben, aber er wusste, dass Mozart nicht ganz falsch lag. Er hatte nie wirklich daran gedacht, sich fest zu binden, bis er gesehen hatte, wie verliebt seine Freunde in ihre Frauen waren. Und die Frauen, die sie gefunden hatten, waren großartig. Er mochte es nicht, dass sie Ice, Fiona und Summer aus schrecklichen Situationen hatten retten müssen, aber er war erfreut, dass sie es alle heil überstanden hatten und jetzt mit seinen Freunden zusammen waren.

Da der größte Teil ihres Teams jetzt verheiratet war, hatte der Kommandant entschieden, sie nicht mehr auf so extreme Missionen zu schicken wie zu Beginn ihrer Karriere. Und sowohl Dude als auch Benny waren damit einverstanden gewesen. Sie waren nicht mehr so jung wie früher und auf keinen Fall wollten sie nach Hause kommen und einer der Frauen beibringen müssen, dass ihr Mann es nicht geschafft hatte.

Aber Dude war sich nicht sicher, wo er eine Frau ähnlich der seiner Teamkollegen finden sollte. Er wusste, dass er nicht der beste Kandidat für eine Beziehung war. Er war zu stur und wollte die Kontrolle über sein Leben nicht abgeben. Er versuchte, es sich nicht anmerken zu lassen, aber jedes Mal, wenn er sah, wie Ice mit ihren Fingern über Wolfs Gesicht fuhr und lachte, oder wenn er sah, wie Fiona mit ihrer Hand über Cookies Kopf streichelte, wusste Dude, dass er das höchstwahrscheinlich nie haben würde.

Seine linke Hand war zu stark vernarbt, verstümmelt und zu hässlich, als dass er von einer Frau wirklich ernst genommen werden könnte. Er hatte es immer wieder gesehen. Er traf eine gut aussehende Frau in der Kneipe und sie schienen sich nett zu unterhalten, aber sobald sie seine linke Hand sah, war sie wieder weg.

Er sah auf seine Hand hinunter. An drei Fingern fehlten Glieder, die bei einem Einsatz weggesprengt worden waren. Er hatte eigentlich noch Glück gehabt, dass es seine linke Hand gewesen war, und noch mehr

Glück, dass er nur Teile seiner Finger verloren hatte. Er konnte weiter seinen Beruf als SEAL ausüben und als Sprengstoffexperte arbeiten. Aber für sein Liebesleben war es nicht wirklich förderlich.

Seine Bedürfnisse im Schlafzimmer waren ein weiterer Grund, warum Dude dachte, er würde nie eine Frau finden, mit der er eine ernsthafte Beziehung führen könnte. Es war eine Sache für eine Frau, eine Weile mit ihm im Schlafzimmer zu spielen, aber eine ganz andere, sich für immer auf seine Eigenarten einzulassen. Es war für viele Frauen sicher etwas Neues, ein paar Nächte in seinem Bett herumkommandiert zu werden, aber Dude hatte gelernt, dass die wenigsten Frauen langfristig darauf abfuhren.

Dude zuckte geistig die Schultern. Scheiß drauf.

Die Männer schreckten hoch, als Wolfs Handy klingelte. Sie beobachteten, wie er ans Telefon ging, und wurden aufmerksam, als sie sahen, wie er die Muskeln anspannte.

»Okay, ja, ich werde ihn darauf ansetzen. Danke.« Wolf legte auf und wandte sich an Dude.

»Bombenalarm im Supermarkt an der Main Street. Sie fordern einen Sprengstoffexperten an.«

»Ich kümmere mich darum.« Dude stand auf und war mit den Gedanken bereits bei dem Einsatz. Die Polizeibeamten vor Ort riefen manchmal das Militär, wenn sie Hilfe benötigten. Dies war anscheinend eine

Situation, bei der sie das Gefühl hatten, zusätzliche Unterstützung zu brauchen.

»Pass auf dich auf. Sag Bescheid, wenn du etwas brauchst.«

Dude hob seine Hand als Bestätigung für Wolfs Worte, dann war er weg.

*

Hol dir Buch 6, Schutz für Cheyenne, JETZT!

BÜCHER VON SUSAN STOKER

SEALs of Protection
Schutz für Caroline
Schutz für Alabama
Schutz für Fiona
Die Hochzeit von Caroline
Schutz für Summer
Schutz für Cheyenne (Buch Sechs) **(erhältlich ab Mitte Juni 2020)**

Die Delta Force Heroes:
Die Rettung von Rayne (Buch Eins)
Die Rettung von Emily (Buch Zwei)
Die Rettung von Harley (Buch Drei)
Die Hochzeit von Emily (Buch Vier)
Die Rettung von Kassie (Buch Fünf)
Die Rettung von Bryn (Buch Sechs)

Die Rettung von Casey (Buch Sieben)
Die Rettung von Wendy (Buch Acht) **(erhältlich ab Ende Juni 2020)**

Ace Security Reihe:
Anspruch auf Grace (Buch Eins) **(erhältlich ab Ende Mai 2020)**

Und auch die folgenden Bücher von Susan Stoker werden in Kürze auf Deutsch erhältlich sein:

Aus der Reihe »Die Delta Force Heroes«:
Die Rettung von Sadie (Novelle)
Die Rettung von Mary (Buch 9)
Die Rettung von Macie (Buch 10)

Aus der Reihe »SEALs of Protection«:
Schutz für Jessyka (Buch 7)
Schutz für Julie (Buch 8)
Schutz für Melody (Buch 9)
Protecting the Future (Buch 10)
Schutz für Kiera (Buch 11)
Protecting Alabama's Kids (Buch 12)
Schutz für Dakota (Buch 13)
The Boardwalk (Buch 14)

Ace Security Reihe:

Anspruch auf Alexis (Buch 2)

Anspruch auf Bailey (Buch 3)

Anspruch auf Felicity (Buch 4)

Anspruch auf Sarah (Buch 5)

BIOGRAFIE

Susan Stoker ist die New York Times, USA Today und Wall Street Journal Bestsellerautorin der Buchreihen »Badge of Honor: Texas Heroes«, »SEALs of Protection«, »Die Delta Force Heroes« und einigen mehr. Stoker ist mit einem pensionierten Unteroffizier der US-Armee verheiratet und hat in ihrem Leben schon überall in den Vereinigten Staaten gelebt – von Missouri über Kalifornien bis hin zu Colorado. Zurzeit nennt sie die Region unter dem großen Himmel von Tennessee ihr Zuhause. Sie glaubt ganz und gar an Happy Ends und hat großen Spaß daran, Geschichten zu schreiben, in denen Romantik zu Liebe wird.

Besuchen Sie Susan im Netz!
www.stokeraces.com

facebook.com/authorsusanstoker
twitter.com/Susan_Stoker
bookbub.com/authors/susan-stoker
instagram.com/authorsusanstoker
Email: Susan@StokerAces.com

www.ingramcontent.com/pod-product-compliance
Lightning Source LLC
LaVergne TN
LVHW021653060526
838200LV00050B/2336